KB180148

자
식
이
라
는

나
무

이성자 ● 전남 영광에서 태어나 명지대학교 대학원 문예창작과에서 문학박사 학위를 받았으
며, 동아일보 신춘문예에 당선되었습니다. 방정환문학상, 우리나라좋은동시문학상, 한국아동문학
상 등을 수상했습니다. 동시집으로『너도 알 거야』『키다리가 되었다가 난쟁이가 되었다가』『입안
이 근질근질』『손가락 체온계』『엉덩이에 뿔 났다』『피었다 활짝 피었다!』『기특한 생각』, 동화집
으로는『내 친구 용환이삼촌』『딱 한 가지 소원』『뭐가 다른데?』『펭귄 날다!』『주꾸미 엄마』등 여
러 권이 있으며 광주교육대학교와 동 대학원에서 오랫동안 동시와 동화를 강의했고, 현재는〈이성
자문예창작연구소〉와 작가를 위한〈신일작은도서관〉을 운영하고 있습니다.

자식이라는 나무

2021년 1월 21일 1판 1쇄 인쇄 / 2021년 2월 3일 1판 1쇄 발행

지은이 이성자 / 펴낸이 임은주
펴낸곳 도서출판 청동거울 / 출판등록 1998년 5월 14일 제406-2002-000128호
주소 (10881) 경기도 파주시 문발로 115 (파주출판도시, 세종출판벤처타운) 201호
전화 031) 955-1816(관리부) 031) 955-1817(편집부) / 팩스 031) 955-1819
전자우편 cheong1998@hanmail.net / 네이버블로그 청동거울출판사

출력 및 인쇄 세진피앤피 / 제책 우성제본

ISBN 978-89-5749-217-8 (03810)

자연이 묻는 질문에 대답해야 할 시간

자식이라는 나무

이성자 산문집

청동거울

그때는 내가 왜 그랬을까?

그동안 사회적 거리두기로 많은 시간을 집 안에 갇혀 지냈다. 이 절박한 시기에 나는 20여 년 동안 여기저기에 발표했던 짧은 글들을 모아 정리할 수 있었다. 다시는 돌아올 것 같지 않은 시절들, 솔직히 세상에 얼굴 내밀기에는 너무 많은 시간이 지났다. 그럼에도 불구하고 크게 얻은 게 있다. 그리움 뒤에 도사리고 있는 갖가지 미안함 등이다.

코로나19가 우리를 공격하는 이유에는 자연 파괴, 인류의 도덕성 문제, 무신론이 주는 인간의 오만함 등 여러 가지 요인이 있을 것이다. 갖가지 문제들이 환경 재앙을 부르고 생태계를 교란시켜 결국 별종 바이러스가 나타나게 된 것이다. 평생 동안 정성을 다해 자식을 기르듯 자연 또한 우리가 평생 가꾸어야 할 자산임에도 그러하질 못했다.

앞으로 코로나19가 사라진다 해도 글 속에서 만났던 옛날과 같은 일상은 다시 돌아올 수 없을 것 같다. 물론 4차 산업혁명과 맞물려 살아가는 앞으로의 시대는 예전과 같지 않을 것이다. 『에밀』의 저자 '장 자크 루소'의 어록에는 "한포기의 풀이 싱싱하게 자라려면 따스한 햇볕이 필요하다"고 기록되어 있다. 바꿔 생각해 보면 인간은 자연이 주는 사랑이 절실히 필요한데, 그동안 뻔뻔스러울 정도로 받기만 했다.

정성을 다해 가꿔 왔던 자식이라는 나무도 "그때는 내가 왜 그랬을까?" 하고 스스로에게 물으며 후회하는 일이 다반사다. 이제 자연이 묻는 질문에 하나하나 답을 내려야 할 절박한 처지에 놓여 있다. 그 답은 우리가 지금껏 당연하게 받으며 살아왔던 것들에 대해 다시 한 번 생각해 보는 일일 것이다. 코로나19가 비정할 정도로 이를 아프게 묻고 있다.

부족한 글이지만 독자들에게 따뜻한 사랑으로 전해지기를 기원한다.

2020년 10월에
아동문학가 이성자

차례

1부_바보 계산법

3부_아주 특별한 기도

1부

바보 계산법

지능이 모자라서 정상적인 판단을 못 하는 게 아니라 돌아가는 현실이 정상적인 판단을 할 수 없게 만든다.

벚꽃 필 때

우리가 갈망하는 자연보호도
결국은 자본의 문제를 떠나서는 생각할 수 없다.

담장의 개나리가 줄줄이 피는가 했더니 금세 하얀 목련이 피고, 어
느새 벚꽃이 지천으로 환하다. 일부러 순서를 정해주지 않아도 제
얼굴 내밀 때를 잘도 알아서 피고 지는 꽃들이 신비로워 지나가던
발길을 멈추고 들여다본다. 소곤거리며 내게 무슨 말인가를 전하
는 것 같다.

　그러니까 작년 이맘때였을 것이다. 친구들 몇 명과 정읍으로 벚
꽃 구경을 나섰다. 한 자락 바람에도 꽃비가 되어 내리는, 아스팔
트 위를 하르르 날아다니는, 달리는 자동차 바퀴를 따라 까불어대
던 벚꽃들, 그 아름다움에 취해 우리는 시간 가는 줄 모르고 들떠
있었다. 아이들처럼 솜사탕을 손에 들고 사진 찍으며, 환호성을 지
르며, 모처럼 우리도 벚꽃이 되어 있었다. 힘들었던 일상을 잠시 잊
고 꽃처럼 빙그르 빙그르 거리를 돌면서 좋아했다.

　점심 시각이 되자 우리는 포장마차 안으로 들어갔다. 김밥과 어

묵 그리고 떡볶이를 시켜서 먹으며 이야기를 나누고 있는데, 벚나무 가지 하나가 우리를 빤히 바라보는 게 아닌가. 어쩌자고 포장 사이를 빠져나가지 못하고 저토록 빛바랜 벚나무로 자랐을까? 안에서 나는 온갖 냄새 등으로 활짝 피어나지 못한 꽃망울들이 애처로워 가슴이 뭉클하였다. 일어나서 가지를 포장 밖으로 내보내 주려고 하는데, 두꺼운 포장이 꿈쩍도 안 했다. 결국 동행했던 친구들 네 명이서 함께 힘을 모아 겨우겨우 밖으로 내보내 주었다.

주인아주머니에게 음식 값을 계산하는데, 고마웠을까? 구부러진 가지의 꽃망울들이 빠끔 벌어진 포장 사이로 우리를 들여다보며 발그레 웃고 있었다. 하도 기특해서 밖으로 나와 유심히 바라보니, 벚나무와 벚나무 사이에 대못을 박고 포장을 쳐서 간이식당을 만들어 놓았던 것이다. 제 몸 어딘가에 대못이 박힌 줄 뻔히 알면서도 환하게 꽃을 피워내고 있는 벚나무를 생각하니 애잔한 마음이 들었다. 벚나무의 아픔은 생각지도 않고 돈 버는 일에 즐거운 주인아주머니의 얼굴을 상상하며, '그래, 자연보호도 결국은 자본의 문제로구나' 하는 생각이 들어 몹시도 씁쓸하였다.

손톱 밑에 작은 가시만 박혀도 온종일 따끔거리고, 심하면 오슬오슬 춥기까지 하던데, 하물며 몸통에 커다란 대못이 박혀 있는 벚나무의 아픔은 오죽하겠는가. 분명 벚나무에게도 정령이 있을 것인데. 주위가 어두워지기 시작하자 여기저기서 가로등이 켜지고, 벚나무 가지 사이에선 오색찬란한 꽃전구가 반짝거리기 시작했다. 불빛이 눈부시지는 않을까? 뜨겁지는 않을까? 찬란하게 빛나는 아름다움만큼 벚나무의 가슴은 절절한 아픔으로 타들어 가리라.

여기저기 걸어 놓은 '자연보호 플래카드'를 똑바로 쳐다보기가 무색했다. 벚나무는 펄럭대는 기다란 플레카드를 보면서 무슨 생각을 할까. 차창을 향해 달려드는 벚꽃들의 아우성이 귓가에서 맴돌았다. 한 그루 벚나무에게서 참으로 많은 것을 배우고 돌아온 하루였다.

인연 가꾸기

새로운 인연을 찾기보다는 주어진 인연을
더욱 소중하게 가꾸도록 노력할 일이다.

사람은 인연이 키운다는 말이 있다. 우리가 평생을 살아가는 데 가장 중요한 것은 어쩌면 만나고 헤어지는 인연의 힘일지도 모른다. 부모 형제를 만나는 것도 전생 인연의 끈이며, 친구를 만나는 것, 학교에 입학해서 선생님을 만나는 것도 모두가 소중한 인연의 시작이라 생각된다. 새봄을 맞이하여 그동안 맺어진 인연들을 한 번쯤 되돌아보면 어떨까.

얼굴만 보고 있어도 편안하고, 진로는 물론이고, 속마음까지도 홀가분하게 털어놓을 수 있는, 마음에 전혀 부담이 느껴지지 않는 멘토 같은 인연들이 있다. 이런 인연들을 가까운 곳에 두고 사는 사람들은 각박한 세상을 외롭지 않게 보낼 수 있는 참으로 행복한 사람들일 것이다. 그들 사이에는 언제나 마음 편하게 멘토링이 이뤄질 수 있기 때문이다.

반면 내 의지와는 상관없이 자꾸 부딪히는 인연을 만날 때도 있다. 별일도 아닌데 서로가 양보하지 못한 채 마음의 상처를 입는 경우이다. 미련 없이 돌아서면서 '그래, 얼마나 잘 되는가 두고 보자'라며 서로 눈 흘기고 원망을 남기는 사람들. 그들은 인연의 소중함보다 자신은 왜 이리 인덕이 없는 거냐고 투덜거리곤 한다. 서로 안 만났으면 좋았을 인연인 것이다.

그런데 요즈음 젊은이들을 보면서 더욱 놀라곤 한다. 맺어진 인연에 한없이 정을 쏟다가도 순식간에 돌아서고, 필요하다 생각되면 언제라도 인연을 바꿔 선택하는 걸 볼 수 있다. 인연의 소중함을 아예 생각지 않는 것 같아 씁쓸하다 못해 슬프기까지 하다. 한 그루의 나무를 가꾸듯 인연도 평소 가꿔야 한다고 생각하기 때문이다. 이파리가 자라고 줄기가 굵어질 때까지 물을 주며 기다려야 탐스러운 열매를 맺지 않던가.

모양이 비슷하고 서로 인연이 있는 데로 모이는 것일까. 성공한 사람들을 보면 대부분 좋은 인연들이 주변에 많이 있었다. 그의 성공 뒤에는 인연의 끈질긴 고생이 뒷받침되었던 것을 볼 수 있다. 누구, 누구 때문에 오늘의 영광이 있었다고 말하던 그들을 보면서 고개가 끄덕여졌기 때문이다. 한 사람의 성공 뒤에는 많은 인연의 노고가 숨어 있었던 것이다.

유명한 곤충학자 '앙리 파브르'의 일화가 떠오른다. 파브르는 후원자인 영국의 '밀러'와의 인연으로 인해 성공할 수 있었다. 밀러는 자기 부인 묘소 옆에서 벌레를 찾고 있는 한 청년을 만나게 된다. 벌레가 공부할 가치가 있느냐고 묻자, 청년은 "무슨 말씀을요, 벌레의 세계는 인간의 세계보다도 더 도덕적이고 아주 심오한 철학이 있습니다."라고 대답한다. 그의 순수한 집념에 감동해서 밀러는 죽을 때까지 그 청년의 뒷바라지를 하게 된다. 가난한 중학교 물리 선생이었던 청년, 그가 훗날 그 유명한 대작 『곤충기』 10권을 완성하게 된 파브르였다. 이처럼 우리는 언제 어디서 어떤 인연으로 해서 우리의 운명이 어떻게 달라질지 모른다.

하늘에 떠 있는 수많은 별들도 저마다 규정된 궤도에서 서로 만나고 헤어지는 존재라고 하지 않던가. 새로운 인연을 찾아 끊임없이 노력하는 사람이든, 주어진 인연을 소중히 가꾸는 사람이든, 자신의 인연을 아끼는 것은 평소 깊이 생각해야 할 것이며 그 생각을 통해서만 인연을 아름답고 평온하게 키워나갈 수 있을 것이다. 그리고 이왕 맺어진 인연이라면 힘들고 어려워도 끝까지 잘 가꿔 나가야 하리라.

건망증과 치매

복지정책의 꽃은 인간의 생을 아름답게
마무리할 수 있는 기회를 제공하는 일일 것이다.

숨 돌릴 겨를도 없이 쏟아져 나오는 정보를 받아들이고, 복잡한 사회생활을 하다 보면 가끔씩 두뇌 용량의 한계에 부딪치곤 한다. 뇌 속에 뒤죽박죽 들어가 있는 정보들을 필요할 때마다 얼른얼른 뽑아내야 하는데, 도저히 그 끝을 찾아낼 수 없어 당황하기 일쑤다. 상대방 이름은 물론 방금 전에 다녀온 지역 이름까지도 생각나지 않아 당황하곤 한다.

급하게 처리해야 할 일을 끝내 그르치고 난 뒤에야 겨우 진정되는 머릿속. '누구였더라?' 곰곰 생각해 보니 이제 기억난다. 그것도 밥 먹을 때, 잠잘 때, 어떤 때는 화장실에서 슬그머니 기억의 끝을 잡고 올라오는 갖가지 정보들. 건망증이라 불리는 이런 상황들은 바로 두뇌 용량의 초과에서 오는 기억 장애가 아닐까 한다.

건망증에 대한 내용과 그에 관한 일화들은 주변에서 많이 접할 수 있다. 철학자 칸트가 산책을 하고 돌아와 보니 대문에 '부재중'

이라는 푯말이 걸려 있었다. "부재중이라면 할 수 없지. 다음에 올 수밖에……"라고 중얼거리며 돌아섰다고 한다. 골똘한 생각에 잠긴 나머지 그는 방문객 사절을 위해 자기 집 대문에 자기가 걸어 놓은 푯말을 보고 돌아선 것이다. 그냥 웃어넘길 수 없는 일화다.

날씨가 추워지면서 건망증도 기승을 부리는 것일까? 자동차를 어디에 세워 놓았는지 몰라 출근길에 속이 타고, 심지어는 눈앞에 보이는 택시를 냉큼 잡아타기도 한다. 계좌번호나 백화점 비밀번호를 잊어버리는 일은 다반사다. 어디 그것뿐이던가. 손에 들고 있는 열쇠를 찾느라 한바탕 소동을 벌이기도 하고, 어떤 때는 아파트 열쇠를 관리실 아저씨에게 맡겼다며 말도 안 되는 억지까지 부린다. 건망증이 지나쳐 치매 초기가 아닐까 의심이 들 정도다.

심각한 건망증이 걱정된 나머지, "요즈음은 젊은 사람도 치매에 걸린다는데……. 내가 혹시 치매에 걸린 건 아닐까?" 지나가는 말처럼 한마디했다. 남편과 아이들 두 눈이 동그래졌다.

"만일 엄마가 치매에 걸리면 내 신세는 앞으로 어떻게 돼?"

아들 녀석이 호들갑을 떨었다. 생각만 해도 끔찍하다는 눈치다.

"걱정하지 마라. '두뇌 용량의 초과'지 내가 치매는 무슨 치매냐!"

아들 녀석을 흘겨보며 큰 소리쳤다. 하지만 사람 일인데 누가 알겠는가.

치매는 이제 우리 주변에서 흔히 찾아볼 수 있는 병이 되었다. 치매를 앓고 있는 부모님 때문에 고생하는 주변 사람들을 여럿 보았다. 경제적으로 여유가 있는 사람은 입원을 시켜 치료를 시작하지만, 그렇지 못한 가족들은 오랜 간병과 치료비 때문에 지쳐 갔으며,

가정은 서서히 무너지기 시작했다. 그러니 괘씸하지만 아들 녀석의 호들갑스런 행동은 무리가 아니라고 생각된다.

국가에서 다양한 방법으로 치매 부분을 관리하고 있다. 특히 보건복지부와 중앙치매센터가 진행하는 치매상담콜센터의 역할은 치매 환자나 가족들에게 여러 가지 도움을 주고 있다. 그럼에도 불구하고 국가기관이나 뜻있는 독지가들이 나서서 치매 노인들을 위한 요양기관을 더 많이 설립해야 된다고 생각한다. 그들이 가족들로부터 소외받지 않고 나머지 생을 보호 속에서 아름답게 마무리할 수 있도록 배려해야 된다. 복지정책만이 그 일을 해낼 수 있을 것이다.

바보 계산법

지능이 모자라서 정상적인 판단을 못 하는 게 아니라
돌아가는 현실이 정상적인 판단을 할 수 없게 만든다.

내게는 잊을 수 없는 스승이 한 분 계신다. 고등학교 때 만난 강 선
생님인데, 수업 시간마다 딱딱하지 않게 재미난 이야기를 곁들여
가르치곤 하였다. 그러니까 주변에서 접할 수 있는 아주 생생한 이
야기들로 삶의 지혜를 미리미리 경험하게 한 셈이다. 워낙 술을 좋
아하셨던 선생님은 간이 나빠 우리들 곁을 일찍 떠나셨다. 선생님
이 들려주시던 구수한 이야기들은 오랜 세월이 지났어도 힘들고
어려울 때마다 아련히 떠오르곤 한다.

그 중에 '바보 계산법'이란 이야기가 있었다. 리어카를 끌고 다니
면서 과일을 팔던 어떤 남자 이야기다. 장사를 마치고 주머니에 돈
이 불룩하게 들어 있는 걸 확인한 남자는 술도 한 잔 마시고, 소고
기도 사고, 부인 속옷도 샀다. 가족들과 맛있게 저녁을 먹은 후, 자
랑하고 싶은 마음에 아내에게 돈을 셈하게 하였다. 그러고는 느긋
하게 앉아 텔레비전을 보고 있었다.

"여보, 아침에 가지고 나갔던 밑천은 따로 빼 두었지요?"

돈을 세던 부인이 물었다. 남자는 고개를 흔들었다. 순간 부인의 두 눈이 동그래졌다.

"밑천까지 합쳐서 번 돈이라고 자랑하면 어떻게 해요. 당신 혹시 바보 아네요?"

어찌하랴. 그날부터 남자는 바보가 되고 말았다.

상업 과목을 담당했던 강 선생님은 위의 바보 같은 계산법만 쓰지 않으면 기업이나 개인이 망할 염려는 없다고 하셨다. 어디 그것뿐인가. 자신의 건강을 지키는 것도 바보 계산법을 쓰지 말아야 한다고 누누이 강조하셨다. 아마도 선생님 자신의 건강이 이미 나빠지고 있다는 것을 예감하셨던 모양이었는데, 우리들은 그 아픈 마음을 돌아가시기 전까지도 전혀 알아차리지 못하고 있었다.

그런데 세상을 살다 보면 선생님이 애써 말렸던 바보 계산법이 어쩔 수 없이 저질러진다는 것, 저질러질 수밖에 없다는 것을 알게 되었다. 상업 시간에 칠판에서 배웠던 대차대조표와 손익계산서가 실생활에서는 맞아떨어지지 않기 때문이다. 수입보다는 지출이 많아지고, 건강을 돌볼 틈도 없이 쏟아지는 일거리들을 감당하다 보면 바보가 될 수밖에 없으니까 말이다.

현대를 살아가기 위해서는 바보가 되어야 한다고, 누군가 체념처럼 들려주던 말에 고개가 끄덕여지기도 한다. 지능이 모자라서 정상적인 판단을 못 하는 게 아니라 현실 돌아가는 게 정상적인 판단을 할 수 없게 만들기 때문이다. 누가 바보이기를 바라겠는가. 하지만 술을 많이 마시면 간에 무리가 올 줄 뻔히 알면서도 결국 그

유혹을 뿌리치지 못하고 술을 마셨던 선생님처럼 마음대로 못 하는 게 우리네 인생사 아니던가.

　좋은 기억, 즐거운 기억만 남겨 주었던 선생님, 당신도 평소에 바보 같은 계산만 했기 때문에 우리들 곁을 일찍 떠나신 것이리라. 이제는 힘들고 어렵더라도 정신 바짝 차리고 건강도, 경제도 챙기고, 특히 부인의 말처럼 투자한 밑천은 평소에 따로 빼 두도록 노력할 일이다. 세상 돌아가는 형편이 어쩔 수 없다고 포기하지는 말아야 한다.

변덕쟁이의 태클 걸기

태클은 축구에서 필요한 고도의 기술이지,
우리네 마음 다스림에서는 아픈 상처만 남긴다.

생각이나 감정이 자주 변하는 사람, 그래서 무슨 일을 함께 할 때 믿거나 예상할 수 없는 사람을 우리는 변덕쟁이라고 부른다. 어떤 일을 계획하고 실행할 때, 이런 꼬리표가 붙은 사람은 마음의 움직임이 심해서 일을 그르치게 만드는 경우가 있기에 더러는 두려워하거나 싫어하여 피하기까지 한다. 그런데 정작 본인은 자신이 변덕쟁이임을 전혀 모르고 살아간다는 것이다. 자기를 피하는 사람을 오히려 변덕쟁이라고 부르며 만날 흉을 보기도 한다.

　스님의 법문을 들어보면, 우리의 몸은 여러 가지 물질적인 요소들이 인연법칙에 의하여 잠시 모여 이루어 놓은 것이기 때문에 생겨났다가 없어지는 것이란다. 그렇지만 사람의 마음은 저 허공과 같아서 육체처럼 생겨났다 없어졌다 하는 것이 아니라 꺼지지 않는 영원한 불길과 같다는 것이다. 수많은 생각과 번뇌, 망상 등이 일렁거리고 있는 그런 불길이다. 개개인이 소유하고 있는 이런 다

채로움을 타인이 함부로 규정할 수 없는 것이라 말하지만, 변덕쟁이는 솔직히 피곤한 인물임에 틀림없다.

가끔 너무도 자유스러운 마음을 가지고 사는 사람들을 만나게 되는 경우가 있다. 모든 걸 제 맘대로 해야 직성이 풀리는, 노력은 하지 않고 욕심만 부리는 사람들이다. 그런 사람들이 부리는 변덕은 주변의 상상을 초월하기도 한다. 그들의 변덕은 참으로 당혹스럽다. 아니, 그들의 변덕 뒤의 변명은 끊임없이 죄 없는 상대방을 헐뜯으며 이루어지곤 한다. 아마도 자신의 변덕을 합리화시키기 위해서 말도 안 되는 변명을 하는 것이리라.

J.R.키플링은 "우리는 실패한 데 대해 사천만 개의 이유를 가지고 있지만 단 하나의 변명도 없다."고 하였다. 그렇다. 자신의 실패는 자신의 노력에 달려 있는 것이다. 어떤 일을 하든, 자신의 일을 누가 해결해 주는 것은 아니니까 말이다. 그런데도 상대방에게 그 책임을 전가시키고, 원망하는 마음의 불길을 태우는 것은 어리석은 일이다. 자신의 마음 불길도 제대로 다스릴 수 없는 게 인간인데, 하물며 타인의 마음 움직임까지 어떻게 책임질 수 있겠는가.

하루가 다르게 변해가는 세상에서 살다 보니, 선택의 폭이 너무도 많아 변덕을 부릴 수밖에 없다고 변명할 수도 있다. 변덕을 조금 부린다고 무슨 큰일 나겠느냐고 반문할 수도 있다. 살아남기 위해서는 어쩔 수 없다고 말하기도 한다. 하기야 타고 있는 불길이 어느 쪽으로 번진다고 미리 정해져 있을까? 일렁일렁 흔들리고 있는 자유로운 마음 불길이 갑갑한 육체 속에 갇혀 있으니, 기회만 주어지면 사방으로 번지게 되는 것은 당연(?)한 일이리라.

인간으로 태어났으니 변덕쟁이임은 어쩔 수 없다고 치자. 하지만 수시로 변덕을 부리는 자신의 마음으로 타인의 마음에 태클을 걸지는 말아야 한다. 뒤로 넘어지면서 달려드는 태클은 축구에서 필요한 고도의 기술이지, 우리네 마음 다스림에서는 아픈 상처만 주기 때문이다.

어느 바보의 휴일

게으른 마음은 우리가 살아가면서
만나게 되는 가장 무서운 병이다.

바다에 가면 '레모라'라는 이름의 무서운 고래가 살고 있는데, 이 고래는 어찌나 사나운지 아무리 큰 배라도 더 이상 앞으로 나아가지 못하게 막아버리는 힘을 가지고 있단다. 그 옛날 바다를 항해하는 선원들이 폭풍보다도 '레모라' 고래를 더 무서워했다고 하니 그 거대한 힘을 짐작할 수가 있겠다.

우리 인간의 마음속에도 어른이건 아이건 남자건 여자건 '레모라'와 같은 커다란 고래 한 마리가 살고 있으니, 그건 바로 '게으른 마음'일 것이다. 이 마음은 우리가 살아가면서 만나게 되는 어떤 병마보다도 가장 무서운 것이리라. 누구라도 이 병에 걸려들면 장래 이루고자 하는 희망도, 얻고자 하는 이익도 행복도 '게으른 마음'의 손아귀에서 벗어나올 수가 없을 테니까.

이 '게으른 마음'에 걸린 사람은 항상 시간이 없다고 말한다. 그리고 세상이 자기를 잘 써 주지 않는다고, 자기를 인정해 주지 않는다고 불평불만을 일삼는다. 그러나 세상에는 눈먼 사람들만 있는 게 아니다. 한눈으로 봐도 '게으른 마음'을 갖고 있는 사람을 쉽게 가려낼 수 있기 때문이다. 분명한 것은 한 가지 태만한 자는 만사에 태만하다는 것이다. 이토록 빠르고 복잡한 세상에 누가 그런 게으른 사람을 인정하고 사랑해주겠는가.

알베르트는 인간의 마음이란 맷돌과 같다고 했다. "만일 맷돌 위에 곡식을 쏟으면 그 맷돌이 회전하여 곡식을 부수고 빻아서 가루가 되게 하지만, 거기에 곡식이 없으면 맷돌이 돌 때에 그 자체를 부수어 더 닳아지고 작아지는 것이다. 마찬가지로 인간의 마음도 무엇인가 행하기를 원하는데 만일 할 일, 즉 부름이 없다면 악마가 와서 유혹과 우울과 슬픔을 마음 가운데 쏘아댄다. 그렇게 되면 마음은 슬픔으로 쇠진해지고, 마음이 쇠해져서 많은 사람이 괴로움으로 죽고 만다."는 것이다.

주변에서 하루하루를 '게으른 마음'의 덫에 걸려 허무하게 보내고 마는 멀쩡한 사람들을 만날 수 있다. 그들은 농담하면서, 잠자면서, 먹으면서, 죄를 지으면서 자신도 모르게 시간을 낭비한다. 너나없이 재주가 없는 게 아니라 게을러서 못하는 것일 텐데, 더러운 곳에 병균이 들끓듯이 게으른 마음에 죄악마저 스며들 것인데…….이미 황금 같은 시간이 흘러가버린 뒤에야, 그들은 좋은 때를 놓쳤다고 안타까워하며 후회하는 걸 보았다. 더러는 그리 된 것이 주변의 탓인 듯 원망하기도 한다.

체스터 필드는 '게으름은 어리석은 머리의 도피장이며 바보의 휴일에 지나지 않는다'고 했다. 친구들이여, 사람은 끼리끼리 모인다고 하지 않던가. 먼저 부지런한 사람들이 모인 곳으로 자리를 옮겨 보자. 그들과 지내다 보면 바보의 휴일이 어떤 날인지 깨닫게 될 것이며, 머잖아 보람의 날들이 다가오리라. 물론 마음속에 들어와 살고 있는 '레모라'도 발붙일 곳을 찾지 못하고 스스로 물러날 것이다. 힘찬 미래를 위하여 용기를 내 보자.

선물 같은 하루

선물 중에서도 최고의 선물은
새해 첫날, 바로 정월 초하루가 아닐까?

우리가 매일 맞이하는 하루, 날마다 눈을 뜨면 둥실 해가 솟아오르고, 창문을 열면 바람이 들어오고, 내가 숨을 쉬며 걸어 다니고, 거리에는 나무가 서 있고, 자동차가 쌩쌩 달리고, 사람들이 오고 가고, 강아지가 지나가고, 자동차 밑에서 고양이가 기지개를 켜며 기어 나오고……. 하루는 방금 포장을 풀어낸 선물 같은 것이다.

　누구에게나 공평하게 주어지는 이 선물에는 기쁜 일, 슬픈 일, 속상한 일 등 예측할 수 없는 일들이 그 안에 들어 있다. 내 의지와는 상관없이 잘 받을 수도 잘못 받을 수도 있는 선물이다. 더러는 선물이 맘에 들지 않는다고 투덜거리고, 핑계 대고, 심지어는 받기를 포기하는 사람들도 있지만, 어떤 경우에도 선물이 맘에 들지 않는다고 돌려보낼 수는 없는 일이다. 하루가 어찌 그리 무겁고 더디 가는지, 일을 다 그르치고 나면 기다렸다는 듯 하루는 서서히 어둠 속으로 사라지고 만다.

선물이라는 게 내가 원하는 것만 받을 수 있는 게 아니다. 단지 내가 받은 하루라는 선물이 맘에 들지 않았을 때, 다음에 받게 될 하루에 기대하며 살아갈 수밖에 없으리라. 감나무에 열린 수많은 감들도 그 숫자가 있듯이, 선물 속에 나눠 담을 불행도 행운도 그 숫자가 정해져 있을 것 아닌가. 참고 기다리면 아주 멋진 포장의 선물, 하루가 배달될 수 있을지 누가 알겠는가. 불안해하지 말고, 차분하게 믿음을 갖고 기다릴 수밖에 없는 일이다.

날마다 받게 되는 하루라는 선물 중에서도 최고의 선물은 정월 초하루일 것이다. 이 날을 위해 모든 사람들은 몸과 마음을 정갈하게 한다. 행여 처리하지 못한 일들이 있으면 며칠 사이에 마무리하느라 동분서주한다. 별 일도 아닌데 마음을 다치게 한 이웃은 없는지, 내 욕심을 위해서 상대방을 흠집 내지는 않았는지, 아직 갚지 못한 마음의 빚은 없는지 곰곰이 생각해 보고 그 해결 방법을 찾기도 한다.

떠오르는 갖가지 상황들을 정리하여 차근차근 메모해 두었다가 내 입장이 아닌 상대방의 입장에서 생각해 보고 처리하면 좋을 것이다. 직접 만나서 얼굴 보며 이야기하고, 전화로 진솔한 마음을 전하고, 아니면 편지를 쓰는 등 연말을 아주 보람되고 유익하게 보내고 나면 몸과 마음이 홀가분해질 것이다.

드디어 받게 되는 특별한 선물, 정월 초하루! 둥실 해가 솟아오르고, 창문을 열면 바람이 들어오고, 내가 숨을 쉬며 걸어 다니고, 거리에는 나무가 서 있고, 자동차가 쌩쌩 달리고, 사람들이 오고가고, 강아지가 지나가고, 자동차 밑에서 고양이가 기어 나오고…….

비록 어제와 같은 하루일 것이지만 우리 모두 초하루의 선물에 감사드려야 하리. 내가 받은 초하루 선물은 어제 이 세상을 떠난 이가 그토록 받고 싶어 하던, 참으로 소중했던 생명 같은 날이었음을 절대로 잊어서는 안 되리라.

평소 맘에 안 드는 하루를 선물 받았을 때 어떻게 정리하고 처리할 것인가, 당황하거나 원망하지 말고 대처해야 하리. 지혜롭고 현명하게 마무리하는 방법을 찾도록 노력할 일이다.

6월을 보내며

마음은 팔고 사지는 못하지만,
누구에게라도 한없이 줄 수 있는 재산이다.

사람이 살아가는 데 가장 중요한 것은 무엇일까? 의·식·주, 또는 사랑하는 마음, 배려하는 마음, 기독교에서 말하는 '고난을 사랑하는 정신' 등 개인의 가치관에 따라서 다양한 대답이 나올 것이다. 모두가 알고 있는 공자님은 '어진 마음'이라고 말씀하셨다. 이런 공자님도 싫어하는 사람이 있었으니, 바로 네 가지 유형의 사람이었다고 한다. 남의 허물을 말하기 좋아하는 사람과 자신이 모시는 어른을 흉보는 사람, 용기는 있지만 예의가 바르지 못한 사람, 과감하기는 하지만 속이 좁은 사람이었다고 전해진다.

참으로 당연한 말씀이다. 상대방의 허물을 따져서 무얼 하겠는가. 좋은 점을 찾아서 키워주기도 바쁜 세상인데, 굳이 허물을 들추어 말해 준다고 고마워할 사람은 아무도 없을 터이다. '가랑잎이 솔잎더러 바스락거린다고' 흉본다는 속담도 있지 않은가. 자기 허물은 생각지 않고 도리어 남의 허물만 나무란다는 뜻이리라. 너와 내가 같을 수는 없는데, 내 눈에 다르게 비친다고 해서 이런저런 일을 허물로 생각하지는 말자. 서로의 가치관이 다르고 취향이 다른데 어찌 내 맘과 같기를 바라겠는가.

그리고 가까이 모시는 어른에 대해서는 자신이 제일 잘 안다고 생각할 수 있겠으나, 사람의 깊은 속을 어찌 다 헤아리겠는가. 모시는 어른을 흉보는 일은 절대로 옳은 일이 아니다. 언젠가 자신이 모시는 사람을 위해 매일 아침 기도하는 사람을 만난 적이 있었는데, 그 사람 말인즉슨 "부족한 나를 인정해 주고 키워 주었으니, 바로 은인이 아니겠느냐."는 것이다. 믿음으로 윗사람을 대하는 그를 보고 있으면 마음이 따뜻해지곤 하였다.

"용기 있는 사람은 적이라 할지라도 나는 존경한다."는 나폴레옹 1세의 말이 있다. 진정으로 용기 있는 사람의 말이다. 용기 하나로 하루아침에 급성장하는 사람들을 보고 있으면 감탄이 절로 나온다. 그런데 하늘 높은 줄 모르고 으스대는 그들을 보고 있으면 왜 그리 위태로운지, 교만에 가까운 행동 때문에 그들의 용기가 빛을 잃어버릴까 봐 안절부절못할 때도 간혹 있다. 살아가는 일이란 용기만으로는 안 된다는 걸, 하루아침에 변할 수도 있는 게 바로 삶이라는 걸 지혜로 터득했으면 좋으련만…….

마음은 팔고 사지는 못하지만, 누구에게라도 한없이 줄 수 있는 재산이다. 퍼내도 줄지 않는 샘물 같은 것이어서 줄어들 염려도 없어서 좋다. 6월은 둥근 축구공을 바라보며, 넓은 운동장을 바라보며, 수많은 사람들이 목청껏 "대한민국~"을 외쳐대며 응원을 했다. 그러나 정작 자신의 마음속을 공처럼 둥그렇게, 운동장처럼 넓게

갖겠다는 사람은 과연 얼마나 됐을까?

6월을 보내며, 공자님도 싫어했다는 네 가지 유형의 사람 중 나는 어디에 해당하는 사람일까, 우리 모두 다시 한 번 생각해 볼 일이다.

자랑할 것이 있어도

필요 없는 자랑을 하다가 일을 크게 그르친
사람을 주변에서 심심찮게 봐 왔다.

폭설과 줄기세포 공방으로 연말연시가 참으로 뒤숭숭하다. 더욱이
한 분야에서 산처럼 우뚝 서 있던 사람들, 감히 함부로 이름 부르
기도 아까운 사람들이 한꺼번에 와그르르 무너지는 것 같아 안타
까울 뿐이다. 사람 사는 일이라는 게 한 번 꼬이기 시작하면 밑도
끝도 없이 얽혀만 가는 것 같다. 이 뒤숭숭한 일들이 언제 마무리
가 될지 걱정이다.

문득 '거북이와 뽕나무' 이야기가 생각난다. 소문난 효자가 아버
지를 살릴 수 있는 약, 거북이를 구하기 위해 길을 나섰다. 어찌어
찌 고생해서 거북이를 잡았는데, 잡힌 거북이는 "나는 영험해서 솥
에 넣고 끓여도 죽지 않는다"고 큰소리를 쳤다. 옆에서 듣고 있던
뽕나무가 "내 가지로 불을 때면 당장 죽고 말걸세"라고 으스댔다.
효자는 거북이가 죽지 않자, 뽕나무를 베어다가 불을 때니 정말 죽
고 말았다. 거북이가 자기 힘을 자랑하지 않았다면 뽕나무의 말 때

문에 죽지 않았을 것이고, 뽕나무도 괜한 자랑을 하지 않았다면 베임을 당하지 않았을 것이다.

이처럼 필요 없는 자랑을 하다가 일을 크게 그르친 경우를 심심 찮게 봐 왔다. 어떤 일이건 서로가 잘 알고 있는 가까운 안에서부터 문제가 불거져 나오기 마련이다. 아무것도 모르는 사람은 굳이 아는 체하며 나설 수 없는 일이니까. 그러니 자랑할 것이 있어도 참고 기다리면 언젠가는 주변에서 다 알 수 있을 것이다. 서둘러 자랑하다가 거북이와 뽕나무 신세가 되지 않기 위해서는 삶을 지혜롭게 대처하며 살아갈 일이다.

존경하는 고 조태일 시인은 생전에 제자들에게 자주 일렀다. "좋은 일이 있으면 층계를 오를 때도 난간을 잡고 올라가라. 좋은 일 뒤에는 반드시 마가 끼어서 고통이 따를 수 있으니 각별히 조심할 일이다. 좋은 일이 있을 때는 미리 정성껏 음식 장만해서 주변에 한 턱을 내라. 그러면 혹시 고비를 피해 갈지도 모르니까."라며 제자들 앞에서 우스갯소리를 하시곤 하였다.

살면서 선생님의 말씀을 여러 차례 생각할 기회가 있었다. 자랑거리가 있는 사람은 그 자랑을 하고 싶어 안달이 날 것이고, 곁에서 그 자랑을 듣고 있는 사람은 감정을 가진 인간인지라 질투가 나서 배가 아픈 건 자명한 일이다. 경우에 따라서는 배가 아파서 까닭 없이 험담이 나오게 되고, 분위기에 휩쓸려 필요 없는 억지소리까지도 하게 될지 모를 일이다.

연말연시라서 다른 때보다 만남의 기회가 많아질 것이다. 오랜만에 만나는 지인들과 이야기를 나누다 보면 때로는 자랑할 것이 넘쳐날 때도 있겠다. 누가 먼저 시작했는지 모르지만 자식 자랑, 남편 자랑, 부동산 자랑 등이 이어진다. 시샘이라도 하듯 너나없이 자연스레 자랑을 늘어놓는다. 누군가 나서서 이야기의 흐름을 바꾸기에는 분위기가 너무도 화기애애하다. 겉으로 보기에는 그렇다는 것이다.

　모임에서는 웃으며 고개를 끄덕였지만 집에 돌아와 생각하니 씁쓸하기 그지없고, 내가 왜 그 자리에 갔던가? 후회가 막심할지도 모른다. 그러니까 자랑할 것이 있어도 꾹 눌러 참아야 하리라. 필요 없는 자랑을 늘어놓지 않도록 서로가 입조심을 할 일이다. 특히 연구 성과가 확실히 나오기도 전에 소문부터 무성해져 일을 그르친다면 얼마나 황당한 일이겠는가.

주차장에서 생긴 일

평소 법을 지키는 일은 나라의 발전이고
더 나아가 결국 자신을 보호하는 일일 것이다.

며칠 전, 재래시장에 갔을 때의 일이다. 주차장이 비어 있어 다행이다 생각하고 진입을 서둘렀다. 주차를 하고 나오는데 이게 뭔 일인가. 다른 차들이 도로 한쪽에 줄줄이 주차를 하고 있는 거였다. 얼마 안 되는 주차비 때문에 법을 어기는가 싶어 내심 화가 났지만 '나부터 주차 질서를 지켜야지' 생각하며 시장 안으로 들어갔다.

이것저것 사다 보니 시간이 꽤나 걸렸다. 주차비를 계산하고 빠져나왔는데, 도로에 주차했던 커다란 트럭이 곧바로 내 뒤를 따라 나오고 있었다. 주차장에서 빠지는 차와 도로변에 주차했다가 나오는 차, 직진으로 달리고 있는 차, 좌회전해서 들어오는 차들로 도로는 복잡해지기 시작했다. 트럭이 조금만 양보해 주면 모든 차들이 순조롭게 빠져나갈 수 있을 것 같은 생각이 들어, 나는 창문을 열고 잠시 기다리라는 수신호를 보냈다.

그런데 트럭 기사는 차창 밖으로 주먹을 들이대며, 나에게 빨리 빠져나가라고 소리를 지르는 것이었다. 앞에도 옆에도 차들뿐인데 나더러 어떻게 하라는 것일까? 주차 위반을 한 주제에 주먹까지 들이대다니 바짝 약이 올랐다.

나는 두 눈을 흘기며 트럭 기사를 째려봤다. 그런데 이 일을 어쩌랴. 눈초리를 치켜뜬 트럭 기사가 내 뒤에 바짝 붙으며 겁을 주기 시작했다. 나는 핸들을 움켜쥔 채 벌벌 떨었다. 귀에는 온통 빵빵거리는 소리뿐이었다. 손에 땀이 났다.

그때였다. 웬 젊은이가 나타나서 엉켜진 차들을 정리하기 시작했다. 좌로 우로 수신호를 보내며 빠르게 질서를 잡아나갔다. 트럭은 기어이 내 옆으로 머리를 들이대더니 먼저 빠져나갔다. '빵' 소리를 내지르고는 나를 비웃듯 앞질러 달려갔다.

속수무책으로 멈춰 있던 나는 땀을 뻘뻘 흘리며 겨우 큰 도로까지 기어 나왔다. 트럭 기사에게 "주차를 위반한 사람은 누군데!"라며 소리라도 한번 쳐 줄 것을, 까닭 없이 당하기만 한 게 분해서 삐쭉삐쭉 눈물이 나왔다. 무질서가 판치는 곳에서는 어떤 원칙도 통하지 않았다.

법이란 여러 사람이 함께 지켜 나가자고 우리 스스로 만든 것이다. 자신이 편한 방법만을 챙기다 보면 법은 자연스레 멀어지게 마련이다. 프랑스의 우화시인 라퐁텐은 법을 지키는 일은 결국 우리에게 시간을 벌어주는 것이고, 시간을 쓰는 방법을 도와주고, 활동력을 배가시킨다고 하지 않았던가. 다 알고 있으면서도 고의적으로 법을 어기는 것, 이것도 다수의 사람들에게 또 다른 의미의 행패를 부리는 것이리라.

제헌절을 맞이하여 우리 모두 법을 지켜나가는 습관을 생활화해야 되겠다. 나라의 발전은 물론이고, 결국은 자신을 보호하는 일이기 때문이다.

운수 좋은 날

살아가다 보면 천국도 지옥도 한 순간,
모든 것은 자신의 마음먹기에 달려 있다.

권 여사의 승용차를 얻어 타고 모임에 가는 중이었다. 연신 싱글벙
글하는 그녀에게 무슨 좋은 일이 있냐고 물었더니, 아침에 신문에
서 본 '오늘의 운세' 때문이란다. "재물 복이 쏟아지고, 좋은 사람
따라 붙는다"라고 나와 있으니, 뭔가 특별한 일이 생길 것 같아 기
대가 된단다. 콧노래를 부르며 운전하는 그녀, 빵빵대는 차들을 여
유 있게 따돌리며 서서히 달리기 시작했다.

시내 쪽으로 막 진입을 하려는데 휴대폰이 울렸다. 기분이 들떠
있던 그녀는 자신이 운전 중이라는 사실도 까맣게 잊은 채 휴대폰
을 받았다.

"알았어. 그럼 오후에 만나!"

그녀의 기분 좋은 목소리가 끝나기도 전에, '쿵' 하는 소리와 함
께 차가 급정거를 했다. 신호 대기 중에 있던 앞차를 여지없이 받
아버린 것이다. 하얗게 질린 그녀는 일어서지도 못하고 벌벌 떨고

있었다. 그때, 아주 잘생긴 중년의 남자가 서서히 다가왔다. 창문을 열고 얼굴만 빠끔히 내밀고 있는 그녀에게 "어디 다친 곳은 없습니까?"라며 정중하게 물었다.

감격한 권 여사, 그제야 차에서 내리며 "죄송해요. 제가 딴생각을 하고 있다가 신호를 못 봤어요."라며 눈물까지 글썽였다. 앞차를 확인해 보니 범퍼의 페인트만 약간 벗겨져 있을 뿐이었다. 안도의 숨을 내쉰 권 여사, "제가 어떻게 해드리면 좋겠어요?"라며 먼저 물었다. 그 남자 "바빠서 이야기할 시간이 없으니 명함 있으면 한 장 주세요. 차를 고치고 나서 연락드리리다." 하는 것이다. 권 여사는 서둘러 명함을 찾아 건네주었다.

남자의 차는 떠나고, 겨우 제정신이 돌아온 권 여사가 남편에게 전화를 했다. 윙윙거리는 소리가 내 귀에까지 들리는 걸 보니, 아마도 남편이 운전 중에 왜 전화 받았느냐며 화를 내는 듯했다. 얼굴이 발개진 권 여사, "그래도 운수가 좋은 날이야. 만일 그 남자가 목뼈라도 다쳤어 봐. 정말 다행이라니까!" 오히려 큰소리 치고는 휴대폰을 끊어버렸다.

"오늘 진짜로 재물 복이 있었던 거야. 그렇지 않았어 봐, 엄청나게 견적이 나왔을 걸. 그렇게 점잖은 사람 내 생전에 처음 봤다니까."

권 여사의 들뜬 말이 애교스러웠다.

운이라는 게 정말 있는 걸까? 솔직히 자신 있게 대답할 근거는 없다. 다만 뭔가에 기대고 싶은 마음이 드는 날, 매일매일 불확실한 세상을 살아가고 있기에, 누구라도 확신을 줄 수 있는 무언가를 찾고 싶을 것이기에, 의심을 하면서도 습관처럼 신문의 운세란을 찾게 되는 것 같다. 권 여사가 접촉사고를 내고도 운수 좋은 날이라고 생각했던 것처럼 재미 이상의 긍정적 효과를 가져다 주는 건 분명한 것 같다.

운보다 먼저 확실하게 말할 수 있는 것은 자기가 세상을 얼마나 긍정적으로 살아가는가, 주어진 일에 얼마나 정성을 들이는가, 주변 사람들과 얼마나 화합하는가 등등, 이런 노력들이 먼저일 것 같다. 세상만사 마음먹기에 달려 있다고 하지 않던가. 운세를 의지하기 이전에 하루하루를 지혜롭게 살도록 노력할 일이다.

흔적 지우기

마음에 지우지 못한 흔적이 남아 있다면,
마음의 벽도 깔끔하게 도배할 수밖에 없을 것이다.

누구라도 한 해를 마무리하는 12월의 달력 앞에서는 한 번쯤 지난 시간을 되돌아보리라. 즐겁고 아름다운 시간들이 많았지만 더러는 가슴에 거뭇거뭇한 흔적도 보일 것이다. 기쁨은 온데간데없고 서운했던 일, 원망스러웠던 일, 괴로웠던 일들로 안타까움과 후회만이 가득할지도 모른다. 그때는 왜 그리 인색했을까, 조금만 참고 그 사람 마음을 헤아렸더라면, 내가 왜 그런 엉뚱한 오해를 했을까 등등. 후회한들 지나간 시간은 되돌릴 수 없는 일이다.

우리가 살아가는 일이란 사람을 만나는 일에서부터 시작된다. 만남을 통해서 이루어지는 관계, 그러나 서로에게 바라는 것이 다르기 때문에 조심해도 매번 부딪히게 되는 게 사람과의 관계다. 친한 사이일수록 마음을 터놓다 보니 더 많이 부딪치게 되고 오해도 쌓여간다. 감정을 가지고 사는 동물이라 어쩔 수 없는 일이다. 사람들은 쉽게 말을 한다. 아름다운 관계를 유지하기 위해서는 내 자신이 먼저 마음을 비워야 가능하다고. 하지만 말뿐이지 그게 어디 쉬운 일이던가.

전해 들은 이야기 중에, 화를 잘 내는 아들을 둔 아버지에 관한 일화가 있다. 아무리 타일러도 화를 다스리지 못하는 아들을 위해, 아버지는 어느 날 못 40개를 준비했다. 그러고는 아들이 화를 낼 때마다 스스로 벽에 못을 박도록 벌을 내렸다. 시간이 지나자 아들의 화내는 횟수가 점점 줄어들었다. 박을 못이 다 떨어지자, 아버지는 아들이 화를 참을 때마다 못을 하나씩 뽑도록 했다. 아들은 못이 뽑힌 자리에 흉하게 남은 흔적들을 바라보았다. 상처투성이의 벽을 어루만지며 아들은 이제 더 이상 화를 내지 않았다는 것이다.

지내 놓고 보면 아무 일도 아닌데, 그 순간을 넘기지 못해서 화를 내고, 상대방에게 씻을 수 없는 마음의 상처를 안겨 준다. 세상 사는 일이라는 게 서로 다른 두 사람이 만들어 가는 관계일진대, 어떻게 같은 마음이기를 바랄 수 있겠는가. 그리고 세상에 쉬운 일이 어디 있을까? 살아가면서 힘들고 어려운 일일수록 한 번 더 생각하고 처리할 일이다. 참고 기다리는 미덕, 바로 화를 잘 내는 자식을 위해 못 40개를 준비한 현명한 아버지의 지혜를 배워야 할 때이다.

한 편의 글을 읽을 때도 마찬가지다. 중간의 내용은 가물가물 기억이 잘 나지 않아도 마지막 부분이 감동적이면 그 글은 오래도록 우리들 기억 속에 남아 있다. 살아가는 일도 마찬가지일 것이다. 그동안 가슴에 남겨진 거뭇거뭇한 흔적들이 왜 생겼는지 다시 한 번 생각해 보자. 더러는 무엇을 그렇게 잘못했는지 가물가물 할지도 모른다. 그러기에 12월엔 만나야 하리라. 남겨진 흔적을 지우기 위해 꼭 서로 만나야 하리라. 만나서 서로 얼굴 보며 마음과 마음을 나누는 감동적인 반전을 통해 한 해를 마무리해야 되리라.

그래도 지우지 못한 흔적이 남아 있다면 서둘러 내 마음을 도배해야 할 일이다. 우리가 사는 집 안의 벽을 도배하듯 내 자신의 마음 벽도 스스로 깔끔하게 도배할 수밖에 없을 것이다. 아름답고 진솔한 색깔과 무늬를 담아 가슴속 천장도 벽도 새로 도배를 하고 나면, 원망이 켜켜이 쌓였던 상대방도 어쩌면 마음이 누그러지지 않을까?

확인과 의심

편하게만 살고 싶어 하는 요즘 세상에
매사 확인하는 습관이야말로 보석 같은 것이다.

상업학교를 졸업한 그녀는 습관적으로 숫자를 확인하는 버릇이 있다. 통장의 입출금을 확인하고, 남편의 급료명세서를 확인하고, 남아 있는 돈을 확인한다. 그런데 며칠 전, 남편으로부터 "당신은 왜 그렇게 의심이 많아?" 하는 볼멘소리를 들었다. 매사에 확인을 하며 사는 게 당연한 것으로 생각했던 그녀에게는 대단히 충격적인 말이었다. 남도 아닌 남편의 입에서 의심이 많다고 하였으니, 그것도 아이들이 보는 앞에서 말이다. 확인하는 것과 의심하는 것을 구별 못 할 남편도 아닐 터인데……. 결국 심한 부부싸움으로까지 번지고 말았다.

열자설부편(列子設符篇)에 보면, '의심생암귀(疑心生暗鬼)'라는 말이 있다. 어떤 사나이가 소중한 도끼를 잃어버렸다. 어디서 잃었는지 도무지 짐작이 가지 않았는데, 이웃집 아들의 태도가 수상쩍었다. 그놈이 훔쳐간 것이 아닐까 하여 유심히 살펴보자니, 그의 동작이며 태도며 어느 것 하나 수상쩍지 않은 것이 없었다. 틀림없이 저 놈이라고 속으로 점찍었는데, 어느 날 우연히 잃어버린 도끼가 집에서 발견되었다. 그러고 나서 이웃집 아들을 보니 어느 모로나 도끼를 훔칠 그런 사람으로는 보이지 않았다는 것이다.

위의 이야기는 의심이 가득 찼을 때는 이상하지 않은 것까지 이상하게 보이는 상태를 말하는 것이리라. 그동안 남편은 그녀의 확인하는 습관을 의심이 많다고 줄곧 생각하고 있었을 터이니, 그녀 자신이 남편에게 얼마나 이상하게 보였을 것인가 생각하면, 남편이 서운타 못해 끔찍하기조차 했을 것이다. 그러니 싸울 수밖에. 언젠가 그녀가 내게 학창시절의 얘기를 들려주며 웃던 일이 생각난다. 상업학교 학생들은 주산이나 부기 급수 시험을 볼 때 숫자 하나 틀려서 자격증을 따지 못하는 일이 종종 있다는 것이다.

무슨 일을 하다 보면 그래, 그래 하면서 대충 넘어가는 사람들을 만나게 된다. 우선 편하게 일을 처리할 수 있어서 좋을 수도 있다. 그러나 정작 뒷소리하는 사람은 바로 편하게 보이던 그 사람이었음이 기억난다. 차라리 그녀처럼 무슨 일이든 분명하게 확인하고 넘어가는 사람은 뒷소리가 없었던 것이다. 매사 확인하는 일이 가정에서부터 생활화된다면 의심이란 단어가 아무 데나 함부로 끼어들 수 없을 터이다. 하도 복잡한 세상이라 귀찮아서 대충 대충 넘어가는 것을 좋아할 수도 있으리라. 그렇다고 꼼꼼하게 확인하는 사람들을 까다롭다거나 의심이 많다고 몰아세우지는 말아야 할 일이다.

남편들이여! 편하게만 살고 싶어 하는 요즘 세상에 매사 확인하

고 넘어가는 그녀야말로 보석 같은 존재가 아니겠는지요? 정확하
고 당당한, 그리고 뒷소리 없는 그녀를 업어 주어도 시원찮을 판에
의심이라는 단어를 갖다 붙이다니요. 세상을 몰라도 한참 모르고
있었네요.

남의 말, 끝까지 들어주기

좋은 말이든 험담이든 차분하게 남의 말을 끝까지 들어주는 것.
이것도 좋은 일 중에 최고 좋은 일이 아닐까 생각해 본다.

좋은 일을 하는 방법도 참 여러 가지가 있다. 부산에 살고 있는 내 친구 김 작가는 날마다 도움이 될 만한 글을 찾아내서 주위에 나눠 주는 일을 한다. 메일을 열면 언제라도 다정하게 다가오는 글들. 그가 보내온 글은 우리에게 피가 되고 살이 될 만한 아주 유익한 내용들이다. 여기에 소개하는 글도 며칠 전 그가 보내온 메일이었는데 아주 공감이 가는 이야기다. 혼자만 알고 있기에는 너무 아까운 글이라서 친구에게 허락도 얻지 않고 소개하는 것이다.

옛날에 인품이 훌륭한 선비가 있었다. 하루는 험담하기 좋아하는 친구가 와서 엉뚱한 일을 트집 잡아 공격하는 것이다. 한동안 목소리를 높여 욕을 하던 친구는 선비가 욕을 들으면서도 가만히 있자 보란 듯이 말했다.

"내 말에 아무런 말도 못 하는 걸 보니 자네도 구린 데가 있는 모양이군."

아무 말 없이 이야기를 끝까지 다 듣고 난 선비가 "자네는 손님에게 맛있는 음식을 차려 주었는데 안 먹으면 어떻게 하는가?" 하고 물었다.

"그야 물론 내가 먹지."

그러자 선비가 싱긋 웃으며 친구에게 말했다.

"오늘 자네가 나를 위해 차려준 말로 된 음식들은 내가 먹고 싶지 않으니 자네가 먹게."

우리 선비들의 여유로움과 지혜가 느껴지는 이야기다.

옛말에 "털어서 먼지 안 나는 사람 없다."는 말이 있듯, 작정하고 험담을 하는 데야 누가 말리겠는가. 상대방을 트집 잡기로 마음먹은 사람의 눈에는 걸음걸이도, 말하는 것도, 밥 먹는 것도, 심지어 잠자는 것까지도 다 눈에 거슬릴 테니까. 그러니 남이 하는 험담에 하나하나 신경 쓰고 살기에는 시간이 너무 아깝다는 생각이 든다. 다만 주위의 험담을 선비처럼 끝까지 귀담아 들어 주는 지혜가 필요할 뿐이다. 자신도 의식하지 못하는 사이에 실수했을 수도 있으니까 말이다.

그런데 성질이 급한 요즘 사람들은 좋은 말이든 험담이든 아예 남의 말을 끝까지 들으려 하지 않는 게 습관이 되어버린 듯 안타까울 때가 더러 있다. 습관이라는 것은 부모 자식 간에도 닮는다고 했는데, 그래서인지 요즘 아이들도 남의 말을 잘 듣지 않는다. 인내심이 부족하다는 말로 표현하기에는 어쩐지 어울리지 않는 상황이다.

하지만 기쁠 때, 힘들고 어려울 때, 허전할 때 사람들은 주변 사람들과 이야기를 나누며 기쁨을 나누거나 위로받고자 한다. 특별히 돈 들어가는 것도 아닌데 차분하게 남의 말을 끝까지 들어주는 것. 이것도 좋은 일 중에 최고 좋은 일이 아닐는지.

돌이켜보면 나 역시 바쁘다는 핑계로 자식들의 말을 끝까지 들어주지 않았던 때가 여러 번 있었다. 자식들이 성장하면서 대놓고 그때의 상황을 떠올리며 나를 원망하곤 하였다. 알게 모르게 자식들로부터 구박을 당한 기억도 여러 번이었다. 가장 가까운 가족에게 거절당한 아픔이 자신의 자존감을 떨어뜨렸다는 말을 할 때는 눈앞이 캄캄하였다. 참으로 미안하고 미안하지만 다시 그때로 돌아갈 수가 없으니 어찌하랴.

이제부터라도 "남의 말, 끝까지 들어주기"는 가정에서부터 시작하여 이웃으로 번져 나가야 한다. 그리하여 행복이 넘치는 가정, 믿음이 가는 사회, 여유롭고 지혜로운 사회를 만들어 가야 할 일이다.

거짓말과 배려

머리 아플 때 먹는 아스피린 같은 거짓말.
그것은 정말 자라나는 아이들에게 필요한 것일까?

얼마 전 학생들에게 선의의 거짓말은 필요한가? 라는 질문을 한 적이 있었다. 대부분의 학생들은 "어떤 상황이라도 거짓말은 안 되며 사실대로 말하고 이해를 구해야 한다."고 대답했다. 그 중 몇몇 학생들만이 "피해를 주거나 받지 않는 상황에서 필요하다면 배려 차원의 거짓말은 용서받을 수 있다."고 했다. 배려보다는 분명한 원칙을 따지는 요즈음 젊은이들의 가치관을 알 수 있는 좋은 기회였다.

　내가 어렸을 때의 일이다. 막내삼촌은 가끔 술을 마시며 밤을 꼬박 새우곤 했다. 어느 날 공교롭게도 할아버지가 삼촌을 찾게 되었다. "몸살기가 있어서 자고 있으니, 내일 아침에 이야기하세요."라며 할머니가 거짓말을 하셨다. 할아버지는 고개를 끄덕이며 더 이상 찾지 않았다. 나는 할머니 뒤를 졸졸 따라가며 왜 거짓말을 하느냐고 따져 물었다. 집안을 조용히 하려면 어쩔 수 없다는 게 할머니의 대답이었다.

나는 삼촌의 버릇을 고쳐 주지 않는 할머니가 야속해서 몇 번이나 다시 따져 물었다. 한숨을 푹 내쉬던 할머니는 "그건 거짓말이라고 볼 수 없는 거야."라며 멀뚱하게 바라보고 서 있는 나를 이해시키려고 무진장 애를 썼다. 물론 정직한 것은 아니지만, 정직한 만큼 중요한 것은 서로를 배려하는 마음이라고 조곤조곤 알아듣게 설명까지 해주셨다.

어디 그것뿐이던가. 좋아하지 않은 음식을 대접받았을 때도 마찬가지였다. "배가 고프지 않아서 조금만 들겠다."고 말하고는 맛있게 먹는 모습을 보이곤 하셨다. 싫어하는 음식이라며 먹지 않겠다고 투정부리는 나를 향해 한쪽 눈을 찡긋 감아 보이던 할머니. 그때는 할머니의 거짓말이 싫어서 한없이 징징거렸고, 심할 때는 발을 뻗고 앉아 울기도 했다.

거짓말과 배려의 사전적 의미를 보면, 전자는 '사실과 다르게 꾸며서 하는 말'이요, 후자는 '관심을 가지고 도와주거나 보살펴 주는 것'이라고 되어 있다. 두 단어는 전혀 다른 뜻으로 받아들여진다. 그러나 할머니가 나를 이해시키려 했던 그 '배려'를 위해서는 어쩔 수 없는 선의의 거짓말이 따르게 되므로 두 단어는 가끔 가까운 사이가 되기도 할 것 같다.

특히 자라나는 어린이들이 마음 다치거나 무안하지 않게, 애교 있는 거짓말로 살짝 넘어가 주는 어른들의 배려, 이것이야말로 아이들을 헤아려 주는 마음이 아닐까. 따뜻한 배려의 말 한마디가 좌절하고 있는 아이들에게 다시 일어설 수 있는 용기를 주지는 않을까. 이러한 배려의 거짓말이 아이들을 강요하지 않아도 스스로 예절과 질서를 잡아가는 길은 아닐는지.

　사회가 하도 삭막해서인지, 내가 나이 들어서인지 요즘 들어 할머니의 그 거짓말이 아련히 그리워진다. 사랑하는 아이들이 별 것도 아닌 일에 안절부절못하며 상처받고 있을 때, 자신의 탓이라고 마음이 다쳐 있을 때 살짝 넘어가 줄 수 있는 배려의 거짓말, 그것은 머리 아플 때 먹는 아스피린 같은 것이 아닐까?

발바닥을 위한 기도

자신의 공을 대놓고 드러내지 않는
발바닥 같은 사람들이 있어 세상은 아름답다.

"그대, 평생 나와 함께 고생했으니 오늘은 시원한 공기를 마음껏 마시게나."

무등산 등산 도중 바위에 걸터앉아 신발을 벗고 양말도 벗었다. 그러고는 진심으로 발바닥을 위해 특별한 기도를 올렸다. 하루 종일 양말 속에서, 답답한 운동화 속에서 불평 한마디 없이 지내온 발바닥에 대한 고마운 마음에서다. 발바닥은 단 한 번도 얼굴이나 손처럼 특별히 손질해 주기를 바라지 않았다. 욕심을 부리는 일은 더더욱 없었다. 하루의 일을 끝내고 돌아와 깨끗이 씻어만 주면 그저 감사할 줄 알았다.

젊은 시절 정신없이 뛰어다니며 이일 저일 해낼 때, 말없이 희생과 봉사로 제 할일을 다했던 발바닥이 나이가 들면서 차츰 달라지기 시작했다. 자꾸 신경이 쓰였다. 겨울로 접어들면서부터는 발바닥이 가렵기 시작했다. 굳은살도 생겼다. 더 이상 갑갑함을 견딜 수 없다는 듯 뒤꿈치에 금이 가고, 쏙쏙 쑤시기까지 했다. 약을 발라도 그때뿐이었다. 어디 그것뿐이던가. 발바닥에 이상이 생긴 다음부터는 소화도 잘 되지 않고, 병원을 찾는 횟수도 잦아졌다. 의사 선생님의 말씀인즉, 발바닥을 위해 하루 한 시간이라도 투자를 해 주어야 한다는 처방이 내려졌다.

그러고 보니, 예전과 달리 요즈음 컴퓨터 앞에 너무 오랫동안 앉아 있었던 것 같다. 평생 걷는 일만 하며 살아온 발바닥의 답답한 고통을 감히 짐작인들 했겠는가. 그동안 양말 속에 가려져 있었기에 단 한 번도 발바닥을 의식하지 않았던 내 잘못이 너무 컸다. 미안한 마음에 학교 운동장에서 걷기 운동을 시작했고, 밤이면 따뜻한 물에 담가 주었다. 물론 로션도 듬뿍 발라주고, 문지르고 두드리고 주물러 주었다. 며칠간 정성을 드렸더니 금세 보드라워졌다.

요즈음 발바닥에 대한 관심이 높아지고 있다. 발바닥을 제2의 심장이라고 소개하며, 신문의 한 지면을 발바닥 관리에 대해 할애하기도 한다. 발바닥을 위한 여러 가지 화장품도 나오고, 발바닥으로 보는 사주팔자, 하루에 30~60분 걷기 운동, 발바닥을 관리하는 직업까지 등장하고 있다. 며칠 전에는 당뇨병 환자가 발바닥을 잘 관리하면 그렇지 않은 사람에 비해 사망 위험이 39%나 감소한다고 발표된 바 있다.

신문을 보다가 문득 주변에 발바닥 같은 삶을 살아가는 사람들이 떠올랐다. 우연한 기회에 음식 몇 가지를 준비해서 천사원을 찾은 일이 있었다. 장애인들이 모여 사는 곳인데 봉사활동을 하는 사람들이 있었다. 빨래를 도와주는 사람, 머리를 깎아 주는 사람, 청소를 해주는 사람 등 여러 명이었다. 그 중 혼자서는 도저히 움직일 수 없는 장애인을 땀을 뻘뻘 흘리며 보듬고 운동시켜 주는 모습을 볼 때는 가슴이 뭉클하기까지 했다. 대부분 엄마들이었는데 희생과 봉사로 말없이 이웃을 사랑하는 바로 발바닥 같은 사람들이었다. 어디 그들뿐이던가. 곳곳에서 발바닥 각시들처럼 소리 없이 독거노인을 돕는 봉사원들도 만날 수 있었다.

그들은 누가 알아 주기를 바라지 않는다. 다만 묵묵히 자신의 길을 가고 있을 뿐이다. 발바닥 같은 그들이 있기에 이 나라를 지탱할 수 있고, 그들이 있기에 이 나라의 심장도 튼튼하게 박동할 수 있을 것이다.

느티나무의 정령

조상님들은 자연을 삶의 한 부분으로 생각하며 섬길 줄 알았기에,
자연이 주는 재앙을 최대한 막을 수 있었을 것이다.

고향 입구에는 커다란 느티나무가 한 그루 서 있다. 몸통 가운데 둥
그런 홈이 파져 있고, 그 앞에서는 감히 사악한 생각을 할 수 없는
어떤 위엄 같은 걸 느끼게 하는 우람한 나무다. 마을 사람들은 힘
들고 어려울 때마다 두 손을 합장하며 느티나무 앞에서 소원을 빌
기도 했고, 철없는 아이들이 행여 느티나무를 발로 차기라도 하면
깜짝 놀라 야단을 치기도 하였다.

오래전, 느티나무의 한쪽 가지에서 이파리가 전혀 돋지 않았던
적이 있었다. 그 해는 흉년이 들어 마을 사람들이 몹시 고통을 받
았던 기억이 난다.

한 번은 옆 마을에 살고 있는 어떤 아이가 어른들의 걱정을 뒤로
하고 장난삼아 느티나무의 둥그런 홈에 대변을 본 일이 있었는데,
우연이었을까? 저수지에서 수영을 하던 그 아이가 익사체로 발견
되었다. 또 한 번은 느티나무에 올라가 칼질을 했던 아이마저 물에

빠져 죽고 말았다. 그때부터 철없는 아이들까지도 느티나무의 정령을 믿으며 두려워하기 시작했다.

느티나무 옆에 집을 짓고 살던 사람은 이사를 가고, 두어 차례 주인이 바뀌었다. 그런데 얼마 전 새로 이사 온 객지 사람이 측량을 한 결과 느티나무 있는 자리가 자기네 땅이라며, 마을 사람들이 땅 사용료를 내야 된다고 주장했다. 그러고는 헌 집을 헐고 넓은 창고를 지었는데, 마당을 만들기 위해 시멘트를 느티나무 앞까지 뒤범벅해 놓았다. 몇몇 어른들이 말렸지만 막무가내였다고 한다. 고향에 들렀던 나는 그 모습을 보고 지레 겁부터 났다.

창고에 어떤 물건을 쌓아 두고 장사를 할지 모르겠지만, 요즘 사람들의 겁내거나 두려워하지 않는 통 큰 배짱이 대단(?)하기까지 했다. 그런데 이를 어쩌랴. 요즈음은 사업을 접었는지 커다란 자물쇠로 창고 문을 걸어 잠근 채 오가는 사람들의 마음을 안타깝게 했다. 창고 주인의 소식을 알 길 없는 마을 사람들은 오며가며 걱정이 이만저만 아니었다. 시멘트 때문에 숨을 쉴 수 없었을까? 느티나무는 여름 태풍에 한쪽 가지가 부러지고 말았다. 그럼에도 불구하고 나머지 가지는 검푸른 이파리를 너울거리며 하늘로 향해 있었다.

과학이 발달한 이 시대에 나무의 정령 같은 걸 믿는 내가 우습게 느껴질지 모르겠지만, 힘들고 어려운 일이 생길 때마다 나도 모르게 느티나무 앞에서 중얼중얼 도움을 청하곤 하였다. 말없는 한 그루의 나무일지라도 200년 이상이나 마을을 지키며 살아왔는데, 나무가 이리저리 움직이지 않는다고 아무것도 모른다고 생각하면 안

될 일이다. 나무가 사람처럼 말을 않는다고 해서 생각하지 않는 것은 절대 아닐 것이다. 이는 나이 들면서, 자식들 키우면서 스스로 터득한 내 나름대로의 지혜였다.

커다란 바위 앞을 지날 때, 우람한 나무 앞에서, 넓은 바다 앞에서도 두 손 모으며 기도하던 우리네 조상님들을 생각해 본다. 자연을 삶의 한 부분으로 생각하며 섬길 줄 알았던 지혜가 있었기에, 자연이 주는 재앙을 최대한 막을 수 있지 않았을까? 올 여름은 '천년 만에 만나는 무더위'라며 벌써부터 야단이다. 슬기롭게 한여름의 무더위를 넘길 수 있도록 지혜를 모아 볼 일이다.

아름다운 사람

건강하게 살 수 있어서 늘 고맙다는,
욕심 없는 그 사람이 진짜로 아름답게 보였다.

박씨 아저씨는 오늘도 이른 새벽에 집을 나섰다. 골목길을 지나 큰
길에 있는 백제호텔 옆으로 접어드는데, 검은 승용차 한 대가 앞을
가로질러 급하게 달려갔다. 순간 몇 걸음 뒤로 물러섰다. 하마터면
차에 치일 뻔해서 등골이 오싹하였다.

"요즘 사람들은 뭐가 저리 바쁜지 몰라."

아저씨가 사라지는 승용차 꽁무니를 노려보며 투덜거렸다.

서둘러 호텔 주차장 입구를 지나는데, 발끝에 뭉툭 걸리는 게 있
었다. 검은색의 두툼한 지갑이었다. 아저씨는 방금 승용차가 지나
간 큰길을 다시 한 번 바라보며 지갑을 주웠다. 무심코 지갑을 열
어 본 아저씨는 당황하여 얼른 닫아버렸다. 상당히 많은 돈이 들어
있었기 때문이다. 가슴이 두근거리기 시작했다. 지갑 속의 돈을 만
지면 무슨 큰일이라도 생길 것 같았다. 누가 쳐다보고 있는 것 같
아 온몸이 긴장되었다. 아저씨는 후들거리는 다리 때문에 잠시 쪼

그리고 앉았다.

순간, 13평짜리 영세민 아파트에서 네 식구가 부대끼며 살아온 지난날들이 필름처럼 지나갔다. 허리가 아파도 병원 한 번 제대로 못 가는 아내 얼굴이 아른거렸다. 몇 달 전부터 수학학원에 보내 달라며 눈치를 보던 쌍둥이 아들들 얼굴이 떠올랐다. 지갑을 들고 있던 손에 힘이 주어졌다. 돈이 얼마나 들어 있는지 한 번 세어 보고 싶었다. 그러나 아저씨는 고개를 좌우로 흔들었다.

"부릉!"

그때, 호텔 주차장 안에서 자동차 시동 거는 소리가 들렸다. 화들짝 정신이 든 아저씨는 벌떡 일어나 파출소 쪽을 향해 걷기 시작했다.

"이거 주인 찾아주십시오."

떨리는 손으로 경찰에게 지갑을 건네주었다. 아저씨는 파출소를 나오며 하늘을 올려다보았다. 아저씨는 아무 일도 없었던 것처럼 묵묵히 깨끗한 거리를 만들기 위해 휴지를 줍고 주변 미화 작업에 정성을 쏟았다.

한 이 년쯤 지난 어느 날, 우연히 박씨 아저씨를 거리에서 만났다. 모자 밑으로 보이는 얼굴이 무척 편안해 보였다. 묻지도 않았는데 몇 달 전 25평짜리 아담한 단독주택을 장만했다고, 좁은 마당이지만 국화 화분도 가꿀 수 있다고 자랑을 했다. 쌍둥이들도 원하는 대학에 합격해서 잘 다닌단다. 지금도 새벽 다섯 시면 일어나 일을 하러 나간다는 아저씨. 그래도 건강하게 살 수 있어서 날마다 감사드린다는 것이다.

그날 밤, 뉴스를 보다가 깜짝 놀랐다. 서민들은 감히 생각지도 못할 억대의 뇌물을 받아 챙겼다는 잘난(?) 사람을 보았기 때문이다. 두꺼운 얼굴에, 여유로운 웃음까지 머금고, 그래도 아직 할 말이 남은 듯 자꾸 변명을 해대고 있었다. 쓸쓸한 마음이 들어 텔레비전을 꺼버리고 잠자리에 들었다. 아른아른 얼굴도 모르는 그 사람의 자녀들이 생각났다. 부모가 얼마나 부끄러울까? 앞으로 어떻게 얼굴을 들고 돌아다닐 수 있을까? 안타까운 마음이 들어 쉽게 잠들지 못했다.

콩 심은 데 콩 나고, 팥 심은 데 팥 난다는 조상님들의 말씀이 오늘따라 가슴에 새겨지는 것은 어인 일일까. 그 잘난 사람 얼굴 위로 오랜만에 만났던 미화원 박씨 아저씨의 웃음 띤 얼굴이 커다랗게 다가온다. 어떤 유혹에도 꿋꿋이 버티며 살아온 참 아름다운 얼굴이다.

2부

자식이라는 나무

자식이라는 나무는 도대체 언제까지 물 주고
거름 주며 가꿔야 할 나무일까.

베란다에서

여러 가지 꽃들이 각양각색으로 어울려
피어 있어야 아름다운 꽃밭일 것이다.

화분에 물을 주는데 문득 몇 년 전에 돌아가신 어머님이 생각났다.

"인석아, 너는 햇빛이 그렇게도 좋은 게야? 너는 만날 그늘만 좋아하는구나. 너는 물을 싫어하다니, 참 별난 입맛이구나."

팔순의 어머님은 시간이 날 때마다 화분을 이리저리 옮겨 주며 도란도란 이야기를 나누곤 했다. 어머님의 목소리는 지금도 내 가슴 한구석을 촉촉하게 적셔 주곤 한다. 금세 죽어 없어질 것 같던 화초들도 어머님의 보살핌을 받으면 언제 그랬느냐는 듯 살아나곤 하였으니까.

나는 직장 때문에 늘 밖으로만 돌았다. 밥 짓는 일에서부터 자식 키우는 일 등 대부분 어머님의 도움을 받으며 살았다. 언제나 며느리인 내가 조금이라도 편하게 직장생활을 하도록 배려했던 어머님이었다. 부족한 며느리였지만 살아생전 그 흔한 고부갈등 한 번 겪지 않게 하셨던 것은 화초를 가꾸면서 당신 나름대로 터득한 지혜

덕분이 아니었을까 생각해 본다.

떠나시고 나니, 어머님께 아무것도 해드린 게 없는 것 같았다. 죄송한 마음을 조금이나마 덜어 보려고, 어머님이 애지중지 키우던 화초들에 물을 주며 열심히 돌보았다. 그런데 잘 자라기는커녕 얼마의 시간이 지나자 밑동이 썩어 내리기도 하고, 고개를 늘어뜨리기도 하고, 어떤 것은 아예 죽은 듯 말라비틀어지기까지 했다. 영양제를 사다 주어도 소용이 없었다.

"그래, 죽고 싶으면 죽어라, 가족들 돌볼 시간도 부족한데 너희들까지 건사할 시간이 어디 있니."

화가 나서 시들시들해진 화초들을 아예 베란다 한쪽으로 치워 놓고 말았다. 이미 떠나고 없는 어머님의 손길만 찾는 것 같아 야속하기까지 했다. 직장으로 집안 살림으로 바쁜 일상에 찌들어 가고 온통 난장판이 된 집안 살림살이가 나를 점점 지치게 만들었다. 물론 베란다 화초들도 관심 밖으로 밀려나갔다.

모처럼 쉬는 날이 겹쳐서 대청소를 하기 시작했다. 마지막으로 베란다를 청소하는데, 한쪽에 치워 두었던 게발선인장, 백일홍, 분꽃 등이 제 맘대로 가지를 뻗은 채 보란 듯 살아있는 게 아닌가.

도대체 어찌된 일일까? 고개를 갸웃했다. 먹기 싫은 물을 내가 매일 부어 준 탓이라는 걸, 햇볕도 무조건 다 좋은 건 아니라는 걸 뒤늦게 알게 되었다. 하루에 한 번, 어떤 것은 삼 일에 한 번, 아니면 한 달에 한 번 제각각 알맞게 물을 주고 햇볕까지도 낱낱이 배려해야 한다는 것을 깨닫게 되었다. 다시 살아난 화초들이 기특하고 반가웠다.

다음 날부터 어머님이 평소에 했던 대로 쌀뜨물을 받아서 부어 주기도 하고, 다정스레 이야기도 들려주었다. 화초들이 내 마음과 정성을 받아 주었을까? 이제는 내가 베란다에 나가면 모두들 진초록 이파리를 살살 흔들어대며 좋아한다. 나도 녀석들의 입맛과 특성을 훤히 꿰고 있어서 여유가 생기기도 했다. 얼마 전에는 군자란을 사다가 빈 화분에 심어 주었다. 이 녀석, 탐스러운 주황색 꽃을 피워내고는 으스대며 나를 올려다보았다.

자식들 키우는 일도 마찬가지리라. 저마다 개성이 있는데 매일 잔소리하고 일방적으로 강요해댄다면 좋아지기는커녕 원망만 쌓여 갈 것이다. 깊은 관심으로 개성을 존중하고 인정해 주었을 때 씩씩하고 당당한 아이로 자라게 되지 않을까? 소심한 아이, 용감한 아이, 공부 잘하는 아이, 놀기 좋아하는 아이, 부지런한 아이, 게으른 아이 등. 각기 다른 아이들이 스스로 가꾸어 나가는 그들만의 세계야말로 각양각색으로 피어나는 아름다운 꽃밭일 것이다.

자식이라는 나무

자식이라는 나무는 도대체 언제까지
물 주고 거름 주며 가꿔야 할 나무일까?

나에게는 참 힘들게 키운 딸이 있다. 태어나서부터 여섯 살까지 병원 생활만 하다가 아홉 살이 되어서야 겨우 초등학교에 입학한 둘째 아이다. 말도 제대로 못 하는 딸을 초등학교에 입학시켜 놓고, 날마다 따라다녔다. 행여 놀림당하거나 얻어맞지 않을까? 복도에서 운동장 구석에서 지켜보느라 안절부절못하며 하루하루를 보내던 날들이었다.

내 걱정과는 달리 같은 반 아이들은 딸을 살갑게 보살펴 주었다. 알림장에 준비물도 세세히 적어 주고, 담임선생님의 말로는 서로 짝꿍이 되어 주겠다고 나서기도 했단다. 반 아이들이 너무도 기특하고 고마워서 만날 눈물을 찍어내곤 했다. 진도에 맞게 공부를 따라 한다는 건 생각지도 못했지만, 나는 딸이 즐겁게 학교 다니는 것만으로도 행복했다.

딸은 초등학교를 무사히 마치고 중학교에 진학했다. 시험을 치를 때마다 꼴찌를 왔다 갔다 했지만 학교에 꼭 가야 하는 것으로 알고, 열심히 다녀주는 게 여간 대견할 수가 없었다. 어디 그것뿐이랴. 어울려 놀아 주지 않아도 몇몇 아이들은 전화로 준비할 것을 꼼꼼하게 챙겨 주기도 했다. 주변의 도움으로 중학교 3년 내내 결석한 번 않고 학교를 마칠 수 있었다. 따뜻한 배려가 있었기에 가능한 일이었다.

어엿한 고등학생이 된 딸을 바라보며 차츰 걱정을 잊어 가고 있었다. 그런데 딸의 얼굴에 그늘이 내려앉기 시작했다. 이유를 물어보니, 초등학교 중학교 때는 같은 반 친구들이 부족한 딸을 많이 도와주었는데, 고등학생 친구들은 딸을 알게 모르게 왕따를 시킨다는 것이다. 학교를 다녀봤자 무슨 소용 있느냐며, 대놓고 비아냥거려서 도저히 견딜 수 없다는 것이다.

결국 딸은 심한 스트레스로 인해 한 달이 넘게 대학병원에 입원하고 말았다. 퇴원을 한 후에도 딸은 병원과 학교를 오가며 힘든 시간을 보내야만 했다. 겨우 수업일수를 채우고 졸업은 할 수 있었다. 그 후, 3년을 노력한 끝에 모 대학 사회복지학과에 입학할 수 있었다. 나는 직장생활 틈틈이 딸의 친구가 되어 주고, 학습을 도와주는 선생님, 더러는 애인 역할까지도 해주어야만 했다. 딸이 무사히 대학생활을 마치던 날, 꽃다발을 안고 있는 딸을 바라보며 주책없이 눈물을 쏟아내고 말았다.

그날 밤, 가까운 후배에게서 전화가 걸려왔다.

"언니, 도대체 자식이라는 나무는 뭘까? 언제까지 물 주며, 거름 주며 가꿔야 해? 언제쯤이면 홀로 서서 열매를 맺을 수 있어?"

그녀가 울먹이며 연거푸 물어댔다. 그녀의 딸은 대학을 졸업하기도 전에 서울의 내로라하는 직장에 취업을 했다. 그런데 며칠 전 예고도 없이 직장을 그만두고 유학을 떠나겠다며 돈을 빌려 달라고 부탁하더라는 것이다. 처음으로 넉넉하지 못했던 그동안의 고통을 미주알고주알 털어놓는 그녀의 울먹이는 목소리에 원망과 안타까움이 덕지덕지 묻어 있었다.

　나는 수화기를 든 채 아무런 대답도 할 수 없었다. 오히려 그녀에게 내가 묻고 싶던 말이었기 때문이다. 오랜 세월 누구에게도 하소연 못 하고 가슴속을 후비며 살아온 나도 있는데. 똑똑하고 잘난 자식을 둔 후배의 고민도 결국은 나와 같은 것이라니. 후배의 말이 다 끝날 때까지 들어주고는, 그녀의 물음에 대답할 자신이 없어 슬그머니 수화기를 내려놓고 말았다.

　내일모레면 식목일이다. 한 그루의 나무를 심고 가꾸듯 평생을 정성들여 가꿔야 할 나무. 그녀가, 내가, 아니, 세상 모든 부모들이 가꿔야 할 자식이라는 나무는 도대체 어떤 나무일까?

거울에 핀, 희망꽃

자식들에게 받고 싶은 최고의 선물은
내일을 향한 소박한 희망꽃이 아닐까?

천지에 날아갈 듯 연둣빛이 피어나는 5월이다. 며칠째 둘째가 거실
에 앉아 뭔가를 열심히 만들고 있다. 문화센터에서 배운 리본을 손
질하는 것 같았다. 작년 이맘때, 오른손 신경이 약한 둘째를 위해
조심스럽게 권해 봤는데 고맙게도 중단하지 않고 지금껏 열심히
다니고 있는 것이다. 어떤 일에도 관심을 보이지 않던 둘째가 리본
만들기에는 남다른 관심을 보였다. 기초 과정이 끝나고 다른 회원
들은 중급, 고급으로 올라갔지만 저 혼자만 남아서 고집스럽게 같
은 과정을 반복 또 반복하며 스스로 만족할 때까지 버티고 있었다.
　어제는 좋아하는 텔레비전도 외면한 채 손질하던 리본을 열심히
만지고 있었다. 직접 글루건을 사용해 붙이고 바늘로 꿰매기를 반
복했다. 혹, 좋아하는 남자친구에게 줄 선물을 준비하는 것일까?
상상하는 것만으로도 내 가슴이 뛰었다. 그런데 한나절이면 끝날
것 같던 만들기는 저녁때가 다 될 때까지 끙끙대기만 했다. 내가 도

와주겠다고 다가앉으니 절대 안 된다며 손사래를 쳤다. 그 모습이 안타까워 눈물을 글썽이다가 한편으론 꿋꿋하게 버티는 모습이 대견하게 느껴지기도 했다.

어버이날 아침, 둘째가 뿌듯한 얼굴을 하며 작은 상자 하나를 내미는 게 아닌가. 반가운 마음에 열어 보았더니, 동그란 거울 반대편에 꽃장식이 된 휴대폰 고리였다. 그토록 정성스레 만들었던 게 바로 내게 줄 선물이었다니…… 코끝이 시큰했다. 핑크빛 망사천으로 삐뚤삐뚤 만들어 무슨 꽃인지 가늠하기 어려웠지만, 나는 그 꽃을 '거울에 핀 희망꽃'이라 불러주었다.

친구들과 모임이 있는 날, 나는 가방 속에 들어 있는 휴대폰을 일부러 탁자 위에 올려놓았다.

"어머, 그 고리 참 예쁘다. 어디서 산 거야?"

친구들이 휴대폰을 들고 만지작거렸다. 기다렸다는 듯 나는 "우리 둘째딸이 만들어준 거야!" 입이 마르게 자랑을 했다.

"그랬구나……."

친구들의 애처로운 눈길이 내 가슴을 파고들었다. 둘째 딸을 키우며 힘든 시간을 보내고 있는 나를 너무도 잘 알고 있었기에.

잦은 병치레 때문에 정상적인 사회생활을 하지 못하는 둘째는 똑똑하고 야무진 오빠와 동생 사이에서 늘 눈치만 살피는, 내게는 가슴 절절이 아픈 손가락이다. 어느덧 서른이 훌쩍 넘어버린 둘째가 행여 스트레스 받을까 봐, 나머지 자식들이 안겨주는 정성을 단 한 번도 드러내놓고 고마워하지 못했다. 그런데 대롱거리는 휴대폰 고리 하나로 아픈 세월을 다 보상받은 것 같은 벅찬 느낌이 드는 것

은 어인 일일까. 앞으로 뭔가를 해낼 수 있으리라는 희망이 보여서
일까?

　나는 둘째가 선물해 준 고리를 떼어낼 수 없어 지금껏 낡은 휴대
폰을 들고 다닌다. 그러고는 아침마다 희망꽃을 향해 기도한다. 지
나친 욕심일지 모르지만, 돌아오는 어버이날에는 둘째가 사랑하는
제 남자친구를 선물로 데려 왔으면 좋겠다고, 꼭 그렇게 되기를 간
절히 희망한다고……. 손에 들려 있는 거울에 핀 희망꽃이 이제 걱
정 말라며 대롱대롱 웃어 주는 것 같다.

아버지의 노래

보고 싶어도 다시는 우리 곁으로 돌아올 수 없기에,
아버지가 부르던 노랫소리만 가슴 절절이 다가온다.

"운다고 옛사랑이 오리오만은 눈물로 달래 보는……."

어쩌다 술 한잔 들고 오시는 날, 아버지는 노래를 부르며 잠들어 있는 우리를 흔들어 깨우곤 하셨다. 술 냄새가 싫어서 이리저리 도망쳐도 기어이 보듬어서 볼을 비비셨던 아버지. 당신의 짧은 운명을 예감이라도 하셨을까. 잠들 때까지 몇 번이고 "운다고 옛사랑이……" 당신의 노래를 애처롭게 부르셨던 걸 생각하면.

5월의 창가에 서서 아버지가 부르던 그 노래를 가만히 불러 보니, 울컥 서러움이 밀려온다. 경찰공무원이었던 아버지는 근무 중 다리에서 떨어져 허리를 다친 후, 후유증으로 오랜 시간을 고생하셨다. 결국 당신의 예감처럼 서른여덟의 젊은 나이로 우리 곁을 떠나고 말았다. 지금이라면 그리 큰 병도 아니었는데 너무도 안타깝고 안타까울 뿐이다. 보고 싶어도 다시는 우리 곁으로 돌아올 수 없는 아버지이기에, 그 노래 속에 스민 아버지의 마음만 가슴 절절이 다가와 목이 멘다.

지난 시절, 자꾸만 엇나가는 행동을 해서 아버지의 마음을 아프게 했던 우리 다섯 형제들. 언제였을까? 아버지에게 야단맞고 집을 나간 셋째가 밤늦도록 돌아오지 않던 날이. 마당을 서성이며 기다리던 아버지는 그날도 들릴 듯 말 듯 당신의 노래를 부르고 계셨다. 새벽녘이 다 되어서야 돌아온 동생을 야단치기는커녕 얼굴을 어루만지며 눈물을 글썽이던 아버지. 그 모습이 지금도 지워지지 않은 채 남아 있다. 이처럼 마음이 여린 아버지 때문에 나는 무던히도 속상하고 슬프기까지 했으니까.

자식들에게 따끔한 매 한번 들지 않는다고 불평하던 어머니에게 아버지는 옛 선비인 황희 이야기를 들려주시곤 했다. 황희는 자기 훈계를 듣지 않고 주색에 빠진 아들이 집에 돌아오는 것을 보고, 문밖으로 나아가 아들에게 공손히 인사를 하며 맞아들였다고 한다.

"아버님, 어이된 일이옵니까? 의관을 정제하시고 저를 맞아 주시다니?"

아들이 놀라서 말리는데도 황희는 더욱 고개를 숙이며 이렇게 말했다고 한다.

"아비 말을 듣지 않으니 어찌 내 집 사람일 수 있겠느냐? 한집 사람이 아닌 나그네가 집을 찾으매 이를 맞는 주인이 인사를 차리지 않으면 어찌 예의라 이르겠느냐?"

아마도 어머니에게 당신의 속 깊은 마음을 에둘러 전하고 싶었던 이야기였으리라.

오늘따라 유난히도 아버지의 모습이 보고 싶어진다. 차라리 큰

소리라도 치면서 우리 자식들을 훈계하셨다면 이토록 진한 그리움
으로 마음 아프지 않았을 텐데……. 오늘밤은 꿈속에서라도 아버
지를 만나 고운 카네이션 한 송이 달아드리고 싶다. 가슴에 단 꽃
을 어루만지며 또다시 "운다고 옛사랑이 오리오만은 눈물로 달래
보는……." 하고 당신의 노래를 부르시겠지. 필름처럼 되감기는 아
버지의 노랫소리가 울먹울먹 내 가슴을 파고든다.

벌초를 하며

흩어져 있던 가족이 고향 선산에 모여
벌초하는 일은 조상님과 함께하는 즐거운 소풍이리라.

추석을 일주일 앞두고, 우리 가족은 벌초를 하기 위해 무안에 있는
선산을 찾았다. 미리 연락을 받고 서울, 광주, 목포, 대구 등지에서
올라온 집안사람들을 세어 보니 모두 열다섯 명이나 되었다. 그 중
아이들은 네 명이었다. 우리는 짊어지고 온 배낭을 내려놓고 인사
를 나눴다. 따라온 아이들은 처음엔 약간 서먹서먹하더니 금세 친
해져 소풍 나온 것처럼 들떠서 야단들이었다.

아이들은 쪼그려 앉아 여기저기 피어 있는 풀꽃들을 신기하게 들
여다보았다. 꽃 이름을 서로 묻기도 하고, 휴대폰으로 사진을 찍기
도 하고, 더러는 꼼꼼히 메모를 하기도 했다. 막내 손녀는 메뚜기
를 잡으려고 뛰어다니느라 겁없이 봉분 위를 올랐다. "조상님 머리
위를 올라가면 안 돼!"라고 소리치는 숙부님의 목소리에 무안한 듯
얼른 내려왔다.

고향을 지키고 계시는 숙부님은 아이들을 불러놓고 이곳은 증조

할아버지, 저곳은 작년에 돌아가신 할머니, 여기는 삼촌 산소라며 하나하나 알려주었다. 아이들은 미안한 얼굴을 하며 금세 조용해 졌다. 그러고는 흰머리를 가려내듯 봉분 위의 웃자란 잡초들을 정성스레 뽑아내기 시작했다.

숙부님은 예초기로 손 빠르게 벌초를 했지만, 나머지 일행은 준비해간 낫으로 조심조심 풀을 베어 나갔다. 큰 아이들은 잘려 나간 봉분 위의 풀들을 갈퀴로 한곳에 모으는 일을 도왔다. 손이 여럿이라서 벌초는 쉽게 끝났지만, 아이들은 옷에 붙어 있는 도깨비바늘을 떼어내느라 한동안 법석을 떨었다.

벌초가 끝나고 집집마다 준비해 온 음식들을 펼쳐 놓으니 아주 푸짐하고 먹음직스러웠다. 불고기, 잡채, 갖가지 전, 나물무침, 새우찜, 식혜까지 정성 들여 만든 음식들을 나눠 먹으며, 그동안 어떻게 지냈는지 안부를 물었다. 아이들은 새우찜과 잡채 그릇에서 젓가락이 떨어질 줄 몰랐다.

기쁜 일, 속상한 일, 자랑스러웠던 일 등 끝없이 펼쳐지는 이야기를 들으며 고개를 끄덕였고, 더러는 안타까워서 눈물을 찍어내기도 했다. 아이들이 학교에서 받았다는 칭찬과 받았던 상들을 자랑하느라 열을 올렸다. 휴대폰에 서로의 전화번호를 입력하고, 저장해두었던 사진을 보여주느라 머리를 다닥다닥 붙인 모습이 꼭 버섯송이처럼 보였다.

벌초를 마치고 돌아오는 길에, 아이들은 비닐봉지에 잡아 두었던 메뚜기를 다시 풀밭에 놓아 주며 손까지 흔들어 주었다. 그러고는 재미있으니 내년에도 꼭 다시 오자며, 서로 손가락을 걸었다. 아이들의 그런 모습을 보고 있자니 참으로 든든하고 흐뭇했다.

요즈음은 후손을 생각해서라도 삶과 죽음의 공간이 자연과 조화를 이루는 자연장 선택을 권하고 있다. 아름다운 강산이 산소로 뒤덮이지 않기 위해서는 아주 잘한 일이라고 생각된다. 그러나 떨어져 살았던 가족들이 벌초를 하며 조상님을 만나고, 아이들은 고향산천을 뛰어다니며, 뒹굴며, 메뚜기 잡고, 서로 준비한 음식들을 나눠먹는 아름다운 소풍은 무엇으로 대신할 수 있을 것인가?

돌아오는 길 내내 새로운 장묘문화가 더디게 확산되기를 바라는 마음이 드는 것은 나도 어쩔 수 없는 일이었다.

마음 나누기

누군가를 돕고 싶은 마음이 생기는 것,
이것이 바로 '마음 나누기'의 시작일 것이다.

조상님들은 참으로 마음이 넉넉했던가 보다. 밭에 콩을 심을 때도 두세 알씩 심어서 날짐승 챙기고 들짐승까지 챙겼으며, 감나무에서 감을 딸 때도 까치 몫으로 으레 몇 개는 남겨 놓았으니 말이다. 어디 그것뿐이던가. 산에 가서 도토리나 밤을 주워올 때도 다람쥐가 먹을 것은 남겨 놓았으니. 모두가 만물을 한가족으로 생각하는 따뜻한 마음 나누기였으리라.

작년 이맘때였을 것이다. 내가 알고 지내는 가까운 이웃이 여섯 살쯤 되어 보이는 여자아이를 손잡고 나타났다. 늦둥이를 낳았다며 자랑이 이만저만 아니었다. 알고 보니 절에서 기르고 있던 아이를 데려온 것이다. 그녀는 아이 곁에서 잠시도 떨어지지 않고 살갑게 보살폈다. 생활이 그리 넉넉하지 못한데도 큰 결심을 한 그녀의 마음에 코끝이 시큰했다. 아니, 그녀의 용기가 부러웠으며 넉넉하게 마음을 나누지 못하는 내가 부끄럽기까지 했다.

사람의 가슴주머니 안에는 온갖 마음들이 들어 있다고 생각된다. 나누고 싶은 마음, 사랑하는 마음, 욕심내는 마음, 미워하는 마음, 용서하는 마음, 좋아하는 마음, 싫어하는 마음 등. 이처럼 넉넉하게 들어 있는 마음 중 제일 크고 아름다운 마음을 송두리째 꺼내어 좋은 일을 하고 있는 그녀를 바라보니, 평소 어렵게만 생각되었던 '한 가족 되기'는 '마음 나누기'에 달린 것 같았다.

요즈음 그녀는 내년에 아이를 초등학교에 입학시켜야 된다며, 무슨 책을 사서 한글을 가르쳐야 하는지 물어왔다. 집에 있던 낱말카드를 건네주었더니 입이 동그랗게 벌어졌다. 만날 때마다 아이 자랑에 신바람이 났다.

"수연이가 머리가 좋은가 봐요. 한글을 금방금방 따라 한다니까요."

이러면서 어깨를 으쓱하기도 했다.

"수연이가 우리 집에 오고 난 뒤부터는 모든 일이 술술 잘 풀린다니까요."

며칠 전, 지나가는 말처럼 들려주던 그녀의 이야기가 떠오른다.

평소 넉넉하게 마음을 나누고 사는데, 매사 긍정적으로 생각하는 데 당연한 일이 아니겠는가. 그녀의 마음이 하도 고마워서 나도 수연이의 공부를 가르쳐 주겠다고 나섰더니, 고맙게도 물김치를 한 통 담아와 건네주었다. 그것뿐이 아니었다. 나를 볼 때마다 선생님이라 부르며 따르는 수연이가 날로 밝아지는 것 같아 마음이 넉넉해지며 흐뭇하였다.

찾아다니는 봉사활동도 의미 있는 일이지만, 그녀처럼 조용히 마음 나누기를 실천하는 것, 그보다 더한 이웃사랑이 어디 있겠는가 싶다.

우리들 가슴속에는 만물을 하나로 생각하며 마음을 나눴던 조상 님들의 따뜻한 피가 흐르고 있으니, 그리 어려운 일만은 아닐 것이 다. 곁에 있는 사람이 힘든 것을 보면 돕고 싶은 마음이 생기는 것, 이것이 바로 '마음 나누기'의 시작일 테니까 말이다. 절대 쉬운 일 이 아니라는 걸 너무도 잘 알고 있으면서도 주제넘게 주변에 권하 고 싶은 일이다.

겨울이 문턱에 와 있다. 우리 모두 넉넉한 마음을 듬뿍 덜어내어, 추운 겨울을 따뜻하게 만드는 '한가족 되기'를 시도해 보면 어떨 까? '한가족 되기'가 어려우면 다양한 형태의 '따뜻한 마음 나누기' 를 적극적으로 실천해 보면 어떨까? 건물 청소를 하며 어렵게 아들 을 두 명이나 키우고 있는 그녀. 그럼에도 불구하고 넉넉한 마음 을 나누고 사는 그녀가 참으로 부러운 날이다.

기다리는 마음

부모는 자식과 나누는 전화 한 통이
유일한 삶의 즐거움일 수도 있다.

언제나 웃음을 달고 다니던 김 선생의 얼굴에 불만이 가득하다. 사는 게 정말 재미없는 사람 같았다. 혹시 집안에 안 좋은 일이 있느냐고 물었더니 그것은 아니란다. 내가 봐도 매사 잘 풀리고 있는 그녀가 그래야 할 이유가 없는 것 같은데……. 지난 토요일 일부러 그녀와 함께 점심을 나누며 불만의 씨앗이 어디에 있는지 이런저런 이야기를 나눠봤다.

속사정을 들어 보니, 결혼한 아들이 전화를 한 번도 안 한다는 것이다. 결혼시켜서 객지로 보내 놓고는, 처음엔 그녀가 매일 전화하여 안부를 물었단다. 그러던 어느 날 정신이 번쩍 들더란다. 아들이 안부전화할 기회를 그녀가 막고 있는 건 아닌지. 입이 근질거려도 애써 참으며 전화가 걸려오기만을 기다렸단다. 그런데 하루, 이틀, 일주일, 한 달이 되어도 연락이 없더란다. 보고 싶은 마음을 도저히 참을 수 없어서 그녀가 전화를 했더니, 아들은 "엄마, 왜 전화

했어요?"라며 묻더란다. 기가 막힌 그녀, 아들에게 서운한 맘이 들어 몇 마디 하고는 얼른 수화기를 내려놓았단다.

그러고부터 맨날 속이 상하고 화가 난다는 것이다. 아들에게 서운한 소리라도 실컷 퍼부었으면 마음이 풀렸을 턴데, 결혼까지 한 아들한테 그럴 수는 없고, 지금까지 저 하나만을 생각하며 살아온 삶이 너무 허무하더란다. 그런데 참으로 간사한 게 사람의 마음인지, 지금도 전화벨이 울리면 맨 먼저 아들 얼굴이 떠올라 벌떡 일어나서 수화기를 잡는다는 것이다. 눈물을 그렁거리며 웃는 그녀의 얼굴에 아들을 향한 그리움이 가득 배어 있었다.

그녀의 말을 듣고 있자니 괜스레 화가 나서 "무소식이 희소식"이라는 말도 안 들어봤느냐고 투덜거렸다. 어차피 살아가는 일이 포기의 연속 아니던가. 포기하고, 또 포기하고, 마음속에 가졌던 모든 것을 다 포기하면 그때서야 주위가 조금은 편안하게 보이는 게 아닐까. 그런데도 아들의 전화 한 통화에 마음을 걸고 사는 그녀가 이 세상 모든 어머니의 모습처럼 보이는 것은 어인 일일까. 그냥 포기하고 예전처럼 즐겁게 살면 될 것인데……

"날마다 들고 다니는 게 휴대폰인데 말이 되는 소리야?"

아직도 포기하지 못하는 그녀를 보고 있자니 울컥 서러움이 밀려온다.

"잊어버리고 웃어, 그냥 웃으며 살자고! 억지로라도 웃으며 살다 보면 저도 부모 되는 날 있을 거고, 철들 날 있을 테니까. 만날 투덜투덜해 봤자 얼굴에 먹구름 끼고, 마음에 병 드니까. 김 선생, 그냥 웃으며 살자고요."

김 선생을 위로하는 것인지, 나 자신을 위로하는 것인지 아리송해서 픽 웃음이 나왔다. 접시에 남은 오징어채 무침을 죄다 쓸어 입안에 욱여넣고 잘근잘근 씹었다.

요즘같이 바쁜 세상에 부모님 안부를 일삼아 묻는 자식이 몇이나 될까? 그래도 자식 전화 기다리는 게 유일한 삶의 즐거움이라는 김 선생의 말에 고개가 끄덕여지니, 나도 그녀와 같은 심정인가 보다.

긍정적인 생각

육체의 병도, 마음의 병도 모두 부정적 생각에서
비롯된다니, 매사 긍정적으로 생각할 일이다.

새해가 되면 누구라도 기도를 한다. 그 기도는 바로 아름다운 희망
을 꿈꿀 수 있는 "축복의 선물"이다. 눈에 보이지 않고 손에 잡히지
않지만 마음 깊은 곳에서 이미 받아들인 새해의 커다란 선물이다.
두 손을 모은 채 행복과 발전과 기쁨과 기적과 같은 일들이 일어나
게 해달라고 빨갛게 솟아오르는 해를 바라보며 기도할 수 있는 축
복!

올해는 우리 다 같이 아주 특별한 기도를 올려 보자. "매사에 긍
정적인 생각을 갖도록 해달라"는 것이다. 우주의 기운은 자력과 같
아서 우리가 어두운 마음을 지니고 있으면 어두운 기운이 몰려오
고, 밝은 마음을 지녀 긍정적이고 낙관적으로 살면 밝은 기운이 밀
려와 우리의 삶을 밝게 비춘다고 하지 않던가. 일부러 다른 이의 말
을 빌리지 않아도 지금까지 살면서 터득한 지혜가 아닐까. 육체의
병도, 마음의 병도 모두 부정적 생각에서 비롯되었다는 것을 알고

있으니 말이다.

자식 중에도 이름을 부르면 "왜요?"라고 대답하는 자식과 "예, 엄마." 하고 대답하는 자식이 있을 것이다. 그냥 지나칠 수 있는 대답 같지만 아이의 내면에 잠재해 있는 사고가 긍정적인가 부정적인가 느낄 수 있는 부분이다. 대답 끝에 늘 "왜요?"를 달고 사는 아이는 활발하고 창의적이기는 하지만 불평불만이 많고 주변이 대체로 시끄러울 수 있다. 아이의 내면에 부정적인 생각이 더 많이 자리 잡고 있다는 것을 어렴풋이나마 짐작할 수 있는 부분이다.

친구들과 한 통의 전화를 주고받으면서도 상대가 긍정적인 사고를 지녔는지, 부정적인 사고를 지녔는지 바로 알 수 있다. A는 늘 주변의 좋은 소식들을 전한다. 그래서 그와 대화를 하고 있는 동안은 웃을 수 있고 감격할 수 있어서 좋다. 반면 B는 안 좋은 소식들만 전하니 수화기를 놓을 때까지 찜찜하고, 괜스레 눈물이 나오고, 한숨도 나온다. 공교롭게도 그와 아침에 통화를 하게 되면 하루 종일 기분이 울적할 때도 있다. 그래서인지 B에게서 전화가 걸려오면 애써 빨리 끊으려고 이런저런 핑계를 대곤 한다.

어제까지만 해도 세상이 정말 한심스럽고, 온갖 거짓투성이고, 믿을 만한 사람이 아무도 없다고 생각하며 살아왔을지 모른다. 그러나 새해에는 진실한 기도로써 마음을 다스려 보자. "위에 견주면 모자라고 아래에 견주면 남는다."라는 말도 있지 않은가.

이제는 긍정적인 생각을 하기 위해서 아래를 내려다보며 자신을 다스려 볼 일이다. 모두가 욕심 부리지 않고 필요한 만큼만 갖게 되는데 애써 위를 올려다보며 견줄 필요가 어디 있겠는가.

2018년의 찬란한 해는 이미 둥실 솟아올랐다. 우리 다 같이 부정적인 생각은 떨쳐버리고 긍정적인 생각만 하도록 노력해 보자. 그리하여 주위에 밝고 힘찬 기운이 밀려오게 하자. 그 빛이 사랑의 날개를 달고 훨훨 날아가 힘들고 어려운 이웃을 두루 보살피게 하자. 아직도 구석구석에 남아 있는 어두운 기운을 다 몰아내고 온 나라가 밝게 빛나는 한 해가 되게 하자.

인라인스케이트를 타는 아이

동심 찾기는 갈비뼈 밑에 앉아 있는
어린 시절의 나를 가만히 불러내는 일이다.

추석이 가까워오자 아침저녁으로 날씨가 제법 서늘하다. 베란다로
나가 열어 두었던 창문을 닫았다.

열려 있던 창문 덕에 밖을 한눈으로 내다볼 수 있어서였을까? 그
동안 외출하고 싶다는 생각을 하지 않은 채 바쁜 나날을 보낼 수
있었다. 문을 닫자마자 가슴 한쪽이 비어버린 듯 허허로운 생각이
들더니, 갑자기 어디론가 훌훌 떠나고 싶어진다. 한꺼번에 밀려드
는 그리움 때문에 자꾸 눈물까지 난다.

누구를 이토록 그리워하는 것일까? 갈비뼈 밑에 소중히 간직해
두었던 기억들을 올올이 헤쳐 보며, 하루에도 몇 번씩 그 끝을 찾
아보았다. 스물여섯 살의 젊은 나이에 세상을 떠난 동생, 어느 날
소리도 없이 외국으로 훌쩍 이민 가버린 친구, 가슴 절절했던 첫사
랑 등. 헝클어진 생각의 끝을 가닥가닥 끌어올리며 함께 보냈던 그
리운 시간들을 떠올려보았다.

며칠을 그렇게 보냈는데도 가슴 한구석에 남아 있는 진한 허허로움은 끝내 채워지지 않았다. 누구일까? 나를 이토록 그립게 만드는 사람이. 머리를 손질하려고 거울을 바라보는데, 문득 가슴을 파고드는 얼굴 하나가 고개를 쳐들고 일어선다. 아홉 살, 아니 열두 살쯤 되어 보이는 여자아이가 선한 웃음을 머금고 살포시 눈앞으로 다가오는 것이다.

하얗게 흔들리는 갈대꽃 사이를 뛰어다니며 친구들과 숨바꼭질하던, 밤이면 친구와 대나무 평상에 나란히 누워 반짝이는 별을 헤며 이야기 나누던, 풀각시 만들며 웃어대던, 바로 내 어릴 적 모습이었다. 눈물 나도록 아름답던 그 시절이 갈비뼈 밑에 대추알처럼 알알이 박혀 이토록 진한 그리움이 되었던 모양이다.

무작정 밖으로 나왔다. 따사로운 햇볕이 아른거리는 놀이터 그네에 앉아 가을을 바라보고 있었다. 빨간 안전모 아래로 긴 머리가 나풀거리는 아이가 인라인스케이트를 타고 바람처럼 내 앞을 스쳐간다. 바퀴 하나에 온몸을 싣고 달려가다가 다른 한 발에 온몸을 옮겨 실으며 달려가는 아이. 허리를 잔뜩 구부린 채 뒷짐을 지고 달려가는 모습이 아슬아슬 불안하게 느껴진다.

나는 저만큼 가을 속으로 질주하는 아이를 향해 손을 흔들어 주었다. 아니, 잊을 수 없는 내 안의 그리운 시절을 향해 오래도록 손 흔들고 있었다. 공해식품이 무엇인지 모르고, 풋사과 하나만 얻어도 마냥 감사할 줄 알았으며, 오동잎을 주워 편지를 쓰고 놀면서도, 학교 폭력 같은 건 아예 생각지도 못했던 내 어린 시절이 오늘따라 눈물 나도록 그리워진다.

요즘 아이들은 무엇이든 당당하게 따지며 묻고, 휴대폰 하나로 세상의 온갖 지식을 배우는, 참으로 야무지고 똑똑한 아이들이다. 그런데 더 똑똑해지고 더 바빠져야만 제대로 된 미래를 꿈꿀 수 있을 것 같은 부모들의 욕심 때문에 쉼 없이 내몰리고 있다. 경쟁의 대열에서 밀려날까 봐 이 학원 저 학원을 전전하며 지쳐 가고, 밥 챙겨 먹을 시간이 없어 컵라면 등으로 때우는 현실이다. 주변이 온통 경쟁의 대상들뿐이니, 마음을 나누기보다는 정보가 더 중요한 시절이다.

그럼에도 불구하고 욕심을 부려보고 싶다. 인라인스케이트를 타고 가는 긴 머리 아이가 아슬아슬 앞만 보며 달려가지 말기를. 또래의 친구들과 함께 두 팔을 뻗치고 마음껏 웃으며 달려가기를. 얼굴 마주보며 재잘재잘 마음과 마음을 활짝 열고 소통할 수 있기를. 그리하여 갈비뼈 밑에 알알이 여문 동심을 켜켜이 간직한 아이로 자랄 수 있기를 기원해 본다.

괜한 걱정에 자꾸 눈시울이 뜨거워지고, 가슴이 울컥하는 것은 분명 계절 탓이리라.

진정한 효도

요즈음 웃기는 말로, 진정한 효도는 부모한테
물려받은 유전자를 확실하게 개발하는 거라네요.

내 어머니는 참으로 성미 급하고 유별난 분이셨다. 그릇을 씻어 놓아도 반듯하게 줄을 맞춰야 하고, 옷은 꼭 옷걸이에 걸어야 하고, 구겨진 옷은 언제나 다리미질을 해야 하고, 하다못해 러닝셔츠나 수건까지도 다림질하는 어머니였으니까. 그런 어머니였기 때문에 평소 어리광부리는 일은 꿈도 꾸지 못했으며, 늘 조심스럽고 어렵기만 했다. 하기야 마흔에 홀로 되어 자식들 다섯을 기르고 교육시키느라 어디 여유로운 마음인들 가졌겠는가.

내가 어떤 일을 앞에 두고 안절부절못하면 "그까짓 게 뭐라고. 내가 공부만 했어 봐. 지금 너희들은 저리 가라다!"라며 늘 큰소리치던 어머니였다. 어쩌다 딸네 집에 들르던 날이면 베란다 치우지 않았다고, 부엌이 이게 뭐냐고 시시콜콜 간섭하던 어머니였다. 그런 어머니가 못내 야속해서 번번이 원망을 늘어놓곤 하였다. 그런데 이번에 오셔서는 내내 누워 있기만 하였다. 좋아하는 고추장돼

지불고기를 만들어 드려도 별 관심이 없었다.

어디가 아프시냐고 물었더니 "나는 지금 죽어도 한이 없다. 너희들 다 결혼시켰고, 제 할일 잘하고 있는데 뭣이 부족해서 눈을 못 감겠냐. 너희들 잘되면 그것으로 나는 만족하니까 걱정 말거라." 짱짱하던 목소리가 시든 무 이파리같이 힘이 없었다. 병원에 가서 검사를 해보자고 했더니, "다 늙어서 검사는 무슨 검사냐."며 끝내 고집을 피우셨다. 그러고는 내가 출근한 뒤에 시골로 내려가시고 말았다.

곁에 계셨으면 눈으로 볼 수 있어 잊어버리기라도 할 텐데, 자꾸만 신경이 쓰여 일이 손에 잡히지 않았다. 아무리 바빠도 일요일에는 짬을 내어 어머니를 찾아뵈리라 마음먹고 불안한 마음을 달랬다.

그런데 일요일 새벽 거실에 놓아 둔 휴대폰이 울렸다. 보나마나 오전에 치러야 할 사무실 행사 때문일 것이라 단정하고 이불을 머리끝까지 뒤집어썼다. 문득 '혹시, 어머니가 무슨 일이라도?' 정신이 번쩍 들어 휴대폰을 확인하니, 다행스럽게도 어머니 전화는 아니었다.

어머니가 평생을 다 바쳐 가꿔 놓은 자식이라는 나무는 이렇듯 일상의 숲속에 파묻혀 헤어나지 못한다. 짬을 내기는커녕 오늘도 하루를 어떻게 보냈는지 모를 정도로 정신없었다.

늦은 저녁 어머니에게 전화를 드렸다. 내 전화를 기다리고 있었다는 듯 곧바로 어머니 목소리가 들렸다.

"엄마, 엄마가 나를 너무 유능하게 낳아 줘서 이렇게 바쁜 거 알고 있지? 자식들 잘되면 만족한다고 했잖아. 그러니 오늘 찾아뵙지 못한 거 꼭 내 죄만은 아니야."

앞뒤 인사도 없이 무조건 너스레를 떨었다.

"아이고, 말이나 못 하면. 그나저나 오늘 별일은 없었지?"

약속을 지키지 못한 딸을 원망하기는커녕 걱정부터 하시는 어머니였다. 다행스럽게도 지난번 뵐 때보다 목소리가 조금 좋아진 것 같아 어느덧 마음이 편안해졌다. 전화 한 통화로, 어머니 목소리 듣는 것만으로도 불안했던 마음이 한순간에 사라졌다.

전화를 끊고 우두커니 앉아 있는데 "요즈음 웃기는 말로, 진정한 효도는 부모한테 물려받은 유전자를 확실하게 개발하는 거래요." 라던 어느 보험설계사의 말이 또다시 생각났다.

'그래, 부모님도 그러길 원하는지 몰라.'

정말 말도 안 되는 말에 위안을 받으며 그 설계사의 얼굴을 떠올렸다. 마음은 절대로 그게 아닌데, 바쁜 일상 때문에 부모님을 찾아뵙지 못하는 미안함을 핑계 대는 것 같아 씁쓸하다. 애써 내 자신을 위로하며 덕지덕지 달라붙은 일상의 먼지를 씻어내기 위해 화장실로 향했다.

모난 돌과 둥근 돌

모난 돌이든 둥근 돌이든 남에게 피해를 주는
독불장군이 되어서는 절대 안 되리라.

"모난 돌이 정 맞는다."라는 속담이 있다. 돌을 쪼아 다듬거나 구멍을 뚫을 때, 모난 돌이 맨 먼저 끝이 뾰족한 정에 맞는다는 뜻이다. 성격이나 말과 행동이 원만치 못하면 남의 공격을 받으니 모나게 나서지 말고 지혜롭게 살기 원했던, 한마디로 원만한 인간관계를 우선으로 한 우리 조상님들의 마음을 느낄 수 있는 내용이다.

자수성가한 나의 할아버지 역시 밥상머리에 앉으면 언제나 모나지 말고 둥글둥글 살아야 한다고 귀가 아프도록 말씀하시곤 했다. 그래서인지 행동은 물론이고, 가슴속에 담아 둔 말을 꾹꾹 눌러 참으며 이 나이 먹도록 숨죽여 살아오느라 무던히도 애를 썼던 것 같다. 아니, 두루뭉술한 채 살아오면서 당연히 그렇게 살아야 바르게 사는 것인지 알고 있었다. 가슴 깊숙이 도사리고 있는 '참아야 한다'는 주문이 늘 내 입을 닫게 하였던 것이다.

그런데 요즘처럼 개성을 중시하는 사회에서는 일부러 모난 돌이 되려고 노력하는 사람들이 많다는 것을 알았다. 개성이 강하다는 것은 남의 눈치 보지 않고 소신껏 살아가는 사람을 말하는데, 그들은 남의 눈에 빨리 띄어야 성공한다는 생각을 가지고 있는 것 같다. 사회가 다변화하면서 사람들의 가치관이 변하고 있다는 것을 실감할 수 있는 부분이다. 행동이나 말뿐만 아니라 입고 다니는 옷에서도 개성이 톡톡 튀는 모습을 보이고 싶어 한다.

내가 알고 있는 어느 젊은 엄마는 초등학교 예비 소집에 가는 아이에게 모처럼 비싼 돈을 들여 새 옷을 사서 입혔다. 그런데 학교에 가보니 자신의 아이와 똑같은 옷을 입고 있는 다른 아이가 있었다. 집으로 돌아온 엄마는 다시는 그 옷을 입히지 않겠다며 바르르 화를 내는 것이다. 그녀의 행동을 보면서 웃었더니, 왜 웃느냐며 되레 나를 이상히 생각하는 것이었다. 톡톡 튀는 개성의 의미를 너무도 단순화시키는 그녀의 순수함이 부럽기까지 했다.

요즈음같이 빠르게 돌아가는 세상에 할아버지처럼 둥근 돌이 되기만을 강요한다면 어떻게 될 것인가. 원만한 인간관계를 위해서 서로가 양보하고 있는 사이에 그 틈새를 눈치껏 비집고 들어오는 침입자가 있을 것이다. 그렇다고 너나없이 모난 돌이 되기 위해서 자신만의 독특한 개성을 살리다 보면 본의 아니게 상대방에게 피해를 주는 경우도 있을 것이다. 결국은 모난 돌이든 둥근 돌이든 남에게 피해를 주는 독불장군이 되어서는 안 되리라.

돌이켜보면 모난 돌은 대부분 창의성을 동반한다. 일반적인 상식을 뛰어넘은 가치관을 가졌기에 주변 사람들에게는 까다롭고 불편한 존재로 보일 수도 있을 것이다. 자칫 공공의 적이 될 수도 있다.

그러기에 미리부터 모난 돌 취급을 하고 본능적으로 경계하는 것이리라. 둥근 돌은 웬만한 것은 양보하면서 주변과 화합하기에 편안하다는 이유로 사람들로부터 좋다는 평을 많이 받기도 한다.

그러나 모난 돌 둥근 돌이 어디 따로 있겠는가. 자신과 다르다고 해서 불편한 존재로 간주하는 분위기부터 바로잡아야 할 것이다. 조화로운 사회가 되기 위해서는 모난 돌, 둥근 돌이 다 필요할 것이다. 나이 탓일까? 그럼에도 불구하고 나에게는 보름달처럼 둥근 돌이 더 아름답게 보여지는 것이.

어머니의 세종대왕님

늙을수록 돈 쓸 곳이 많아지는 것은
챙겨야 할 주변이 더 늘어났기 때문이리라.

매달 18일 아침이면 어머님이 당신의 아들에게 용돈을 받는 날이다. 어머님은 새벽에 일어나 머리 감고, 깨끗한 옷으로 갈아입고는 아들이 주는 용돈을 받았다. "아이들 가르치느라 그동안 고생 많이 했네." 하시며 진심으로 고마워했다. 생각처럼 많은 돈도 아닌데, 아들이 출근하고 난 다음에도 어머님은 손에 들고 있던 용돈 봉투를 아들 얼굴인 양 몇 번이고 쓰다듬었다. 그런 어머님의 모습을 지켜보고 있노라면 가슴이 뭉클해지곤 했다.

어머님은 봉투 안에서 돈을 꺼내어 예쁜 지갑 속에 편안하게 집어넣는다. 돈을 호주머니에 아무렇게나 구겨 넣으면 절대 안 되는 어머님만의 특별한 정성이었던 것 같다. 한껏 단장을 한 어머님은 전화로 가까운 친구들을 불러냈다. 그리고는 가게 앞 평상 위에 둥그렇게 모여앉아 과일 등을 나눠드시며, 아들 자랑으로 시간 가는 줄 몰랐다. 누가 들어도 아들을 잘 두어 용돈을 수시로 받는 것같이 들리곤 하였다. 용돈을 넉넉하게 드릴 수 없었던 우리는 그저 죄송한 마음뿐이었는데도 어머님은 마냥 아들 자랑뿐이었다.

유치원 다니는 손자가 하루는 어머님에게 "할머니, 아빠하고 나빼고 그 다음으로 누가 제일 좋아?" 하고 물었다. 잠시 생각에 잠겨 있던 어머님은 얼굴에 웃음을 잔뜩 머금은 채 호주머니에서 만 원짜리 한 장을 꺼냈다. "그야, 여기 세종대왕님이시지!" 하며 아들의 코앞에 돈을 보여주는 것이었다. 맘속에 누구를 생각하고 물었는지 모르겠지만, 아들은 엉뚱한 대답에 멀뚱해졌다. 잠시 후에야 그 뜻을 알아차리고는 말도 안 된다며 두 눈을 흘겨대는 통에 방안이 온통 웃음바다가 되기도 했다.

돈을 싫어하는 사람이 어디 있으랴만, 노벨물리학상을 받은 독일의 아인슈타인은 돈에 대해서는 철저히 무관심했던 것 같다. 미국의 석유 왕 록펠러 재단에서 1500달러짜리 수표를 받았는데, 이것을 현금으로 바꾸지도 않고 책상 위에 그대로 놓아 두었다고 한다. 책을 보던 끝에 수표를 책갈피에 끼워 두었는데 얼마 후 보니까 수표만 없어진 게 아니라 책도 누가 집어가 버렸단다. 아인슈타인은 "돈이 좋기는 좋은 모양이지, 책까지 돈을 보고 따라 갔으니."라고 하였다는 일화가 전해진다. 그야 아인슈타인 정도면 필요한 돈을 언제든지 쓸 수 있었으니까 그랬겠지만…….

설문조사에 의하면 자식이 주는 선물 중에서 제일 좋은 것이 바로 현금이라는 결과가 나와 있다. 어머님들이라고 돈 쓸 곳이 왜 없겠는가. 손자들에게 용돈도 주어야 되고, 가까운 친구들과 막걸리도 한잔씩 나눠 마셔야 하고, 꼭 필요한 것도 사야 하고, 가끔은 이

웃돕기도 해야 할 것이니……. 늙을수록 돈 쓸 곳이 많아지는 것은 챙겨야 할 주변이 더 늘어났기 때문이리라. 그러니 당신 자신은 물론 알게 모르게 들어가는 돈이 생각보다 많을 수밖에 없을 것이다.

어머님들이 좋아하는 세종대왕님을 자주 만날 수 있게, 모든 자식들이 다 넉넉해지기를 기도해 본다.

3월에 부르는 노래

3월이면 묵은 나무에 연둣빛 새싹 돋아나듯
내 몸에도 봄 같은 젊은 피가 돌았으면 좋겠다.

며칠 전 초등학교에 입학한 현수를 따라서 학교에 갔다. 현수 엄마
가 셋째 아이를 낳아서 사촌인 내가 대신 데리고 간 것이다. 재잘
거리는 아이들 소리를 듣고 있자니, 세상이 온통 아름다운 새소리
로 가득한 것 같았다. 아이들의 얼굴은 신비스러움에 들떠 있고, 마
음껏 소리 내어 웃는 웃음도 깨끗하다. 미리 나와서 아이들을 맞이
하는 선생님들의 얼굴도 환하다. 넓은 운동장은 알록달록 사람 꽃
이 가득 피어난 싱그러운 꽃밭이었다.

어제 내린 봄비로 운동장은 온통 근질거리듯 질척거렸고, 화단에
서는 땅 속 벌레들이 활동 준비를 서두르는지 모락모락 김이 올라
오고 있었다. 겨울 동안 찬바람에 죽은 듯 온몸을 맡기고 서 있던
교정의 나무들도 봄비를 두어 번 맞더니 콕콕 햇살이 찍어 놓은 듯,
가지마다 수많은 연둣빛 새싹을 피워냈다. 돋아난 새싹들은 쫑긋
쫑긋 영락없이 귀여운 1학년 아이들을 닮았다.

교실로 들어가기 위해 걸어가는데, 교무실 입구 양쪽에 커다란 소나무 두 그루가 서 있었다. 계절 따라 변하지 않고 늘 푸르게 서 있는 소나무, 그 소나무를 보고 있자니 문득 욕심이 생겼다. 현수도 앞으로 저렇듯 든든한 소나무처럼 자라 주었으면 좋겠다는 생각이 들었다. 복도로 들어서니 군데군데 진열되어 있는 봄꽃 화분들이 화사하다. 문득 현수도 저런 화사한 꽃처럼 자라 주었으면 좋겠다는 생각을 했다.

피식 웃음이 나왔다. 나무를 보면 튼실한 한 그루의 나무로, 꽃을 보면 한 송이 아름다운 꽃으로 자라 주기를 바라는 내 지조 없는 마음이 웃겨서다. 소나무면 어떻고, 은행나무면 어떠랴. 화분에 심겨진 군자란으로 자라면 어떻고, 들에 핀 패랭이꽃이면 어떠랴. 하찮은 것에도 감사할 줄 알고, 친구들과 따뜻한 마음을 나눌 줄 아는, 매사 긍정적인 아이로 자라 주면 더 바랄 것이 없을 텐데……

그동안 학교에 며칠 다녀봤다고, 현수는 앞질러 종종종 걸어가더니, 제 교실을 잘도 찾아 들어갔다. 그런 현수를 바라보니 마음 든든하였다. 제법 얌전한 모습으로 의자에 앉았다. 만날 동생과 싸우고 징징거리던 집에서의 모습은 찾아볼 수 없었다.

"선생님 말씀 잘 듣고, 친구들이랑 사이좋게 놀아야 돼."

부탁을 하고 교실을 나왔다. 고개를 끄덕끄덕하며 손을 흔들어 주는 현수가 참으로 대견스러웠다.

학교를 나와 집으로 돌아오는 길, 도로 양쪽에 우뚝우뚝 서 있는 가로수를 올려다보는데 문득 오래전에 읽었던 춘원 이광수의 묵상록 한 구절이 떠올랐다. "길가에는 푸릇푸릇 풀싹이 돋고 젊은 벚나무와 살구나무 가지는 과년한 여자의 살 모양으로 윤이 흐른다. 그 윤 흐르는 껍질 속에는 생명과 기쁨이 충만한 피가 소리를 내며 돌아가는 것이 보이는 듯하고 들리는 듯하다." 몇 줄 안 되는 짧은 문장이지만 기억하는 것만으로도 온몸이 싱그러워진다. 아니, 내가 한 이십 년쯤 젊어지는 기분이 들었다.

낡은 말뚝도 봄이 돌아오면 푸른빛이 되기를 희망한다지 않던가. 3월이면 묵은 나무에 새싹 돋아나듯 내 몸에도 봄 같은 젊은 피가 돌았으면 좋겠다. 그리하여 나도 현수 닮은 늦둥이 하나 낳고 싶다. 그 아이 키우며 찬란한 봄을 노래하고 싶다.

백점 아빠, 빵점 아빠

쉬는 토요일마다 아이들과 함께 놀아주고 싶어도
호주머니 사정이 걱정되는 것은 어쩔 수 없는 현실이다.

초등학교 4학년 아들과 1학년 딸을 두고 있는 이 선생은 요즈음 한 달에 두 번, 쉬는 토요일만 되면 어떻게 보내야 할지 고민이다. 처음 주 5일 근무제가 발표될 때, 그는 마냥 부풀어 있었다. 평소에 하고 싶었던 일을 마음껏 즐길 수 있어서였다. 만나고 싶었던 친구들을 만나 술도 한잔씩 들었고, 부인과 폼 나게 외출도 했고, 아이들에게는 반짝 이벤트로 순식간에 백점 아빠가 되었다. 경비가 적잖게 부담스러웠지만 아내와 자식을 위하는 일인데, 이것쯤이야 하면서 맘껏 기분을 내고 다녔다.

그런데 월말에 날아든 카드 사용 내역을 보자 정신이 번쩍 들었다. 마이너스가 된 통장을 바라보며 곰곰이 방법을 짜내던 이 선생, 4월은 고향을 찾는 일로 계획을 세웠다. 뒷산에 가서 고사리를 꺾었고, 갓 자란 쑥을 뜯었으며, 조상님들의 산소도 보살폈다. 생각보다는 의젓하게 할아버지 할머니의 봉분 위 잡초를 뽑아내는 아들과 딸을 바라보며 이 선생은 흐뭇했다. 앞으로는 최대한 비용을 줄이는 방법으로 계획을 세우리라고 맘을 다졌다.

드디어 5월, 가정의 달이라서 여기저기 신경 써야 할 일이 수두룩했다. 또 아이들과 약속한 토요일은 어떻게 할 것인가 고민하고 있는데, 학교에서 돌아온 딸아이가 주말농장을 들썩였다. 어디 그것뿐이던가. 아들은 박물관, 미술관, 영화관, 수영장 등에 갔다 온 친구 얘기를 하며, 아예 수첩에 적어 온 장소들을 순서대로 주문하는 것이었다. 가족회의를 해서 결정하자고 말은 했지만 고민이 시작되었다. 생각보다 많이 들어가는 비용이 문제였다.

앞이 막막해진 이 선생, "아빠 엄마도 쉬는 날이 필요해!"라며 두 손을 들었다. 그러고는 어느 신문에서 잘라 온 직장인의 휴테크 7계명을 아이들 앞에 들이댔다. 첫째, 아이와 놀아주는 데 헌신하지 말라. 둘째, "나는 운전기사가 아니다"를 선포하라. 셋째, 일상탈출! 다른 방식으로 살아라. 넷째, 시계의 속박으로부터 벗어나라. 다섯째, 아내에 대한 환상을 버려라. 여섯째, 가식적인 역할극에서 벗어나라. 일곱째, 처녀총각 시절의 재미를 되살려라!

아이들이 입술을 삐죽거리며 빵점 아빠라고 난리였다. 모처럼 백점으로 올라갔던 아빠의 인기가 하루아침에 땅으로 곤두박질치는 순간이었다. 가족회의 결과 아빠 엄마를 위해서 둘째 주는 양보하고, 넷째 주는 아이들과 함께 놀아 주기로 어렵게 타협을 봤다. 아이들에게도 스스로 시간 관리 능력을 키워 줄 수 있을 것 같아 참으로 흐뭇한 생각이 들었다.

여기저기서 쉬는 토요일을 효율적으로 보내는 방법들이 신바람나게 소개되고 있지만, 이 선생의 솔직한 고백처럼 정작 비용이 걱정되는 것은 어쩔 수 없는 현실이다. 벌써부터 다음 토요일 계획을 세우느라 이리저리 전화하는 아들과 딸을 바라보며, 이 선생은 휴~ 긴 한숨을 토해냈다.

7월의 기도

초록으로 물든 7월에는 바꿀 수 있는 용기와
받아들일 수 있는 아량을 갖게 해 주십시오.

나는 걸어 다니면서, 운전하면서 중얼중얼 기도문을 외운다. 기도
문 속에는 내가 살아 있음에 감사하고, 가족들과 주위의 모든 사람
들이 아무 탈 없이 제 몫을 다 하는 하루가 되기를 기원하는 바람
이 들어 있다. 어디 그것뿐이던가. 미워하는 마음, 원망의 마음, 욕
심내는 마음도 버리게 해달라고 기도한다. 그러다 보면 가슴 한구
석에 덕지덕지 쌓여 있던 찌꺼기들이 차츰 녹아나는 느낌이 들어
기분이 상쾌해진다.

그런데 이 일을 어쩌랴. 몇 시간도 채 지나지 않아 복잡한 문제들
이 내 앞에 불거진다. 가슴속에선 불만의 덩어리가 꿈틀거린다. 내
색은 하지 않지만 가슴속에서는 보이지 않는 불꽃이 일렁일렁 타
고 있다. 불과 몇 시간 전, 운전하면서 외웠던 기도문과 발원이 무
색해져 버린다. 날마다 기도문을 외우며 간절히 원했던 순한 마음
은 다 어디로 도망가고, 나도 사람인지라 어쩔 수 없다고 스스로 변

명만 늘어놓는 우스운 꼴이 되고 마는 것이다.

아직도 기도가 부족해서 그런가 싶어 책상 앞에 붙여 놓은 글을 소리 내어 여러 번 읽어 보았다. 부산의 김 선생이 보내준 '바꿀 수 있는 것은 바꿀 수 있는 용기를 주시고, 바꿀 수 없는 것은 그대로 받아들일 수 있는 아량을 주십시오.'라는 내용의 글이다. 컴퓨터 앞에 앉을 때마다 내 눈을 잡는 글을 읽고 또 읽는다. 내가 나를 가르치기 위한 최면을 걸어둔 것이다. 매일매일 읽다 보니 불현듯 이 나이가 되도록 바꾸지 못한 것들, 받아들이지 못한 것들이 하나둘 선명하게 헤아려진다.

아직도 자식을 향한 어리석은 내 마음을 바꾸지 못했던 것 같다. 기계문명 속에서 살고 있는 요즈음 자식들은 지극히 합리적이고 이지적인데, 어찌하여 내 눈높이로 그들에게 바라기만 했던가. 깊이 생각하는 것 자체를 귀찮아하고 꺼려하는 그들을 왜 내 정서대로 잡아 두려고 했던가. 얼마나 부담스럽고 고통스러웠을까. 제 그릇이 작으나 크나 분수대로 잘 살아갈 것인데 말이다.

마음을 비워 받아들이는 것에도 인색했다. 필요 없는 욕심을 버린다면 간단하게 해결될 수 있었던 일이다. 이솝우화에 고기를 물고 다리를 건너던 개가 물속에 비친 자기의 그림자를 쫓다가 입에 물고 있던 먹이마저 떨어뜨리는 이야기가 나온다. 개는 욕심 때문에 그림자도 고기도 다 잃어버리지 않았던가. 풀잎 끝에 잠시 맺혔다 사라지는 이슬 같은 것들에 지금껏 연연하고 있었던 것이다.

늦지 않았으니 이제라도 스스로 마음을 다스려 볼 일이다. 이런 생각들이 다만 나만의 바람이 아니기를 빌어 본다. 좋은 생각들은 주변에 빠르게 전이되어도 좋으니까. 주변이 온통 초록으로 물든 7월에는 우리 모두 바꿀 수 있는 용기와 받아들일 수 있는 아량을 갖게 해달라고 기도해 보자.

질투 때문에 배가 아프면

공자님은 비록 인형일지라도 함부로 대하지 말라고 하셨는데,
하물며 질투 때문에 가까운 사람을 흠집 내서야 되겠는가.

누구라도 한 번쯤 질투 때문에 배가 심하게 아파 본 적이 있을 것
이다. 병이 들어 배가 아픈 게 아니고, 시기와 질투 때문에 아픈 배
라면 병원에 갈 필요가 없다. 그냥 참고 기다리면 언제 아팠냐는 듯
사라지는 게 바로 그 병이니까. 대부분 배가 아픈 후에는 보란 듯
이 더 열심히 하겠다는 각오가 생길 것이니, 어찌 생각하면, 질투
때문에 아픈 배는 삶을 살아가는 데 필요한 윤활유 같은 것이리라.
그런 배라면 가끔씩 아파도 좋을 거라 생각한다.

그런데 아픈 배를 참지 못하고 상대방을 흠집 내는 말을 하는 경
우가 더러 있다. 배가 아프다는 이유만으로 실없는 소리를 해서 친
구를, 이웃을 곤란하게 만들지는 않았는지 생각해 볼 일이다. 내게
돌아오는 것이라고는 손톱만큼도 없는데 말이다. 정말 바보들이나
하는 행동인데 자신이 그 주인공이 된 적은 없었는지 돌이켜볼 일
이다. 함부로 뱉은 말을 아무도 모를 거라 생각하는 모양인데, 밤

에 하는 말은 쥐가 듣고, 낮에 하는 말은 새가 듣는다고 하지 않던
가. 전화를 했으면 모든 내용을 수화기가 들었을 것이고, 둘이서만
이야기했다 하더라도 공기가 들었을 것이다. 눅눅한 공기 속에는
실없는 말들이 날개를 달고 날아다닐 것인데…….

대부분 같은 길을 가는 사람들끼리 서로 질투를 하는 경우가 있
다. 앞서거니 뒤서거니 가면 좋으련만 그게 마음대로 안 되는 모양
이다. 사람인데 왜 질투가 없을까. 그럼에도 불구하고 기어이 배가
아픈 모습을 드러내는 사람이 있고 아예 꿀꺽 삼키며 인내하는 사
람도 있다. 선자의 경우 시간이 흐른 후에는 자신의 어리석음을 후
회하는 모습을 여러 번 보았다. 그러나 후자의 경우는 혼자서만 배
가 아프고 말았기에 마음 다스리기로 끝나는 것일 게다.

공자님은 비록 인형일지라도 사람 모습을 하고 있으면 함부로 대
하지 말라고 하셨다. 하물며 사람인데 질투 때문에 가까운 사람을
흠집 내서야 되겠는가. 누구나 잘 알고 있으리라. 상대방을 흠집 내
면 자신의 몸도 마음도 흠집이 난다는 사실을, 질투의 독소는 자신
뿐 아니라 주변까지도 어둡게 한다는 사실을. 그래서일까. 노벨문
학상을 수상했던 러셀도 질투심이 많은 인간은 자기가 갖고 있는
것에서 즐거움을 취하는 대신에 타인이 갖고 있는 것에서 괴로움
을 취한다고 했다. 그런데도 자꾸만 질투의 싹을 가슴에 키우려고
하는 게 바로 우리들 자신 아니던가.

사람을 흠집 내는 질투의 싹은 거름을 주지 않아도 잘 자란다. 눈
에 보이지 않은 채 점점 주변에 퍼지게 되어 가지를 뻗고 커다란
나무로 자라게 된다. 그 나무는 폭풍을 몰고 와 조용하던 주변을 시

끄럽게 하고, 서로 믿지 못하게 하며, 배신감까지 느끼게 한다. 배가 아파서 실없이 던진 몇 마디의 말이 오랜 시간 쌓아 두었던 서로의 믿음을 송두리째 무너뜨리는 것이다.

벌써 입춘이 지났다. 이제 질투의 싹은 배가 살짝 아플 정도로만 키우자. 절대로 마음까지 병들게 하지는 말자. 잘나가는 모습이 샘나서 실없는 말을 한다면, 그 말 한마디가 열심히 사는 사람들에게 좌절의 순간이 될 수도 있다는 것을 명심하자. 무엇보다 사람이 중요하기 때문이다. 노력하다 보면 자신도 언젠가는 질투의 대상으로 우뚝 서게 될 것이니까.

크레파스 희망

진정한 부자는 재산의 노예가 아니라,
자신의 일에 최선을 다하며 살아온 사람들일 것이다.

지웅이는 초등학교 3학년이다. 비가 오면 우울하다고 표현할 줄 아
는 감성이 아주 풍부한 남자아이다. 며칠 전, 지웅이 엄마가 내게
「크레파스 희망」이라는 제목의 지웅이 시를 보여주었다.

　　미술시간에
　　크레파스로 그림을 그린다

　　집을 그리고
　　산도 그리고
　　빌딩도 그린다

　　다 그리고 나니
　　집도 내 거

산도 내 거

빌딩도 내 거다

크레파스만 있으면

나는 진짜 부자가 된다.

　새벽부터 가게에 나가 열심히 일하는 지웅이 아빠 엄마. 부자는
아니지만 그런대로 화목하게 사는 가정의 지웅이가 이런 상상을
하다니, 이토록 엄청난 부자 희망을 갖고 있었다니, 놀라운 일이었
다. 아이들의 희망은 장난감이나 휴대폰 정도로 생각하고 있었던
내 한계를 여지없이 무너뜨리는 순간이었다. 요즘 아이들의 마음
속에는 이토록 어마어마한 부자의 희망이 도사리고 있다니. 그 옛
날, 어머니가 커다란 튀밥자루만 들고 들어와도 "와, 우리 집 엄청
부자다!" 소리치던 내 어린 시절이 한없이 초라해진다.
　미국의 시인이자 사상가인 에머슨은 "부는 마음을 자연에 적응시
키는 일이다. 부자가 되는 길은 근면에 있지 않으며, 절약에 있는 것
은 더더욱 아니다. 그것은 보다 나은 자연의 순리에서 찾아야 한다.
적합한 시기에 옳은 장소에 있어야 하는 것이다."라고 얘기했다. 맞
는 말이다. 요즈음 같은 세상에는 새벽부터 일어나 부지런하게 사
는 사람들이 얼마나 많은가. 그렇다고 해서 그 사람들이 어디 부자
가 되었다는 말이 쉽게 들리던가. 못 입고, 못 먹고 지독하게 절약하
며 사는 사람들도 더러는 평생 작은 아파트 한 채 장만하기도 힘들
지 않았던가. 자연의 순리라는 말이 설득력을 얻는 부분이다.

그러나 부지런한 부자는 하늘도 못 막는다고 하지 않았던가. 누가 무슨 말을 하더라도 부지런하고 절약하는 삶을 살다 보면 훗날 자신도 모르게 부자가 되어 있지 않을까. 그럼에도 불구하고 진정한 부자는 재산의 노예가 아니며, 자신의 일에 최선을 다하며 살아온 사람들일 것이다. 그들은 적합한 시기에 옳은 장소에 있어서 자신이 가지고 있는 것을 고루 나눠 주는 사람들이기 때문이다. 그것이 돈이든, 물건이든, 지식이든, 따뜻한 봉사의 마음이든 굳이 가려서 따질 필요는 없을 것 같다.

며칠 후면 초등학교 입학식이다. 귀여운 1학년 아이들이 크레파스를 손에 들고 하얀 도화지 위에 그림 그리기를 시작할 것이다. 그들의 꿈이 날개를 달고 훨훨 날 수 있는 희망의 학교가 되기를 기도해 본다. 친구가 많은 부자 되기를, 마음이 부자인 선생님 만나기를, 자신이 가지고 있는 것을 고르게 나눌 줄 아는 어린이로 자라기를, 선택의 순간에 끝까지 비굴하지 않기를……. 그리고 "크레파스만 있으면 나는 부자가 될 수 있다"던, 지웅이의 부자 꿈이 먼 훗날 자연의 순리에 의해 현실로 이뤄지기를 기도해 본다. 우리 아이들이 물질이 아닌 정신의 부자로 우뚝 서기를 진심으로 바란다.

어머니의 사진

고아들을 먼 타국으로 보내지 말고,
우리의 가슴으로 안아 기를 수 있다면 얼마나 좋을까?

재영이는 어머니에 대한 그리움 하나로 살아가는 아이다. 어렸을 때 덮고 자던, 어머니의 냄새가 배어 있는 아주 작은 담요를 초등학교 4학년이 된 지금까지도 밤마다 품에 안고 잔다. 그리고 외할머니가 어머니의 얼굴을 잊으면 안 된다고 눈을 감기 전에 전해 준 사진 한 장, 아주 아기였을 때 어머니와 함께 찍었던 사진 한 장을 책갈피에 끼워 두고 하루에도 몇 번씩 친구들에게 자랑하던 아이니까.

그러니까 재영이는 아주 어릴 적에 외할머니에게 맡겨진 아이였다. 짠하게도 재영이가 세 살 때 외할머니가 돌아가셨다. 그 뒤 이모에게 맡겨졌고, 사정이 생겨 이모네 옆집, 혼자 사는 할머니와 함께 지내게 되었다. 언제부터였을까? 어린 재영이는 사람만 보면 자꾸 킁킁거리는 습관이 생겼다. 자신을 안고 있는 사람의 냄새를 확인한 다음에야 안심하고 잠이 들곤 하였으니까. 아마도 이리저리 옮겨 살면서 어머니 냄새를 찾기 위해 그리 됐으리라 짐작된다. 나중에는 두 눈을 감은 채 냄새 하나만으로도 주변 사람들의 이름을 척척 알아맞혀, 재영이는 냄새 박사로 통하기도 했다.

지난달, 재영이가 어머니로부터 한 통의 편지를 받고, 어머니와 함께 살기 위해 제주도로 떠났다. 들고 가던 가방 속에 재영이의 작은 담요가 들어 있어서, 이제는 버려도 되지 않겠느냐고 했더니 눈물 글썽이며 고개를 흔들었다. 그러고는 제법 의젓한 목소리로 "나중에 만나도 냄새 하나로 아줌마들을 기억할 수 있을 거예요." 하는 게 아닌가. 우리는 진심으로 기뻐하며 재영이를 배웅해 주었으며, 그동안 잘 대해 주지 못했던 일들을 코허리가 시큰해지도록 아쉬워했다.

미국이 필리핀을 점령했을 때 있었던 일이라고 한다. 마닐라 해안을 향해 함포 사격을 하려고 하는 중요한 순간, 한 해병의 옷이 바다에 떨어졌다. 상사가 말렸으나 해병은 물에 뛰어들어 자기의 옷을 건졌다. 그 해병은 명령 불복종죄로 군법회의에 회부되어 법정에 서게 되었는데, 사법관 장군이 까닭을 묻자 해병은 물에 젖은 옷 속에서 어머니의 사진을 꺼내 보였다. 자신의 목숨을 걸고까지 물속에 뛰어들어 어머니의 사진을 건져 낸 그 사랑 때문에 해병은 무죄 석방이 되었다.

2006년 5월 11일이 제1회 입양의 날로 제정되었다. 몸으로 낳은 자식이 아닌, 마음으로 낳은 자식을 한 가정에서 한 명씩 길러 보자는 것이리라. 고아들을 먼 타국으로 보내지 말고, 우리의 가슴으로 안아 기르자는 참으로 고마운 생각이다. 사랑이 부족한 아이들에게 그리운 어머니의 정을 느끼게 해주면, 그 사랑의 믿음 하나로 힘든 세상을 살아갈 용기를 얻을 수 있을 테니까 말이다. 어머니의 냄새 하나로 버티며 살아온 재영이를 생각하면 틀린 말이 절대 아닌 것 같다. 사랑은 결국 사랑의 물감으로 칠해야만 제 빛이 나는 법이니까.

3부

아주 특별한 기도

신이시여, 어린이들이 학교라는 울타리 안에서
홀로 서는 법과 바르게 살아가는 방법을 배우게 하소서.

갈비뼈 밑 동심 찾기

팍팍하고 힘들 때 갈비뼈 밑 동심을 불러 보라.
자신도 모르게 불끈 힘이 솟아날 것이다.

시인 김삿갓은 하얗게 쌓인 눈을 보며, "천황씨가 죽었는가? 인황
씨가 죽었는가?/만수 청산이 모두 흰옷을 입었구나./내일 해님이
조문을 오게 되면/집집마다 처마 끝에서 눈물 뚝뚝 흘리겠네."라는
시를 읊었다. 놀라운 발견이다. 문학을 하는 사람 모두 이처럼 기
막힌 발견을 하고자 밤을 하얗게 지새우곤 하리라. 아니 평생을 소
원하며 산다 해도 과언이 아닐 것이다.

　아동문학을 전공하는 나로서는 어려움이 이만저만 아니다. 날마
다 돈을 세며, 욕심내며, 원망하며 살았던 세월이 얼만데, 아이들의
눈높이에 맞는 동심을 그려내야 하기 때문이다. 이미 갈비뼈 밑으
로 숨어 버린 동심을 찾기 위해, 매일 유치원 아이가 읽는 책부터

● 천황씨와 인황씨는 고대 중국 전설에 나오는 임금인데, 시에서는 하늘의 임금이
　죽었는가? 땅의 임금이 죽었는가? 라고 해석해도 크게 틀리지 않을 것 같다.

초등학생이 읽는 책들까지 읽어야 한다. 어디 그뿐이던가. 학교 운동장 나무 아래 앉아서 어린이들이 놀고 있는 모습을 넋 놓고 바라보다가, 그들이 나누는 대화와 관심사를 메모하기도 한다.

가방에 메모장을 넣어 가지고 다니면서 수시로 꺼내 읽는다. 그러다 보면 어느덧 내 갈비뼈 밑에 숨어 있던 동심이 스멀스멀 기어 나온다.

"나 여기 있는데!"

바로 아홉 살 적 내 어린 시절이다. 곧바로 컴퓨터 앞에 앉아서 어릴 적 나와 대화를 시작한다. 유행하는 옷을 입히고, 머리를 매만진다. 다음은 어떤 놀이를 하며 어떻게 시간을 보낼 것인지 고민한다. 구식 버전이라며 고개를 흔든다. 또다시 고민이 시작되고, 메모를 다시 확인하고, 그러다가 꼴깍 밤을 새워 버리기도 한다.

다음 날 부석부석한 얼굴로 모처럼 친구들 모임에 나간다. 그들이 나누고 있는 대화를 듣고 있으면 세상이 찬란하다. 부동산부터, 주식, 펀드 이야기까지. 도대체 나는 무얼 하며 살고 있는지, 잠시 회의에 빠진다. 중요한 약속이 있다며 슬그머니 일어나 자리를 뜬다. 무작정 걸어가고 있는데, 어디선가 떠들썩한 소리가 들린다. 골목에서 아이들이 쏟아져 나온다. 가방을 메고 걸어 나오는 아이들 사이에 반가운 얼굴이 있다. 바로 내 갈비뼈 밑의 아홉 살 여자아이다. 손을 들고 흔드니, 아이가 달려와 내 품에 덥석 안긴다.

이제야 겨우 마음이 놓인다. 잠시 잃어버렸던 갈비뼈 밑 동심이 살아나며, 불끈 힘이 솟아난다. 그렇다면, 나는 작품 안에서 아이들의 삶에 얼마만큼 끼어들어야 할 것인가. 아이들이 짊어지고 가는

짐을 곧바로 내려줘야 할까, 반절만 내려줘야 할까? 아니면 함께 걸어가며 지켜봐야 할 것인가. 그 고민은 바로 내 작품의 주제를 결정하는 일이다. 배려, 소통, 생태, 다문화, 생명, 사랑, 죽음 등 끝없이 부닥치며 살아갈 아이들의 미래를 향한 고민인 것이다.

천지를 덮고 있는 하얀 눈을 보고, 해님을 보고, 처마 끝의 고드름을 보며 읊어낸 김삿갓의 시 「영설(詠雪)」이 가슴 절절하게 다가오는 것은, 아직도 내 공부가 당당 멀었음을 알려주는 것이리라. 그러나 내 옆에 아이들이 있어서 희망이 있고, 아이들과 대화를 나눌수 있어서 행복하고, 내 작품을 읽어준다는 것에 감사한다.

찬란한 해가 떠올랐다. 오늘부터라도 그동안 잊고 살았던 갈비뼈 밑의 동심을 찾아보는 건 어떨까?

빈 놀이터

들판의 풍성한 곡식들을 바라봐도 마음이 허허로운 것은
시골 어디에서도 뛰어노는 아이들을 만날 수 없기 때문이리라.

친구들 몇이 문상을 마치고 상가에서 나오는 길이었다. 마을 앞에
는 커다란 느티나무가 한 그루 서 있고, 조금 떨어진 곳에 온통 강
아지풀로 뒤덮여 있는 작은 놀이터가 보였다. 가까이 가서 들여다
보니 그네, 미끄럼틀, 시소 등이 빈 놀이터를 지키고 있었다.

작은 바람에도 기다란 줄을 흔들어대는 그네를 바라보자니, 문득
지난 시절이 생각났다. 그네를 타려고 길게 줄 서서 차례를 기다리
던 때가. 누가 먼저였는지 모르지만 우리는 향수에 젖어 놀이터 안
으로 들어갔다.

도대체 이 마을에서 아이들이 사라져버린 지는 얼마나 됐을까?
놀이터는 아주 오래 전부터 사람의 손길이 닿지 않은 듯했다. 나무
의자는 칠이 다 벗겨져 군데군데 너덜거렸고, 놀이기구들은 온통
빨갛게 녹슬어 있었다.

사람 소리가 반가웠을까? 그네는 누구라도 한 번 타 주기를 바라

며 흔들거렸다. 미끄럼틀, 시소도 그리움이 가득한 눈으로 우릴 바라보고 있었다. 하지만 손끝에 붉은 녹이라도 묻을까 봐 만질 수도 가까이 다가설 수도 없었다. 온몸을 흔들어대며 철없이 까부는 강아지풀들만 손으로 어루만져 주었다.

놀이터를 나오며 잠깐 뒤돌아보니, 그네가 우리를 애절하게 바라보는 것 같았다. 바람과 한데 어울려 신나게 한 번 뛰어 보자는 듯. 뭉클하니 가슴 한구석이 아려와 쉽게 발길이 떨어지지 않았다. 미안한 마음을 남긴 채 걸음을 재촉했다.

이 마을도 옛날에는 골목길마다 아이들이 뛰어놀았을 것이다. 우람한 느티나무 아래서 숨바꼭질하며 "무궁화꽃이 피었습니다!"를 목청껏 외쳤을 것이다. 술래에게 들키지 않으려고 아이들은 여기저기 꼭꼭 숨어서 두 눈만 살짝 내놓고 쳐다봤을 것이다. 서로서로 그네를 밀어 주며, 미끄럼틀 타며, 시간 가는 줄 모르고 그들만의 아름다운 꿈을 키웠을 것이다.

누렇게 익은 벼들만 휑뎅그렁한 마을을 지키며 무겁게 머리 숙이고 있었다. 이토록 잘 익어 풍성한 곡식들을 바라봐도 가슴 한구석이 비어버린 듯 채워지지 않는 것은, 아마도 이 마을에 아이들 흔적이 없기 때문이리라. 무슨 방법이 없을까? 머리끝을 잡고 따라오는 생각을 떨쳐버릴 수가 없었다.

요즈음은 농촌의 새로운 활력 창출을 위해 청년층 귀농 귀촌을 촉진하는 사업들이 다양하게 펼쳐진다. 제도적인 도움을 최대한 활용할 수 있는 방법이 있을 것이다. 용기를 낸다면 누구라도 사랑하는 사람 손잡고 이 마을에 들어와 살 수 있지 않을까? 지자체의 도움을 받아 공공임대주택 단지도 조성하고, 공동육아 나눔 시설도 만들 수 있을 것이다. 오순도순 살면서 특수작물 가꾸고, 아이들 서너 명쯤 낳아 기르면 좋을 텐데…….

　문상을 다녀온 지 며칠이 지났건만, 오늘도 빈 놀이터의 녹슨 그네가 아이들을 애처롭게 부르는 것만 같아 자꾸 마음이 서글퍼진다.

사랑의 아이스크림

아픔은 나눌수록 그 상처가 적어진다.

오른쪽 다리를 제대로 움직이지 못하는 서른 살 상미 씨는 초등학교 앞에서 아주 작은 가게를 운영하며 혼자서 살아간다. 상미 씨는 한 달 전에 커다란 아이스크림 냉동고를 들여놓았다. 그러고는 여러 가지 아이스크림을 가득 채워 넣었다. 여름 한철 아이스크림은 아이들이 즐겨 찾는 제품이기 때문이다. 그런데 오랜 장마 때문인지 생각만큼 아이스크림이 잘 팔리지 않았다.

엎친 데 덮친 격으로 냉동고 스위치에 문제가 생겨서 하룻밤 사이에 저장해둔 아이스크림이 모두 녹아버렸다. 냉동고 스위치를 겨우 고치기는 했지만 아이스크림은 하루가 꼬박 지나고 다음 날 오후에야 단단해졌다. 그런데 다시 얼려진 아이스크림을 만져 보니 모양이 삐뚤빼뚤 제 마음대로였으며, 알맹이에 포장까지 찰싹 달라붙어 있었다. 상미 씨는 죽을 맛이었다. 아이스크림 소식은 몇몇 아이들을 통해 빠르게, 빠르게 학교 안으로 퍼지기 시작했다.

단골이었던 아이들이 아이스크림을 사러 오자 상미 씨는 사실을 말하며 돈을 받지 않고 그냥 주겠다고 했다. 아이들은 괜찮다며 돈을 내밀었다. 찌그러진 모양, 뭉툭한 모양, 막대기 모양 등 상상도 못할 정도로 일그러진 아이스크림을 손에 든 아이들은 새로 나온 '사랑의 아이스크림'이라 부르며 웃었다. 제일 못생긴 것을 찾아 비교하기도 하고, 어떤 게 더 웃기게 삐뚤어졌는지 대 보기도 했다. 울퉁불퉁하고 삐뚤빼뚤해도 맛은 여전히 달콤하다며 맛있게 먹어 주었다. 상미 씨의 두 눈에 눈물이 그렁그렁했다.

밖에는 그칠 줄 모르고 비가 내렸지만, 학교 앞 작은 가게 안에는 상미 씨를 생각하는 아이들의 따뜻한 마음이 있어 오순도순 사랑이 넘쳤다. 상미 씨의 얼굴에 드리워진 그림자가 조금씩 지워졌다.

"너희들 진짜 고마워!"

상미 씨가 아이들을 바라보며 말하자 "힘내세요. 우리가 있잖아요." 남자 아이들 몇이 하트 모양을 그리며 위로했다. 다른 아이들도 사랑의 아이스크림을 사 먹으며 진심으로 웃어 주었다. 물건을 사러 왔던 어떤 아저씨가 대견하다는 듯 아이들의 머리를 하나하나 쓰다듬어 주기도 했다.

아픔은 나눌수록 적어진다고 하지 않던가. 태풍이 훑고 간 엄청난 피해 상황들이 연일 보도되고 있다. 평생 일구어 놓은 삶의 터전을 하루아침에 잃어버린 슬픈 이웃들을 텔레비전을 통해 보고 있자니 가슴이 미어질 것만 같다. 따뜻하게 밥 먹고, 편안하게 잠자는 게 미안할 정도다. 아이들의 작은 사랑으로 상미 씨가 웃을 수 있었듯, 수재민들이 하루빨리 일어설 수 있도록 우리의 정성과 사랑의 마음을 한데 모아서 그들에게 보내자. 수해복구 작업에 모두가 동참하도록 하자.

수재민들이여, 부디 지나간 악몽을 떨쳐버리고 다시 힘내시기를!

후회

우리네 인생도 제철 따라 다시 피어나는
연둣빛 이파리 같았으면 얼마나 좋으랴.

벚꽃이 진 자리마다 흐드러지게 연둣빛 이파리가 돋아나고 있다.
수줍게 피어나는 이파리를 보고 있으면, 가슴 저 밑바닥에서 아픈
그리움 하나 살아난다. 아주 오래전 일인데도 불현듯 떠올라 가슴
을 누르는 애처롭고 애틋한 얼굴 순영이. 아무리 지우려 해도 50여
년이란 긴 세월 동안 가슴 한구석에 남아 있는 슬픈 이름이다.

　얼굴이 예쁘장한 순영이는 초등학교 4학년이었다. 늘 숙제를 안
해 와서 무던히도 내 속을 태우곤 했다. 어디 그뿐이던가. 청소시
간이면 언제나 복도 한쪽에 쪼그리고 앉아 있었고, 체육시간에도
머리 아프다며, 다리 아프다며 나무 밑에 앉아 뛰어노는 아이들만
구경하고 있었다. 아이들은 그런 순영이를 꾀병 부린다며, 게으름
뱅이라며 놀리고, 얌체라며 눈을 흘겨댔다.

　봄 소풍을 갔다 온 후, 순영이가 콜록콜록 기침을 하기 시작했다.
그러고는 사흘째 결석을 하는 것이었다. 퇴근하는 길에 순영이 집

에 들렀더니 힘없이 누워 있었다. 손을 잡아 주며 얼른 나아서 학교에 오라고 일렀더니 고개를 끄덕이며 힘없이 웃었다. 가게에서 잠깐 들어왔다는 순영이 엄마. "어쩌면 그렇게 게으른지, 만날 낮잠만 자고, 제 양말 한 짝도 빨아 신지 않는다"며 마음놓고 딸을 흉보기 시작했다. 누워 있던 순영이는 선생님 앞에서 자신을 흉보는 엄마를 바라보며 무안한 듯 두 눈을 흘겨댔다.

그런데 순영이가 열흘이 넘도록 학교에 나오지 않았다. 아주 몹쓸 병에 걸려 병원에 입원했다는 것이다. 놀라서 병원으로 달려가 보니, 세상에 그 어린 것이 간암 말기라는 게 아닌가. 넋을 놓아 버린 엄마는 "감기 한 번도 걸리지 않았는데, 게으르다고 야단만 칠 게 아니라 병원에 한 번 데려가 볼 것을……" 하는 뒤늦은 후회에 피를 토하며 흐느낄 뿐이었다. 그렇게 가슴을 부여잡고 우는 엄마의 절규를 들으며, 나 역시 무심했던 지난날을 함께 후회했다.

그만한 나이면 친구들과 어울려 하루 종일 뛰어놀 때이다. 그런데 비실거리기만 했으니, 한 번쯤 관심을 갖고 관찰했어야 했다. 공부만 가르치는 사람이 어디 선생이던가, 아이들의 건강도 읽어낼 줄 알았어야 했는데. 오랜 세월이 지나도 가슴에 못이 되어 후회로 남는 아픔들. 그 어린것 가슴속에 암덩이가 자라는 줄도 모르고 숙제 안 해왔다고 야단만 쳤으니……. 순영이는 몇 달을 더 앓다가 벚꽃이 지고 연둣빛 이파리가 흐드러지게 돋아나는 날, 친구들의 슬픈 배웅을 받으며 하늘나라로 떠났다.

인생도 제철 따라 다시 피어나는 연둣빛 이파리 같았으면 얼마나 좋으랴. 봄이면 순영이가 환하게 미소 지으며 다시 피어나서 우

리 곁으로 올 수 있을 테니까. 아름다운 세상, 살 만한 가치가 있는
이 세상을 마음껏, 마음껏 살아볼 수 있을 테니까.

아주 특별한 기도

신이시여, 어린이들이 학교라는 울타리 안에서
홀로 서는 법과 바르게 살아가는 방법을 배우게 하소서!

혜원이 엄마는 심한 우울증을 앓고 있는 환자다. 몇 년 전, 남편의 사업 실패 때문에 이혼하고 얻은 병이란다. 요즘 세상에 이혼하는 사람이 어디 한둘이냐며, 바보 같다고 했더니 그저 웃기만 했다. 딸 하나 키우고 있는데, 그 딸 혜원이가 자라 어느덧 초등학교에 입학을 하였다. 주의가 무척 산만하지만 제 엄마를 위하는 마음이 아주 기특한 아이다.

빨간 구슬 끈으로 양쪽 머리를 예쁘게 묶은 혜원이. 내 사무실 바로 옆 단독주택에 살기에 나와 친하게 지내는 터이다. 혜원이는 학교에서 돌아오자마자 내 사무실에 들러 책꽂이에 꽂아 둔 동시집을 펴들고 더듬더듬 읽기 시작한다. 이제는 학교에 다니니까 재미있다며, 친구도 엄청 많이 생겼다며 자랑이 이만저만 아니다. 칭찬해 주었더니 입이 채송화 꽃처럼 벌어졌다.

그 모습을 보고 있자니 가슴 한쪽이 아려온다. 앞으로 혜원이가 받게 될 스트레스가 눈에 보이는 것 같아서다. 주의 집중이 잘 되지 않는 혜원이는 선생님은 물론 친구들을 자주 당황하게 만들 게 뻔하다. 아니, 어쩌면 왕따를 당할지도 모른다는 생각이 든다. 그렇다고 특수학교에 보낼 만큼 증상이 심한 것도 아니라서 그저 조심스럽고 안타까울 뿐이다.

혜원이는 한없이 칭찬해 주고 안아 주면 제법 얌전하다. 그러나 눈치만 조금 달리해도 금세 얼굴이 굳어 툭툭거리는 버릇이 있다. 어쩌면 그리도 상대방 눈치를 잘 살피는지, 얼굴 표정만 보고도 단번에 마음속을 읽어내곤 한다. 평소 엄마의 병 때문에 어린것이 그리 된 것 같아 마음이 아프다. 그래도 혜원이 일이라면 벌벌 떠는 엄마가 곁에 있어서 얼마나 다행스러운지 모른다.

오늘은 개구리가 겨울잠에서 깨어날 정도로 날씨가 풀린다는 경칩이다. 마음의 병 때문에 오랜 시간 겨울잠을 잤던 혜원이 엄마가 두 눈을 번쩍 떴으면 좋겠다. 그동안의 아픔을 훌훌 털고 일어나 혜원이 손잡고 날마다 학교에 따라 갔으면 좋겠다. 교실도 함께 들어가 보고, 화장실 사용법도 가르쳐주고, 놀이기구 타는 법도 알려주고, 담임선생님과 혜원이 문제도 상의해보고, 그러다 보면 씻은 듯 병이 나을지도 모르겠다.

속도 모르는 혜원이는 아침마다 엄마 손을 잡고 학교에 같이 가자고 조른단다. 잠들기 전에 두 손을 모으고 기도까지 한단다. 치맛바람이라도 좋으니 제발 그렇게 했으면 좋겠다. 싱그럽고 따스한 봄바람에 우울증도 치료되고, 덕분에 혜원이가 친구들과 잘 적응할 수도 있고.

혜원이의 기도가 통했을까? 어제는 백화점에 외출옷을 사러 가고 싶은데, 함께 가자는 혜원이 엄마의 전화가 왔다. 어찌나 반가운지, 가슴이 두근두근 방망이질을 해댔다.

　이제부터 혜원이는 학교라는 울타리 안에서 세상 돌아가는 것을 하나하나 배우게 되리라. 선생님 만나 즐거운 시간 보내고, 다정한 친구도 사귀고, 운동장에서 마음껏 뛰놀고, 더 나아가 옳고 그른 것을 구분할 줄 알고……. 새로운 환경에서 꿋꿋이 홀로서기를 연습할 것이다. 스트레스를 받아서 학교 가는 게 싫어지지 않기를, 나는 날마다 신을 향해 기도하련다.

빛나는 삶의 이파리로 피어나라

2월이 다른 달보다 유난히 짧은 것은 오는 봄을
하루라도 빨리 맞이하기 위한 마음이리라.

자꾸만 팔뚝이며 다리가 근지럽다. 특별히 비누나 화장품을 바꿔
쓴 것도 아닌데 어쩐 일로 그러는지 도통 알 수가 없다. 외출에서
돌아와 옷을 벗으니 그 증상은 갑자기 더 심해지는 듯하다. 나는 참
지 못하고 가려운 곳을 찾아 직성이 풀릴 때까지 문질러댔다. 한참
을 그러고 나니 언제 그랬느냐 싶게 가려움증이 가시면서 온몸이
가벼워진다.

　시원한 물로 온몸을 씻고 나오니 절로 콧노래가 나온다. 그러다가
무심결에 벽에 걸린 달력을 보았다. 웬걸, 며칠 후면 벌써 입춘이 아
닌가. 그러고 보니 겨우내 두꺼운 옷에 싸여 있던 살갗이 갑갑함을
참지 못해 가려움증으로 하소연했나 보다. 올 겨울은 유난히도 몸
과 마음이 추워 겹겹이 두꺼운 옷을 껴입고 있었기 때문이다. 살갗
은 벌써부터 가까이 다가오고 있는 봄을 느끼고 있었던 것이다. 턱
밑까지 올라온 스웨터 하나쯤 진즉에 벗었더라면 좋았을걸.

봄을 기다리며 이토록 근질거리는 것이 어디 내 살갗뿐이랴. 항상 촉촉하게 젖어 있는 2월의 땅을 보면 알 것 같다. 머잖아 가슴을 뚫고 올라올 수많은 새싹들 때문에 2월의 땅도 많이 근지러웠을 테니까. 그래서 새싹이 쉽게 돋아날 수 있도록 얼었던 흙을 부드럽게 녹이고 있는 중이리라.

나무들은 또 어떤가? 가지마다 돋아날 새싹들 때문에 스치는 바람에도 자지러지도록 온몸을 흔들어댄다. 아마도 근지러움을 참아내고 있는 것이리라. 작은 나뭇가지까지도 빨리 봄이 돌아오기만을 기다리며 근지러운 몸짓을 한다. 뿌리 가까이 귀 기울이고 들어 보면, 땅속 깊은 곳에서 물을 뿜어 올리느라 쉬지 않고 펌프질하는 소리가 들리는 듯하다.

일 년 중 2월이 다른 달보다 유난히도 짧은 것 또한 봄과 무관하지 않은 것 같다. 그것은 오는 봄을 빨리 맞이하기 위한 2월의 속 깊은 배려이리라. 성급하게 봄을 기다리는 세상의 여러 마음들을 줄곧 헤아리고 있었을 테니까. 그래서 2월은 겨울과 봄을 이어 주는 징검다리 역할을 하고 있는 것이라 생각된다.

올해는 내 살갗이나 나무들 말고도 오는 봄을 성급하게 기다리는 사람들이 또 있을 것 같다. 그들은 바로 주민등록이 말소된 쪽방 거주자나 노숙자들이 아닐까? 정부가 그동안 살아 있어도 살아 있는 삶이 아니었던 그들을 위해 말소된 주민등록을 재등록할 기회를 준다고 약속했기 때문이다. 2월 한 달간을 주민등록 일제 재등록 기간으로 정했다니 참으로 기쁜 일이다. 주민등록 말소자 64만여 명이 봄을 맞아 사람대접을 받게 되었으니 진정 눈 시리도록 아름다운 봄이 아닌가. 이제 그들도 최저생계비와 의료보험, 공공근로 등 여러 가지 사회보장 혜택을 받을 수 있게 되었다. 돌아오는 봄에는, 그들 모두 국민의 한 사람으로 떳떳이 이 나라 사람노릇을 할 수 있게 되리라.

그들의 외로운 삶의 줄기에도 머잖아 희망의 새싹이 돋아날 것이다. 비록 힘들고 지친 가지에 어렵게 돋아난 새싹일지라도 언젠가는 이 세상에서 가장 빛나는 삶의 이파리로 자라날 수도 있겠지. 그 새싹이 파란 이파리로 자랄 수 있게 도와주는 것은 정부와 우리 모두의 몫이다. 지금까지 감추고 살아야 했던 그들의 가슴속 깊은 가려움증을 이제는 드러나게 해야 할 때이다. 그래서 함께 문질러 주고 다독거려야 한다.

그들이 가난과 불행의 삶에서 벗어나 희망을 가지고 이 봄을 맞이할 수 있도록 우리 함께 준비할 일이다. 그들이 행복의 햇빛을 마실 수 있도록 사랑으로 도와야 하리라.

동짓날 긴긴 밤에

눈물은 우리의 마음을 대신할 수 있는
가장 순수하고 아름다운 것이다.

사흘 후면 동짓날이다. 팥죽을 쑤어 여기저기 한 그릇씩 떠놓고, 온
갖 잡귀를 물리치던 할머니의 모습이 떠오른다. 집안 구석구석은
물론 골목길까지 팥죽을 뿌리며 돌아다녔다. 어디 그것뿐이던가.
할머니는 가구에 붙어 있는 잡귀, 가축에 붙어 있는 잡귀, 우리들
마음속 잡귀들까지도 다 물러가라며 두 손을 모았다. 주위의 온갖
잡귀를 쫓는 것으로 한 해를 마무리하고, 깨끗하고 경건한 마음으
로 새해를 맞이하고 싶었던 할머니의 지혜였으리라.

　요즘처럼 빠르게 돌아가는 정보사회에서는 사람들 대부분이 잡
귀 따위에는 신경을 쓰지 않고 사는 것일까. 최근에는 팥죽을 쑤어
여기저기 뿌리는 걸 한 번도 구경할 수 없었다. 그렇지만 동지의 의
미를 알고 있는 사람들은 지금도 직접 팥죽을 쑤기도 하고, 더러는
가까운 팥죽집에 가서 몇 그릇 사다가 상 위에 차려 놓기도 하는
걸 볼 수 있었다. 조상님들이 남겨 놓은 아름다운 풍습을 잊지 않

고 지켜가는 것 같아 마음 한구석이 흐뭇하다.

동지는 일 년 중에 낮이 가장 짧고 밤이 가장 긴 날이다. 유래를 찾아보면 중국의《형초세시기》에서 만날 수 있다. 중국 '공공 씨'의 망나니 아들이 동짓날 죽어서 전염병 귀신이 되었는데, 그 아들은 살아 있을 때 붉은 색의 팥을 무척 두려워하였다. 이 유래가 입에서 입으로 전해져서, 사람들이 각종 전염병 귀신을 쫓으려 동짓날 팥죽을 쑤어 먹었을 것이다. 팥의 붉은색이 귀신을 쫓아 준다고 믿었기 때문이리라.

팥죽의 유래나 효험 따위에 관심 없는 사람들일지라도 동짓날을 기해 지난 시간을 다시 한 번 돌아보면 어떨까? 다가올 새해 달력을 만들어 나누며 잘못된 일이 있으면 진심으로 사과하고 팥죽 대신 한 줄기 눈물이라도 흘려야 하리. 흐르는 눈물 따라 잡귀가 씻겨 나갈 것이고, 일 년 잔병치레도 끝날 것이고, 새해를 맞이하는 영혼에 아름다운 무지개가 돋을 것이 아닌가. 눈물은 마음을 대신할 수 있는 가장 순수하고 아름다운 것이기에.

톨스토이는 "사람들이 흘리는 눈물에는 선한 눈물과 악한 눈물이 있다"고 하였다. "선한 눈물이라는 것은 오랫동안 마음속에서 잠들고 있었던 정신적 존재의 각성을 기뻐하는 눈물이고, 악한 눈물이란 자기 자신과 자기 선행에 아첨하는 눈물"이라는 것이다. 그러니 동짓날에는 우리 모두 선한 눈물을 흘려 보자. 온갖 잡귀가 감동을 먹고 물러가도록 진심으로 흘리는 눈물이어야 하리라.

만날 살기 힘들고 바쁘다는 핑계로 제대로 다스리지 못했던 가족들, 낯설고 서먹해서 이럴지 저럴지 망설일 때가 있던 가까운 이

웃들, 은혜를 입었는데도 어찌어찌하다가 그냥 지나쳐 버렸던 인연들. 돌아오는 동짓날을 기해 팥죽 한 그릇씩 나눠 먹어 보자. 팥죽 가게에 앉아 얼굴 마주보며 다정하게 웃어 보자. 선한 눈물 흘리며 모처럼 화해하고 가까워지도록 노력해 보자.

더 나아가 그동안 중심을 잡지 못하고 여기저기 흩어져 있던 자신의 마음도 안으로, 안으로 모아 다시 확인해 둘 일이다. 퇴근길에 팥죽 몇 그릇 사들고 들어가 가족과 둥그렇게 둘러앉아 나눠 먹자. 상 한가운데 시원한 동치미가 있다면 더욱더 맛이 나리라. 그리하여 안으로도 밖으로도 깔끔하게 한 해를 마무리하는 동짓날 긴긴 밤이 되게 하자. 돌아보면 참으로 다사다난했던 한 해였다. 남아 있는 잡귀들을 다 물리치고, 순조로운 새해가 시작되도록 마음을 모아 보자.

토마토와 네잎클로버

선물이란 자신이 가지고 있는 것에
진실한 마음의 사랑을 담아 보냈을 때 가장 가치 있는 것이리라.

지난 스승의 날, 수업을 마치고 집에 돌아와 보니 거실에 토마토 한 상자가 놓여 있었다. 가끔 스승의 날을 챙겨주는 고마운 졸업생들이 있어서, 이름을 확인한 다음 포장을 뜯었다. 잘 익은 토마토들이 나를 바라보며 그녀처럼 빨갛게 웃고 있었다. 토마토 하나를 집으려고 손을 내미는데, 한쪽에 포장지로 곱게 싼 책 한 권이 들어 있었다. 뜯어 보니 최근 문원출판사에서 출간된 나의 동시집 『키다리가 되었다가 난쟁이가 되었다가』였다. 고개를 갸웃하며 책장을 넘겨 보았다.

세상에, 네잎클로버를 곱게 말려서 첫 페이지에 나란히, 그것도 울타리 모양으로 열 이파리나 붙여 놓은 게 아닌가. 엽서에는 "교수님께서 토마토를 좋아하셔서 다행이에요. 제 형편으로 언제든지 선물할 수 있으니까요. [⋯중략⋯] 늘 건강하십시오."라고 진실한 마음을 담아 써 놓았다. 시골에서 비닐하우스 농사를 짓고 있는 부모님을 도우며 살고 있는 그녀의 마음 씀씀이가 한눈에 보이는 것 같아서 진심으로 고마웠다. 아니, 뭉클하기까지 했다.

에머슨은 그의 글에서, "반지나 보석은 선물이 아니다. 그건 선물이 없는 핑계에 지나지 않는 것이다. 유일한 선물은 네 자신의 한 부분이다. 그래서 시인은 자기의 시를 가져오고, 양치기는 어린 양을, 농부는 곡식을, 광부는 보석을, 사공은 산호와 조가비를, 화가는 자기의 그림을, 그리고 처녀는 자기가 바느질한 손수건을 선물한다."고 하였다. 선물을 할 때는 자신이 가지고 있는 것에 진실한 마음의 사랑을 담아 보내라는 뜻이리라.

우리는 선물을 주고받으며 살아간다. 어떤 선물을 보내야 받는 사람의 마음을 기쁘게 할 것인가 고민할 때도 간혹 있다. 그 선물이 애정으로부터 우러나오는 선물이라면 기쁨은 이루 형언할 수 없으리라. 선물을 준비하면서 들뜨던 마음을 생각해 보라. 포장을 하면서 행복했던 순간을 되살려 보라. 그러나 아무리 좋은 선물이라도 마음의 부담을 주는 선물일 때, 아니면 이미 서로에 대한 정이 변한 후의 선물일 때는 주고받을 때 우울하고 자신이 초라하기 그지없었던 기억이 되살아날 것이다. '중요한 것은 보내는 선물에 있지 않고 그 마음에 있다'는 러시아 속담을 다시 한 번 생각해 볼 일이다.

토마토를 따서 상자에 담으며 나를 생각했을 것 같은, 네잎클로버를 찾으며 내 시집이 독자들로부터 사랑받기를 기도했을 것 같은 그녀. 그 진실한 마음을 생각하며 잘 익은 토마토를 한 입 베어 물었다. 입 안에서 사르르 녹아드는 맛! 그녀의 따뜻한 마음을 이

웃과 함께 나누기 위해 토마토를 비닐봉지에 몇 개씩 나눠 담았다.

이 세상의 참다운 아름다움은 물건을 받는 것이 아니라, 서로에게 나눠 주는 데 있다고 하지 않았던가. 그녀가 행복해지기를 기도하며 입이 마르게 자랑하고 다녔다.

긴 여름

여름은 시들 줄 모르는 영원한 꽃다발이기도
우리의 삶을 순식간에 앗아가는 재앙이 되기도 한다.

입추와 말복이 지났는데도 여름은 아직 계절의 저편으로 떠나기
싫은 모양이다. 연일 쏟아지는 무더위를 쉽게 거둬갈 줄 모르고 뜨
겁게 달아오르고만 있으니 말이다. 한여름 폭풍에 겨우 살아남은
곡식이나 과일마저도 뜨거운 햇빛에 그 연한 살이 여기저기 타들
어 가고 있단다. 어디 그것뿐이던가. 폭염 때문에 각종 사건 사고
까지 잇따라 발생하고 있다.

시인 조병화는 "여름이야말로 우리 생명의 큰 에너지의 원천이
며, 많은 에너지를 공급받는 계절! 그것이 여름인 것이다."고 노래
했다. 프랑스의 철학자 바슐라르는 "여름은 하나의 꽃다발, 시들 줄
모르는 영원한 꽃다발이다. 왜냐하면 그것은 언제나 자기 상징의
청춘을 취하기 때문이다. 그것은 아주 새롭고 신선한 봉헌물이다."
라고 여름을 예찬하기도 하였다.

이런 노래와 예찬들을 접하다 보면 그들이 살았던 아름다운 여

름이 사뭇 그리워지기도 한다.

그러나 '여름은 언제나 물에 잠긴 채 모습이 사라진다.'는 인도의 속담처럼 올 여름은 우리 삶의 터전과 재산과 소중한 생명까지도 물로 집어삼킨 채 아직도 마지막 기승을 떨치고 있다. 우리는 이처럼 사납고 거친 여름의 노여움 앞에서 한없이 무력해질 수밖에 없었으며, 그 어떤 과학의 힘으로도 여름이 주는 재앙을 막을 수는 없었다. 이 상황에 누가 타들어 가는 여름을 감히 아름답다고 노래 부르며 예찬할 수 있겠는가.

시간이 흐르면 그토록 잔인했던 여름은 또다시 우리의 기억 속에서 사라지고 말 것이다. 재앙을 피해 간 사람들은 누렇게 고개 숙인 벼를, 빨갛게 익은 과일을 바라보며 마냥 수확의 기쁨에 들떠 있을 수도 있으니까. 하지만 태풍의 폐허 속에서 재기를 꿈꾸며 아직도 구슬땀을 흘리고 있는 수재민들을 떠올려 보자. 우리가 가을의 풍성함으로 즐거워할 때 그들은 수확할 게 아무것도 없는 빈 들판을 바라보며 가슴을 치고 있을 테니까.

이제라도 가슴 아픈 폐허의 여름이 다시는 반복되지 않기를 바라며, 우리가 준비해야 할 것들을 차근차근 생각해 볼 일이다. 지구 온난화를 막기 위해서는 재앙 예방 차원의 국가적인 꾸준한 대응이 필요하리라. 개인적으로는 나무 심기 등 손쉽게 할 수 있는 일도 찾아내야 할 일이다. 지금처럼 지구 온난화가 계속되면 자연의 섭리인 우리의 사계절도 사라지고 말 테니까. 그렇게 되면 우리의 삶도 안전하지 못할 테니까 말이다.

이제 여름은 더 이상 우리들의 꽃다발 같은 축제의 낙원이 아니

라는 것이다. 그러기에는 우리가 자연을 너무나 많이 훼손하고 말
았으니까.

마음 기록실

진실한 메시지가 전해지도록
내 마음의 기록실만은 꽁꽁 얼어붙지 않게 열어 둘 일이다.

사람은 누구나 두려워하며 산다. 갑자기 당할지도 모를 태풍이나 폭설의 피해가 두렵고, 한 해가 가는 마당에 늙어감이 두렵고, 언제 찾아올지 모를 갖가지 병마도 두렵다. 점점 더 어려워지는 주변 사정이 더욱 두렵다. 그러나 아무리 절망적인 두려움 속에서도 희망은 있게 마련이다.

더글러스 맥아더 장군은 75세 생일 때 이런 말을 남겼다.

"모든 사람의 마음 한복판에는 기록실이 있다. 그곳에서 아름다움, 희망, 기쁨, 용서의 메시지를 받아들이는 한 우리는 항상 젊음을 누릴 수 있다."

힘이 넘치는 말이다. 장군의 말을 바꾸어 생각해 보면 어떤 상황 속에서도 자신의 마음을 열어 두면 어려운 일이 해결될 수 있다는 긍정적인 뜻으로도 해석된다.

그렇다. 무슨 일이든 우리가 받아들이기에 따라 상황은 달라질 수 있다. 받아들이기도 전에 두려워하고 절망한다면 어찌 될까? 주위에서 보내는 어떤 희망의 메시지도 기록실에 전달되지 못할 것이다. 힘들고 어려울 때일수록 얼어붙은 마음을 녹이기 위해서는 함께 마음 주고받을 진실한 메시지가 필요하다. 내 스스로 기록해 둔 메시지도 중요하지만 누군가 보내는 메시지를 접수할 수 있도록 마음의 기록실만은 열어 둘 일이다.

며칠 전 텔레비전에서 보았던 내용이다. 화장실에 핏덩이를 버렸던 어떤 여인은 "아무 희망도 없으니 어쩔 수 없었다."는 말을 하였다. 구구절절 상상할 수 있는 여러 가지 상황들이 떠올랐다. 그럼에도 불구하고 그녀에게 부모는 없었을까? 형제자매는 없었을까? 마음을 나눌 친구 한 명도 없었을까? 오죽했으면 그랬을까 안타까우면서도, 혼자만의 생각으로 마음 기록실을 꼭꼭 닫아 두고 살아온 그녀에게 화가 나서 견딜 수가 없었다.

사랑스런 아이들을 보라. 그들은 양말을 신지 않았어도 웃으며 눈밭을 뛰어다닌다. 추위에 떨면서도 지나가는 강아지를 어루만지며 사랑을 나눌 줄도 안다. 철없는 아이들이라 그런다고 생각하지 말자. 아무리 힘든 상황에서도 아이들은 마음속 기록실을 열어 두고 산다. 아니, 동심의 순수한 끈을 놓지 않고 살아간다. 사랑스런 아이들을 보면서 우리도 희망을 받아들일 수 있도록 노력하자. 많은 사람들의 메시지가 전해지도록 마음 기록실만은 꽁꽁 얼어붙지 않게 열어 둘 일이다. 그래야만 누군가 그 기록실을 수시로 들여다볼 수 있을 것이다.

며칠째 무섭게 쏟아지던 폭설도 이제는 멎었고, 산처럼 막혔던 사방의 길도 다시 뚫렸지 않은가. 두려웠던 시간들이 지나니, 언제 그랬느냐는 듯 머잖아 모든 생명이 움트는 봄이 다가올 것이라는 생각을 하게 된다. 우리 모두 봄을 기다리며 뛰어노는 아이들을 바라보며, 힘들고 어려운 상황일수록 희망을 잃지 말아야 할 일이다. 그래야만 시들어 가던 삶의 불꽃도 다시 타오를 수 있을 것이다.

감당하기 어려운 또 다른 이유로 삶의 끈을 놓으려 하는 사람들을 위해, 주변 사람들이 사랑의 메시지를 보내고 있다는 걸 절대로 잊어서는 안 될 것이다. 마음 기록실을 닫는 일은 결국 삶을 포기하는 일이라는 걸 잊지 말자.

새로운 시작

성공적인 노후는 주변을 위해
뭔가 봉사하는 일이 아닐까.

오랜 세월 교직에 몸담았던 K씨가 이달 말에 정년 퇴임을 한다. 그
의 자녀들이 아버지에게 드리는 퇴임 선물로 서너 평 남짓한 사무
실을 준비했단다. 평소에 자신의 사무실을 갖고 싶어 했던 아버지
의 뜻에 따라 자식들이 마음을 모았다는 것이다. 작고 볼품없는 사
무실을 베이지색 페인트로 칠하고, 책상과 컴퓨터를 들여놓으니 제
법 산뜻하고 근사해 보였다. 비록 변두리의 작은 사무실이었지만,
아버지를 향한 자식들의 속 깊은 배려와 사랑에 가슴이 뭉클하고
마냥 부럽기까지 했다.

　K씨에게 앞으로 무슨 일을 하며 지낼 거냐고 물었더니 나중에
생각해 봐야겠다며 소리 없이 웃기만 했다. 그러던 그가 잠시 후
호주머니 안에서 작은 수첩을 꺼냈다. 하고 싶은 일이 생각날 때
마다 메모를 해놓았는데, 어떤 일이 가장 좋겠느냐고 물었다. 여
행, 바둑, 재능 기부 등 해보고 싶은 것들이 너무도 많았다. 개인

의 취미생활이든 주변을 위한 봉사든 그는 정년과는 상관없이 건강했으므로, 아직은 일할 수 있는 능력이 있어 보였기에 자못 기대가 되었다.

우리의 육체와 두뇌는 사용을 중지하면 금세 녹이 슬어버린다. 쉬운 예로 손의 사용을 중지하면 손의 능력을 잃게 되고 만다. 물론 두뇌의 사용도 마찬가지리라. 그래서인지 퇴임을 하게 되면 모두가 나름대로 바쁘게 움직인다. 억눌려 살았던 시간들을 보상이라도 받으려는 듯 여기저기 여행을 하기도 하고, 그동안 만나지 못했던 친구들도 만나 즐기기도 한다. 어떤 이는 퇴임 후를 인생의 새로운 전환과 창조의 시기로 바꾸는 사람들도 있다.

내가 알고 있는 박 선생님은 아침 일찍 가까운 산에 오른다. 고맙게도 그는 숲속에 버려진 쓰레기들을 수거하는 일을 한다. 그러고는 학교가 끝날 시간이 되면 자신의 아파트에 몇몇 아이들을 모아놓고 책을 읽어 준다. 원래 문학을 전공했던 그는 아이들에게 인기가 좋았다. 퇴임과 동시에 바로 봉사활동으로 뛰어든 그는 당당하게 존경받는 노인으로 거듭나고 있다.

내가 생각하기에 K씨도 보람 있는 일을 할 것 같은 예감이 든다. 건강하고 부지런한 그에게는 다른 사람이 할 수 없는 아주 특별한 기술이 있으니까. 젊은 시절, 주산과 암산 실력이 뛰어난 그는 한국 대표 선수로 활동했기 때문이다. 전자계산기의 사용으로 아이들의 지능과 집중력이 많이 떨어진다고 걱정하던 그였으니까. 평생을 교육에 몸담았던 그가 할 수 있는 일이란 결국 아이들에게 봉사하는 일이 아닐까 짐작된다.

비록 퇴임은 했지만, 아직 건강한 사람들은 모두가 일하기를 원하고 있다. 새로운 자신의 변화에 재미를 붙이고 노력할 때 그들의 노후는 아름답고 활기찰 것이며, 일을 하기 때문에 오래도록 건강을 유지할 수도 있을 것이다. K씨의 성공적인 노후가 이루어질 수 있도록 빌어 본다.

안녕, 손톱

그 작은 손톱이 지금껏 내 손을 지켜 주었다는 것을
손톱을 다친 후에야 새삼 깨닫게 되었다.

며칠 전, 자동차 문에 오른쪽 검지 손톱을 심하게 다쳤다. 어찌나
아프던지 눈물까지 그렁그렁했다. 다친 손톱은 하루가 지나자 까
맣게 변했다. 며칠 지나면 괜찮아지려니 생각했는데 그게 아니었
다. 다친 곳은 어디에 살짝 닿기라도 하면 온몸이 찌릿찌릿 아프고
물건을 집을 때마다 힘이 주어지지 않아 불편한 점이 한두 가지가
아니었다. 작은 손톱이 이처럼 중요한 일을 하다니…….

　살면서 도움이 필요할 때마다 상대방에게 내밀었던 손, 나를 필
요로 하는 다른 사람의 손을 기꺼이 잡아 주었던 손. 이처럼 소중
한 일을 하는 손이 다치지 않게 그 작은 손톱이 지켜 주었다는 것
을 이제야 새삼 깨닫게 되었다. 그동안 손톱은 특별히 대접받지 못
하고, '적은 분량' 등을 나타내는 정도로만 비유되었다. 어디 그것
뿐이던가. "인정머리라고는 손톱만큼도 없다."는 식의 주로 부정적
인 말에 빗대어 사용되곤 하였다.

이규보가 쓴 『동국이상국집』에 보면 손톱에 관한 일화가 있다. 원나라의 공주와 정략결혼을 한 충선왕은 그녀를 홀대했다는 이유로 폐위되고 원나라에 끌려간다. 원의 황궁에 감금된 채 세월을 보내던 충선왕은 공녀로 끌려온 고려 여인을 만나는데, 그녀는 손가락마다 붕대를 감고 있었다. 손톱에 봉숭아물을 들이던 고향의 풍습을 재연하며 고향에 대한 그리움을 견디고 있었던 것이다. 충선왕은 그 여인을 가까이하면서 자신도 향수병을 달랠 수 있었다고 한다. 손톱의 봉숭아물이 그리움의 상징으로 비유된 부분이다.

요즈음은 손톱에 대한 긍정적인 내용을 많이 접할 수 있다. 그동안 홀대 받으며 지내왔던 작고 보잘것없는 손톱이 대접받는 것 같아 마음이 흐뭇하다. 손톱을 관리하는 네일아트가 유행하고 '네일기술검정'의 국가기술자격까지 시행되고 있다. 작은 손톱이지만 열 개의 손톱에 다양한 표현이 가능하고 값도 싸고, 손쉽게 멋을 낼 수 있어서 여자들 사이에 인기가 높다.

살면서 생각 없이 버린 것들이 어디 손톱뿐이랴. 작아진 옷들이 그렇고, 닳아진 신발, 오래된 그릇 등 참으로 많았던 것 같다. 정들었던 것들을 버리는 일에 미련을 두지 않았다. 새것을 준비하는 것으로 행복했기 때문에 버려지는 것들에 대한 슬픔은 생각해 보지 않았던 것이다. 오만과 어리석음 때문에 그 아픔을 헤아리지 못했는데, 이 나이 먹어서야 작은 것, 떨어져 나가는 것들에 대해 생각을 하다니.

지난 2월 정년 퇴임을 한 이웃의 K 선생님이 생각난다. 그는 오랜 세월 몸담아 왔던 학교를 떠나는 것을 "손톱 깎는 일"에 비유했다. 그러면서 조직으로부터 떨어져 나온 당신이 할 일은 이제 주변을 돌아보는 일이라고 하셨다. 남은 생은 사랑이 부족한 구석구석을 찾아다니며 봉사생활을 하겠단다. 건강한 얼굴로 편안하게 웃는 그가 참으로 존경스러웠다.

오늘도 햇볕이 잘 드는 창가에 앉아서 손톱을 깎는다. 그런데 떨어져 나가는 손톱이 '아야, 아야' 비명을 지르는 것 같다. 아직까지 한 번도 들리지 않았던 소리였다. 왠지 가슴 한구석이 아려온다. 잘려나간 손톱을 손바닥 위에 올려놓고 킁킁 콧김을 불어 주었다. 손톱에 주는 마지막 고마운 정표였다. 화장지에 곱게 싼 다음 휴지통에 묻어 주었다. "안녕, 손톱!"

송사리 춤추던 그 곳

생태연못을 바라보며 자라는 아이들은
촉촉한 감정을 느끼며 자랄 수 있으리라.

서울시의 '학교공원화 사업' 지원을 받아 서울 수락초등학교에 생
태연못이 만들어졌다. 신문에 실려 있는 사진을 보니 연못은 무척
아름다웠다. 생태연못은 단연 인기가 높아서 점심시간이나 쉬는 시
간에도 아이들은 연못 주변의 꽃과 연못 속의 작은 물고기들을 관
찰하느라 북적댄다고 한다. 사진 속 아이들의 얼굴은 온통 웃음꽃
이 피어 행복해 보였다.

문득 내가 다녔던 시골 중학교의 작은 연못이 생각났다. 옛날, 우
리도 쉬는 시간이면 연못가에 모여 시간 가는 줄 모르고 이야기를
나누곤 했다.

연못 주변에는 커다란 등나무가 있어 치렁치렁 그늘을 만들어 주
었고, 양쪽으로 아름드리 소나무가 두 그루 있었다. 그 아래 기다
란 나무 의자가 몇 개 놓여 있어 연못 주변은 우리들의 편안한 쉼
터였다. 우리는 공부하다가 힘들고 지칠 때면 연못가에 앉아서 발

을 담그고 그동안 쌓였던 스트레스를 풀곤 했었다.

오랜 세월이 지났건만 지금도 기억 속의 연못은 영원히 살아 숨 쉬고 있다. 봄이면 연못 주변에 피던 민들레, 제비꽃, 여름이면 우리들의 눈을 놀라게 하던 노랑꽃창포, 부처꽃 등의 향기. 물속에서는 송사리, 각시붕어, 피라미 떼가 춤추던 곳. 우리들의 눈을 잠시도 놓아 주지 않았던 그곳에서는 누구라도 시인이 되어 사랑과 우정을 노래 부르곤 했으니까.

요즈음 아이들의 정서가 메말라 간다고 야단들이다. 그래서인지 음악치료, 미술치료, 독서치료 등 어디라도 치료라는 말이 붙어 전문가를 양성하는 사회교육기관들이 늘어나고 있다. 세미나를 통해 전달되기도 하며, 관심 있는 부모들이나 학생들은 틈을 내어 열심히 배우고 있다. 캠프를 통해 아이들도 치료에 직접 참여시키고 있어 매우 바람직하게 생각된다. 물론 여러 가지 치료가 아이들의 정서를 회복시키는 데 많은 도움을 주리라 생각된다.

그러나 자연과 어울리면서 키워 나가는 정서야말로 더욱 값진 것이 아닐까. 비록 인위적으로 만들어진 생태연못일지라도, 학교마다 운동장 구석 어디쯤에 작은 연못이 자리 잡을 수 있다면 얼마나 좋을까.

연못에는 작은 폭포도 있고 분수도 있으며, 연못 허리 부분에는 구름다리도 있을 것이다. 송사리 춤추고, 사계절 꽃 잔치가 열리기도 할 것이다. 생태연못을 바라보며 자라는 우리 아이들은 일부러 치료하지 않아도 촉촉한 감정을 느끼며 자랄 수 있으리라. 생각만 해도 그보다 더 좋은 투자는 없을 것만 같다.

요즘처럼 무더위가 기승을 부리는 날이면, 아이들은 물론 지역 주민들까지도 생태연못에 놀러 나와 시원한 시간을 보낼 수 있지 않을까.

5월을 보내며

내 몸의 화려한 색깔을 조금씩 지워내면
서로 서로가 비슷한 색이 될 수 있을 것이다.

오랜만에 김 선생님을 찾아뵈었다. 선생님은 우리를 보자마자 두 손 잡고 눈시울을 붉혔다. 건강이 회복되면 풀꽃 흐드러지게 피어 있을 무등산에 다시 한 번 들러보고 싶다며 힘없이 웃었다. 이야기를 나누는 동안 숨쉬기조차 힘든 선생님의 건강이 염려되어 마음은 내내 무겁기만 하였다.

거울처럼 맑기만 하던 선생님의 모습에 짙은 그림자가 드리워진 것은 아마도 80년 5월, 그날 이후였을 것이다. 제자들 때문에 만날 경찰서에 드나들었고, 며칠씩 학교를 결근하며 제자들을 찾아 나서기도 했던 선생님이었다. 그런 선생님을 누가 잡아가 버릴 것만 같아 우리는 만날 두렵기만 했으니까.

요즈음 세상 돌아가는 게 많이 걱정되셨을까? 선생님께서는 미국의 뉴욕시장 "라가디아" 이야기를 들려주었다. 그가 판사였을 때, 빵을 훔친 죄로 잡혀 온 노인을 판결한 내용이었다. 판사는 먼저 노인에게 법에 따라 10달러의 벌금을 내리고, 판사인 자신에게는 남을 생각하지 않고 호의호식해 온 죄로 10달러를, 또 법정에 있던 마을 주민들에게는 굶주려 빵을 훔친 사람이 사는 마을의 주민이라는 죄로 47달러 50센트의 벌금을 내게 했다는 것이다. 주위의 잘못이란 결국 모두의 책임이라는 말씀을 전하고자 했으리라.

평소 좋은 옷 한 벌 사 입지 않았고, 그럴싸한 곳에서 술 한잔 드시지 않았던, 여유가 생기면 어려운 제자 챙기느라 평생을 바친 선생님. 더군다나 일찍 홀로되신 외로움을 제자들 기르는 일에만 의지하셨던 선생님의 모습을 다시 한 번 생각하게 하는 뼈아픈 이야기였다. 사들고 간 참외를 깎아서 선생님께 드렸더니, 맛있게 잡수시며 웃던 모습, 그 모습이 서러워 코허리가 찡했다. 왜 선생님을 보고 있으면 눈물이 나고, 가슴이 아려오는지…….

오늘도 갖가지 풀꽃들이 흐드러지게 피어 있는 무등산을 오르며, 쉬지 않고 흐르는 계곡의 물을 바라보며, 선생님이 들려준 여러 말씀들을 생각해 본다.

"물이 왜 푸른지 알어? 그건 산이 푸르기 때문이여! 산을 닮아서 그런다니까. 사람도 내 몸의 화려한 색깔을 조금씩 지워내면 서로 비슷한 색이 될 수 있어. 말은 쉽게 할 수 있지만 참으로 어려운 일이 바로 그 일이여."

산을 오르는 동안 줄곧 내 뒤통수를 따라오던 선생님의 목소리였다. 양극화 현상을 최소한 줄여야 된다는 말씀을 그리 전하시고자 했던 것이리라.

5월 한 달 내내 사랑과 은혜와 용서와 화합으로 피어나던 꽃들,

그 아름다운 꽃들이 더욱더 활짝 피어나 진정한 복지사회의 불꽃 되기를, 우리의 염원인 통일의 불꽃으로 활활 타오르기를 진심으로 기도해 본다.

거울을 보는 마음으로

'눈이 아무리 밝아도 제 코는 안 보인다.'는 속담처럼
거울 속 제 허물도 볼 수 없는 게 우리 인간이다.

박 여사와 모처럼 도서관에서 열리는 '작가와의 만남' 행사에 가 보
기로 했다. 꼭 들어야 하는 강의는 아니지만 오랜만에 박 여사가 함
께 가 보자고 해서 그러기로 약속하고, 시간과 장소를 확인해 두었
다. 도서관에 도착해서 기다리고 있는데 약속시간이 지나도록 박
여사는 나타나지 않았다. 휴대폰이 있으니 얼마든지 연락을 할 수
있을 텐데, 그마저도 깜깜무소식이었다.

생각과는 달리 아주 유익한 강의였지만 걱정 때문에 온 신경이
입구 쪽으로만 향했다. 잠깐 쉬는 시간이 주어져 박 여사에게 전화
를 했다. 신호가 두어 번 가더니, 갑자기 뚝 끊어졌다. 다시 걸어 보
니 아예 전화가 꺼져 있는 것이었다. 혹시 무슨 사고라도 났는지 걱
정스러워 내내 개운치 않았다.

다음 날이었다. 일부러 박 여사를 만나 어제 무슨 일이 있었냐고
물었더니, 그녀는 아무 일도 없었다며 오히려 왜 그러냐는 얼굴이

었다. 혹시 도서관에서 만나기로 한 것을 잊었느냐고 했더니, 잠시 더듬거리다가 "꼭 가야 할 필요는 없잖아요." 하는 것이다. 기분 따라 편한 쪽으로 대답하는 그녀의 태도에 간혹 당황스러웠던 적이 몇 번 있었지만, 이번 일은 자신이 먼저 가 보자고 서둘렀는데 그리 대답을 하는 것이다. 참으로 어처구니가 없었다.

그런 박 여사가 대뜸 친구인 송 여사의 흉을 보기 시작했다. 모든 게 제 마음대로며, 무식하게 약속도 잘 지키지 않는다는 것이다. 같은 말을 두세 번 반복하면서 앞으로는 절대 송 여사를 만나지 않겠다고 다짐까지 했다. '눈이 아무리 밝아도 제 코는 안 보인다'는 속담처럼 영락없이 어제 있었던 자신의 모습을 이야기하고 있는 것 같은 박 여사의 말에 당황하지 않을 수 없었다. 혹시 박 여사가 치매 초기 증상을 앓고 있는 건 아닌가 싶기도 했다.

개개인의 성격이 천차만별인데 나와 다르다고 굳이 대놓고 흉허물 따져 본들 어찌하겠는가만, 독일의 허무주의 철학자 A. 쇼펜하위는 "모든 사람은 다른 사람 속에 제 거울을 하나씩 가지고 있다. 그 거울로 말미암아 자기 자신의 결점과 여러 가지 약한 곳을 확실히 볼 수가 있다"고 했다. 타산지석이라는 말도 아마 같은 맥락에서 생각해 볼 수 있으리라. 다른 사람의 하찮은 언행도 자기의 지와 덕을 닦는 데 도움이 될 것이니까.

우리는 매일 거울을 본다. 머리를 만지고, 화장을 하고, 옷매무새를 가다듬고. 이러한 일들이 다만 내 모습을 가꾸기 위한 것뿐일까, 혹시 내가 어떻게 사람들의 눈에 비추일까를 생각해서 더욱 신경을 쓰는 것은 아닐까? 거울을 보며 외모만 다듬는다고 해서 온전한 나를 가꾸는 것은 아니리라. 외모보다 더 중요한 마음속도 거울에 비춰 보며 가꿔야 할 것이다.

박 여사를 보며 나 자신도 누군가에게 그런 실수를 한 적은 없는지 곰곰 생각해 보았다. 내 생각에 취해서 선뜻 말을 해놓고 까맣게 잊은 적은 없는지, 거울을 보는 마음으로 한 번쯤 반성해 볼 필요가 있을 것 같다.

10월의 어느 멋진 날에

가을은 자신을 뒤돌아보게 하는 성숙의 계절이다.

후배와 함께 모처럼 무등산을 오르는 길이었다. 호주머니에 들어 있는 미니 MP3에서 "눈을 뜨기 힘든 가을보다 높은 저 하늘이 기분 좋아. 휴일 아침이면 나를 깨운 전화. 오늘은 어디서 무얼 할까. 창밖에 앉은 바람 한 점에도 사랑은 가득한 걸. 널 만난 세상 더는 소원 없어. 바램은 죄가 될 테니까~" 김동규의 '10월의 어느 멋진 날에'가 나직한 목소리로 흘러나온다. 안쓰럽게도 벌써 떨어지기 시작하는 낙엽들이 어깨를 스치고 지나간다. 계절이 바뀔 때마다 몇 번의 옷을 갈아입었을 무등산에 이제야 찾아오다니……

무엇이 그리도 나를 바쁘게 했을까? 무등산의 풀꽃 한 번 만나 주지 못했던 지난 시간들이 마음을 아프게 한다. 지나가는 바람이 '천천히 걸어야 꽃도 볼 수 있고 나무도 볼 수 있는 거야.'라며 내 귀에 대고 속삭이는 것 같다.

'그래, 아무리 바쁘게 살았어도 더 빠르게 변해 가는 주위를 따라

잡을 수는 없었어.'

바람의 말에 진심으로 고개 끄덕여 주었다. 문득 바쁘게 달려가던 고양이가 더 빠른 자동차의 속도를 따라잡지 못하고 길바닥에 누워 있던 모습이 떠올랐다.

숨을 깊게 들이마시며 그동안 챙기지 못했던 것들을 하나하나 헤아려 보았다. 전화 한 통화에도 인색했던 것, 곱게 포장해서 보냈던 시집을 아직도 읽지 못했던 일, 돈 몇 푼 보내 놓고 얼굴 한 번 내밀지 못했던 집안 대소사, 매번 참석하지 못했던 여러 행사들, 미안해서 정말 미안해서 아침저녁으로 전화만 해댈 뿐 선뜻 찾아가 뵙지 못했던 어머니, 괴로워하는 친구의 이야기를 끝까지 차분하게 들어주지 못했던 일, 아픈 친구에게 병문안 한번 제대로 가 보지 못했던 일 등 참으로 많은 일들을 바쁘다는 핑계 하나로 그냥 지나쳐버렸다.

무심했던 지난 일을 참회하듯 느릿느릿 무등산을 오르고 있었다. 이름 모를 아기자기한 풀꽃들이 전혀 원망의 기색도 없이 나를 올려다보며 웃는다. 위로하듯 작은 몸짓으로 흔들리는 나뭇잎들은 어느덧 단풍 들어 아름답다. 묵묵히 앉아 있거나 서 있는 바위들이 지긋이 내려다본다. 무슨 할 말이 그리도 많은지 재잘거리며 흐르던 무등산의 물은 예나 지금이나 여전하다.

한 발짝 물러서서 뒤따라오던 후배의 콧노래가 들리지 않았다. 뒤를 돌아보니, 후배는 바위에 걸터앉아 졸졸 흐르는 물에 발을 담그고 있었다. 산속의 음이온이 건강에 좋다며 내게도 양말을 벗고 따라 해보란다. 후배에게서 배어나오는 여유로움은 소나무의 향기를 닮아 있었다. 혼자 있어도, 여럿이 어울려 떠들어대도 늘 여유롭게 웃어 보이던 후배의 모습이 오늘따라 마냥 부러웠다.

후배가 준비해 온 도시락을 꺼내 먹으며 궁금했던 서로의 안부를 오랜만에 확인했다. 남편의 실직으로, 큰아이의 사고로 너무나 힘들었던 시간들을 담담하게 들려주었다. 그런 상황에서도 웃음을 잃지 않고 다정했던 그녀가 존경스러워 눈물이 났다. 늘 허둥대며 살았던 내 삶에 미안하기도 하고.

"매일 너를 보고 너의 손을 잡고 내 곁에 있는 너를 확인해. 창밖에 앉은 바람 한 점에도 사랑은 가득한 걸. 널 만난 세상 더는 소원 없어. 바램은 죄가 될테니까~"

노래가 반복해서 이어진다. 이렇게 멋진 10월이 가기 전에, 여기저기 전화해서 안부를 물으리라. 좋은 인연들을 찾아가 그동안의 죄송한 마음 전하리라.

아버지, 나의 아버지

지난 시간을 돌이켜보니,
아버지는 내 문학의 영원한 내비게이션이었다.

아주 오래전, 아버지는 잃어버린 건강을 추스르기 위해 잠시 고창
선운사에 머무른 적이 있었다. 일요일이면 옷가지와 반찬을 전해
드리러 가끔 찾아뵙곤 했는데, 어느 날 책상 위에서 공책 한 권을
보게 되었다. 바로 아버지의 습작 노트였다. 첫 장에 김소월의 시
「못잊어」가 쓰여 있었고 시와 수필, 소설 등 장르를 넘나드는 작품
들이 노트를 가득 채우고 있었다.

38세의 젊은 나이로 세상과 이별할 것을 예감하셨던 걸까? 그날
아버지는 나에게 김소월 시인에 대해서 많은 이야기를 해주셨다.
그리고 당신이 쓴 시를 읽어 주며, 나름 시 창작법을 자세히 알려
주기도 했다. 집에 돌아온 나는 아버지를 닮고 싶어서 공책을 샀고,
공책 첫 장에 「못잊어」를 정성껏 베껴 썼다. 읽어도 다시 읽어도 가
슴 뭉클했던 시, 아버지가 떠나신 후 더욱 절절했던 「못잊어」를 노
래로 부르며 아버지를 그리워하곤 했다.

어느 날 저혈압으로 쓰러져 응급실에 실려간 내가 '글을 쓰고 싶다'는 말을 했단다. 내 몸 어딘가에 아버지의 한 맺힌 피가 흐르고 있었기에 비몽사몽간에 글을 쓰고 싶다는 말을 했던 건 아닐까? 그후, 병원 다녀오는 길에 운명처럼 광주 YMCA에 걸려 있던 '주부문예창작반' 플래카드를 보게 되었고, 입학을 하고, 전원범 지도교수로부터 내 심성이 아동문학을 하면 좋겠다는 안내를 받았다. 동시와 동화를 창작하는 일은 즐거움의 연속이었다.

창작반을 수료하고, 동아일보 신춘문예에 동시가 당선되고, 대교눈높이문학상에 동화가 당선되었을 때 "이성자 씨는 보이지 않는 누가 손을 잡고 안내해 주는 것같이 술술 잘 풀린다"라는 말을 들은 적이 있었다.

'보이지 않는 손?'

문득 아버지가 떠올랐다. 경찰공무원이셨던 아버지는 사고로 허리를 다친 후, 무려 칠 년이란 긴 세월을 병마와 싸워야 했다. 그러면서도 습작을 하며 작가가 되고 싶어 했던 아버지. 혹시 아버지가 이루지 못한 꿈을 딸인 내게 부탁하신 건 아닐까 하는 생각이 들기도 하였다.

문학의 길이 어찌 순탄하기만 하랴. 그러나 주변 사람들이 말하던 그 누군가의 손이 바로 나의 아버지였기에, 아버지의 보이지 않는 보살핌이 있었기에 나는 더 많은 보람을 거둘 수 있었던 것 같다. 물론 하루도 거르지 않고 새벽마다 일어나서 내가 좋아하던 시 「못잊어」처럼 독자들의 가슴에 스며드는 동시를 써 보겠다고 다짐하며 창작에 몰두하였다. 고맙게도 훌륭한 지도교수님들을 만날 수 있었고, 당선의 길까지 순조롭게 갈 수 있었다.

『황금펜 2017』에 게재할 "내 문학의 내비게이션"이라는 청탁을 받고 컴퓨터 앞에 앉았는데, 문득 아버지와 마지막으로 함께 했던 선운사의 그날 일이 어제 일인 듯 떠올랐다.

열일곱 청년의 나이에 열아홉 어머니와 결혼해서 나를 낳았고, 꿈을 펼치기도 전에 하늘나라로 떠나버린 나의 아버지. 힘들고 어려울 때마다 아버지를 부르며 견뎌 왔지만 아버지가 내 삶의, 내 문학의 내비게이션일 거라는 생각은 못 하고 있었다. 그런데 이제야 확신이 든다. 나는 지금껏 아버지의 안내를 받으며 문학의 길을 향해 부지런히 걷고 있었다는 것을.

.

나는 월급날, 주식을 산다!

나는 월급날, 주식을 산다!

초판 1쇄 인쇄 2021년 05월 20일
초판 2쇄 발행 2021년 09월 10일

지은이 · 봉현이형
발행인 · 강혜진
발행처 · 진서원
등록 · 제 2012-000384호 2012년 12월 4일
주소 · (03938) 서울 마포구 월드컵로 36길 18 삼라마이다스 1105호
대표전화 · (02) 3143-6353 / **팩스** · (02) 3143-6354
홈페이지 · www.jinswon.co.kr | **이메일** · service@jinswon.co.kr

편집진행 · 임지영 | **기획편집부** · 한주원, 오은희 | **표지 및 내지 디자인** · 디박스
종이 · 다올페이퍼 | **인쇄** · 보광문화사 | **마케팅** · 강성우

ISBN 979-11-86647-78-3 13320
진서원 도서번호 21005
값 17,000원

나는 월급날, 주식을 산다!

월 33만원 초우량주가 10년 후 부를 좌우한다!

봉현이형 지음

진서원

바쁜 월급쟁이를 위한 주식투자법

'강남 아파트 같은 초우량주를 월급날 사 모으자!'

'봉현씨에게 책 출간을 제안합니다' 퇴근길 지하철에서 낯선 제목의 이메일을 받았다. 봉현씨면 나 맞는데, 책 출간이라니?

다음 날 출판사에 전화를 걸었다.

"죄송한데, 메일 잘못 보내신 거 아닌가요? 제가 봉현씨 맞고, 주식 투자 블로그를 운영하긴 해도 슈퍼개미가 아닌 평범한 30대 회사원입니다만⋯⋯."

대기업 마케팅부서 7년차 대리. 학부시절엔 어학을 전공했다. 당시

성실한 대학생이라면 필수로 이수하던 경영, 경제, 무역학을 복수전공하거나 부전공하지도 못했다. 주식이랑 그나마 관련 있는 시사경제나 경영학원론을 교양 수업으로 듣기는 했지만, 오래되어 그런지 잘 기억나지 않는다. 그래서일까? 처음 회사에 입사하고 적응하는 게 쉽지만은 않았다.

그럼에도 불구하고 나는 지금 주식투자를 하고 있고, 꽤 긴 시간 동안 다양한 방법을 시도해 왔다. 인터넷에 무용담처럼 떠도는 테마주 롤러코스터도 타봤고, 호재와 악재를 예상해서 차익 실현하는 재료매매, 상한가 따라잡기, 하한가 종목 묻지마 투자로 상장폐지까지 경험했다. 실수도 실패도 많이 했다. 몇 차례 무모한 도전을 통해 오답을 지워 나갔다. 그리고 여전히 정답인지 아닌지 모르는 나만의 길을 걷고 있다.

월급으로 국내, 해외 초우량회사 주식을
비쌀 때도 사고, 쌀 때도 사고, 폭락하면 더 많이 사는
조금은 단순한 투자 방법

주식투자에 정해진 답은 없다. 본인이 만족할 만한 수익을 낸다면 그게 바로 성공한 투자라고 생각한다.

책 출간을 제안 받고 삼프로TV에 나오는 애널리스트처럼 거시경제 흐름이나, 산업에 대한 인사이트를 서술하려고 했는데 어학 전공자에,

평범한 대기업 마케팅부서 회사원 배경으로는 맑은 고딕 10포인트로 A4용지 10장을 채우기가 어려웠다.

그래서 몇 주 만에 포기했다. 마침 코로나 시국에 출장도 다녀와야 했다. 회사 직원으로서 고객사 담당자를 만나 가격을 협상하고 계약하는 일은, 글 쓰는 것보다 익숙하고 편했다. 줄곧 내가 하던 일이고 잘하는 일이었다.

'일하는 것도 힘든데 무슨 책을 쓴다고 그래. 그냥 남들처럼 평범하게 회사 생활하고 지금처럼 조용하게 주식투자하자.' 이렇게 생각하니 마음이 편해지고 안도하게 되었다. 그때 외삼촌에게 전화가 왔다.

"봉현아, 너 말 듣고 삼성전자 사서 50% 먹고 팔았다. 덕분이야 고마워!"

"아, 삼촌……. 그게 아닌데, 그거 팔면 안 되는데……."

코로나로 인해 코스피지수가 1,600포인트를 뚫고 한참을 내려가던 그때, 국내 시가총액 1위 기업인 삼성전자를 사서 딱 10년만 묻어 두라고 권유드렸다. 마침 여윳돈이 있으셨는지 매수하셨고 같은 해 12월 초 매도했다는 연락이 왔다. '삼촌, 그거 팔아 봤자 살 만한 우량자산이 별로 없어요' 이 말을 하기도 전에 삼촌은 전화를 끊으셨다. '분명 팔지 말라고 했는데……. 국내외 우량자산을 쌀 때도 비쌀 때도 꾸준히 매수하고 장기 보유해야 하는데…….'

순간 내가 사랑하는 가족, 친구, 회사동기 그리고 2살 된 예쁜 조카에게 내가 생각하는 주식투자의 신념을 차분하게 글로 정리해서 전달해야겠다고 결심했다. 출장에서 복귀한 후 키보드를 잡았다. 그리고 남이 아닌 나만의 투자 이야기를 쓰기 시작했다.

내 이야기, 서울에 살지만 집 없는 30대 남자, 지하철 2호선을 타고 출퇴근하는 평범한 회사원, 4년제 대졸, 2남 중 차남, 부모님께 지원받은 전세금이나 용돈 없이 온전히 나의 노동 소득인 월급만 가지고 투자해 온 평범한 월급쟁이의 투자 방법을 써서 블로그에 올렸다. 신기하게도 공감해 주는 사람이 하나둘씩 늘어났다. 댓글과 '공감 하트'가 쌓일수록 자신감도 커졌다.

재무제표 보는 법? 경기지표 파악? 차트 분석?
월급쟁이는 시간이 부족해!

이 책은 네이버에서 검색만 하면 쉽게 찾을 수 있는 주식용어를 나열하거나, 증권사 고객센터에 전화 한 통 하면 해결할 수 있는 거래 수수료 같은 것을 정리한 책은 아니다.

단순한 정보를 정리하고 전달하는 작업은 이미 많은 사람이 길을 잘 닦아 놓았고, 내가 그걸 반복하고 짜깁기한다고 해서 이 세상에 도움이 되는 일도 아닐 것 같다. 나는 조금 더 가치 있는 일을 하고 싶었다. 주식투자를 처음 하는 사람들에게 용기와 도움을 주고 싶었다. 재무제표 보는 게 중요하다고 해서 책을 펴서 기초용어도 공부하고, 위험한 회사를 피하는 방법을 배웠지만 실제 투자와 연결시키는 건 어려웠다. 적정가치를 계산해서 특정 주식이 좋다/나쁘다, 싸다/비싸다는 결론이 나더라도 주식은 금리나 시중 유동성, 경기지표에 따라 하루에도 수십 번 오르락내리락한다. 여기에 코로나 같은 외부환경도 감안해야 할 뿐만 아니라 마지막엔 사람의 심리까지 계산해 내야 한다.

게다가 사업보고서를 읽고, 향후 매출액, 영업이익을 전망하고 거시적인 경제의 흐름까지 읽고 또 동종업계 국내외 다른 기업과 비교해서 주식투자를 하려면 월급쟁이는 시간이 터무니없이 부족하다. 우리에게는 단순하면서 따라 하기 쉬운 주식투자 방법이 필요하다.

가장 위험한 행동은 투자하지 않는 것,
용어와 개념은 실천하면서 배우자!

물론, 주식투자에 있어서 기초적인 용어는 배우고 숙지해야 한다. 가령 'PER(주가수익비율)이 높을수록 회사가 벌어들이는 돈 대비해서 주가가 비싸다'는 걸 알아야 하고, 'PBR(주가순자산비율)이 1보다 낮으면 해당 기업이 가지고 있는 자산가치 대비해서 주가가 싸다는 것' 정도는 알고 있어야 한다.

'ROE(자기자본이익률)가 높으면 자본 대비 벌어들이는 돈이 많은 것'이고, 'ROE가 높으면 좋은 건데 높은 이유가 자기자본비중(분모)이 적어서 그런 건지 영업이익(분자)이 높아서 그런 건지'는 알고 있어야 한다. '주당순이익인 EPS가 클수록 주식당 벌어들이는 돈이 많다는 뜻'이고 주식은 과거와 현재보다는 조금 더 미래를 반영하기 때문에 선행 EPS 또한 생각해 봐야 한다.

기업이 물건을 팔아 번 돈이 매출액이라는 것과, 비용을 제하고 남은 건 영업이익, 더 상세하게는 순이익으로 구분하는 것도 알면 좋다. 해당 기업 전체가치를 보여주는 '시가총액'은 반드시 알아야 한다.

우리가 아파트를 살 때 평당 가격만 보는 게 아니라 24평 아파트 한 채의 가격을 확인하고 사는 것처럼, 지분이 모여 전체를 이루는 시가총액은 기억해야 한다. 하지만, 이런 개념을 정확히는 모르더라도 우리는 주식투자를 시작할 수 있고 또 반드시 해야 한다. 용어나 개념은 투자를 실천하면서 하나하나 배우면 된다.

가장 위험한 행동은 회사를 위해 매일 출근하면서, 정작 내 미래를 위해서는 아무런 투자도 하지 않는 것이다. 주식투자는 시작이 반이다. 이 책이 주식투자를 아직 시작하지 않았거나 이제 막 시작하는 당신에게 도움이 되길 바란다.

봉현이형

봉현이형 3단계 투자법

1단계 ▶ 주식계좌는 3개로 쪼갠다!

❶ 연금저축계좌 ❷ 미국계좌 ❸ 국내계좌(중개형ISA)

(첫째마당~셋째마당 참고)

▼

2단계 ▶ 월 33만원 강제저축 투자를 시작한다!

❶ 연금저축계좌(월 33만원, 연 400만원)

(첫째마당 참고)

사회초년생 포트폴리오

- KBSTAR미국나스닥100 (30%)
- TIGER미국S&P500 (30%)
- TIGER TOP10 (40%)

고액연봉자 포트폴리오

- KBSTAR미국나스닥100 (50%)
- TIGER미국S&P500 (50%)

연금저축계좌 세액공제 최고금액은 400만원! (최대 66만원 환급!)

IRP 개인형 퇴직연금 (고액연봉자 추천) (월 25만원, 연 300만원)
- TIGER TOP10 (100%)

월 33만원 초우량주가
10년 후 부를 좌우한다!

3단계 여유자금이 생기면 초우량주에 묻어 둔다!

❷ 미국계좌
(둘째마당 참고)

❸ 국내계좌(중개형ISA)
(셋째마당 참고)

 **사회초년생/고액연봉자
공통 포트폴리오**

❷ 미국계좌
- □ S&P500(SPY, IVV, VOO, SPLG)
- □ 나스닥100(QQQ, QQQM)
- □ 필라델피아 반도체(SOXX, SMH)
- □ 전기차&자율주행차(LIT + DRIV)
- □ 행복산업(PAWZ, HERO, XLV)
- □ 리츠(SRVR, INDS, 리얼티 인컴)

❸ 국내계좌(중개형ISA)
- □ 시가총액 상위기업(TIGER TOP10)
- □ 성장산업(TIGER KRX BBIG K뉴딜)
- □ 행복산업(TIGER미디어컨텐츠)

시가총액 상위기업
ETF에 투자하는 대신
애플, 알파벳, 마이크로소프트,
아마존 닷컴, 테슬라, TSMC 등
초우량기업에 직접
투자해도 OK!

현금흐름을 위해
배당왕 기업(존슨앤드존슨,
코카콜라 등)에
직접 투자해도 OK!

국내기업은
시가총액 상위기업
(삼성전자 등)에
직접 투자해도 OK!

차
례

준|비|마|당| Ⅱ

봉현이형의 초우량주
투자원칙 5가지

봉현이형 블로그 소개

https://blog.naver.com/xinchao11

저자의 블로그를 방문하면 다양한 투자 칼럼과 매매일지를 실시간으로 확인하고, 카카오톡 오픈채팅방도 참여할 수 있습니다.

I

피 같은 월급으로 주식투자를 시작하는 당신에게!

01

나는 그날 밤, 투자를 결심했다!
(feat. 아인슈타인 72의 법칙)

5,000만원을 1억원으로 만들려면 70년이 걸린다고?

월요일 아침 7시 30분 출근길, 역삼역 1번 출구를 빠져나와 걷다 보면 나와 같은 목적을 갖고 걸어가는 수많은 사람이 보인다. 앞서 가는 사람들의 표정을 볼 수는 없지만 뒷모습만 봐도 다들 많이 바빠 보인다. 어딜 그렇게 바쁘게 가는 걸까? 오른쪽을 돌아보니 익숙한 현수막이 보인다.

'**특판, 0.9% 예금금리**'(우대조건 적용 시, 최대 1.1%)

처음엔 강남 역세권에 있는 지점이라 건물 임대료랑 인건비가 많이 들어서 금리가 낮은 거라고 생각했다. 그리고 사무실까지 걸어가는 길 대로변 고층건물 1층에 붙어 있는 은행 현수막을 꼼꼼히 살펴봤다.

'1.0% 예금금리' (우대조건 적용 시, 최대 1.2%)

신한은행, KB국민은행, IBK기업은행, Sh수협은행, NH농협은행, 하나은행 모두 똑같은 내용의 현수막이 걸려 있다.

"과장님, 요즘 금리 보셨어요? 이거 뭐예요? 왜 이래요?"
"에이 봉현씨, 예금은 스마트폰으로 가입해야지. 그래야 이자를 좀 더 줘."

업무개시 전까지는 15분 정도 남았다. 주거래 은행 앱을 열고 예금·적금 상품을 살펴본다.

'기업인 정기예금 최고 연 1.15%'
'모이면 금리가 올라가는 예금 최고 연 1.1%' (기본 0.7% 12개월 기준 세전)

'0.1% 정도 더 주긴 하지만 이걸로 언제 돈 모아서 집 사고 부자

되지?' 예금금리 1%, 원금과 이자를 복리로 재투자해서 원금이 두 배가 되는 데 얼마나 걸릴까?

상대성 이론 등 수많은 업적을 남긴 물리학자 아인슈타인은 '복리'를 인간의 가장 위대한 발명품 중 하나라고 했다. 그러면서 '72의 법칙'을 제시했는데 이자율을 복리로 적용했을 때, 원금이 두 배 이상 늘어나는 데 소요되는 기간을 간단하게 계산해 주는 공식이다.

● 72의 법칙

$$\frac{72}{\text{수익률(\%)}} = \text{원금이 두 배 되는 데 걸리는 기간}$$

수익률(%)	원금이 두 배되는 데 걸리는 기간
10%	7.2년
7%	10.3년
5%	14.4년
3%	24년
1%	72년
0.8%	90년

현재의 금리 수준, 5,000만원이 1억원이 되려면 72년이 걸린다?

3년 전 내 통장엔 4년간 직장생활하며 아끼고 모은 5,000만원이 있었다. 누군가에겐 큰돈일 수도 있고, 누군가에겐 작은 돈일 수도 있지만 어쨌든 내 인생이 녹아 있는 소중한 돈이었다.

그렇게 소중한 돈 5,000만원을 은행에 넣어 두고 정기예금으로 1억원을 만들려면 5% 금리일 땐 14.4년, 3% 금리일 땐 24년, 1% 금리일 땐 72년이 걸린다.

'5,000만원을 1% 이자로 72년간 풍차 돌리면 1억원이 되고

내 나이는 100살이 넘겠구나.

…

그때쯤 되면 계좌에 돈은 살아남아도,

난 이 세상에 없을 수도 있겠네.'

은행 예적금만 해서는 살아남을 수 없을 거라는 생각이 머릿속을 떠나지 않았다. 해마다 오르는 물가와 세금을 생각하면 예적금은 오히려 손해였다. 그래서 그날, 투자를 결심했다. 내 소중한 노동의 대가를 지켜야 한다는 생각뿐이었다.

02

은행 예적금 말고
어디에 투자해야 하나?

장기저금리 시대, 은행은 정말 안전한 게 맞나?

부모님이 젊었던 1980년대에는 은행 예적금 금리가 20%에 육박했다고 하는데 우리 세대에는 왜 이렇게 낮아진 걸까?

경기가 고속 성장하는 시대에는 현금의 가치가 높다. 이자를 주고 돈을 빌려 새로운 사업을 벌이기만 하면 더 많은 돈을 벌 수 있기 때문에 너도나도 사업을 벌인다. 시중에 돈이 부족해지고 돈을 가진 사람에게 높은 이자를 줘야만 빌릴 수 있다.

신흥국 인도나 베트남에 가면 여전히 6~7%대 높은 은행 예금금리를 볼 수 있는데 같은 이유다. 그러나 내가 살아가는 곳은 대한민국. 산업화 시대를 지나 어느덧 선진국 초입에 들어서니 미국, 유럽, 일본과 같은 선진국처럼 금리가 낮아졌다.

| 한국은행 기준금리 추이 |

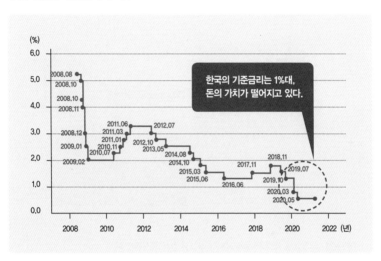

출처 : 한국은행

그리고 지금 같은 전 세계적인 저금리 현상은 획기적인 성장이 없는 한 당분간 지속될 것 같다. 유럽이 그랬듯, 일본이 그랬듯 10년 이상의 장기 저금리 시대가 올 거라고 많은 전문가들이 전망하고 경고한다.

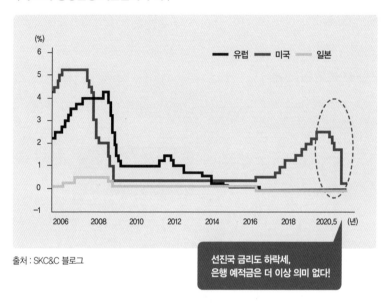

| 주요국 중앙은행 기준금리 추이 |

출처 : SKC&C 블로그

선진국 금리도 하락세,
은행 예적금은 더 이상 의미 없다!

월급을 은행에 보관하는 순간 돈이 녹아내린다!

이렇듯 금리는 떨어지지만, 물가는 오르고 있다. 통계청에선 최근 2~3년간 물가상승률이 0%대라는 기사를 내보내지만 믿을 수가 없다. 내가 좋아하는 편의점 콜라 가격은 매년 3~5%씩 오른다. 그런데 은행 예금금리는 점점 낮아져서 이젠 1%까지 내려왔다. 내 돈의 가치가 빠른 속도로 떨어지고 있다. 물론, 내 계좌의 숫자는 변하지 않았다. 그래서 그런가? 우리는 은행에 넣어둔 예금은 안전하다는 착각에 빠진다. 돈을 잃지 않는다고, 잃지 않았다고 믿는다.

우리는 어릴 때부터 은행은 좋은 곳이라고 교육받았다. 돼지저

금통에 모은 세뱃돈을 가져다주면 이자를 붙여 돌려주었고, 저축을 많이 해서 학교에서 상을 받았던 기억도 있다. 외할머니께서는 아끼고 모은 돈을 은행에 저금하셨고, 예적금 통장을 보며 행복해하셨다. 나중에 이자 받으면 맛있는 과자를 사주겠다는 약속도 하셨다. 내 기억 속 은행은 우리 가족의 행복을 지켜 주는 좋은 곳이었다.

'고객의 돈을 안전하게 보관하고 이자까지 드릴 테니, 걱정 마세요.'

하지만 세상이 변했다. 원금이 두 배 되는 데 걸리는 시간을 계산하고 나서 은행에 대한 불신이 생겼다. 불신이라기보다는 은행에 대해 마냥 좋았던 감정을 지우고 이성적으로 생각하게 됐다. 그리고 저금리 시대 시중 은행은 내 월급을 수령하고 보관하는 창고 그 이상도 이하도 아니라고 느껴졌다. 그래서 그날 나는 모든 예적금을 해지했다. 그래야만 했다.

2021년 1월, 편의점에서 판매하는 1.5리터 콜라 가격은 3,400원에서 3,600원으로 200원이 올랐다. 올해 시중 은행에 내 월급을 보관하면 1% 이자를 준다. 콜라 가격은 6%가 올랐고, 은행예금으로 1% 이자를 받았으니, 올해 내가 살 수 있는 콜라 개수가 작년보다 5%만큼 줄어든다. 구매력이 떨어지게 된다. 돈의 가치가 희석되고 있다.

창업? 가상화폐? 부동산 투자?
지금 내가 할 수 있는 투자는 무엇인가?

주식투자를 선택한 이유는 단순했다. 우리 부모님은 나에게 집 사는 데 보태라며 1억원을 줄 만한 여력이 없었다. 물론 이 돈으로도 내가 살고 있는 관악구 봉천동의 구축 아파트를 갭투자하기에는 턱없이 부족하다.

부동산은 원래 경기도 외곽부터 시작해서 상급지로 갈아타는 거라는 이야기를 들어 봤지만, 내가 가진 모든 현금과 대출을 끌어모아 한 번도 가보지 못한 동네에 등기를 치는 것은 꽤나 부담스러웠다. 그래서 부동산 투자는 마음을 접었다.

와디즈에 나오는 스타트업 대표처럼 사업을 하기엔 회사일이 바빴고, 특출한 재주나 열정도 없었다. 그렇다고 회사 몰래 투잡으로 호프집을 차리기엔 내가 술을 싫어하고 잠도 많았다.

골드바를 사서 집에 숨겨 두자니 도둑이 들까 봐 무서웠고, 테마주와 알트코인으로는 이미 쓴맛을 한 번 봤던 터라 다시는 하고 싶지 않았다. 선택의 여지가 없었다.

남은 건 주식투자. 그렇다고 무작정 뛰어들 순 없었다. 일단 예적금을 깨고 시중 은행보다 이자를 조금 더 준다는 증권사 CMA 통장에 돈을 넣어 뒀다. 그리고 고민을 시작했다.

목돈 통장, 비상금 통장 활용에 딱!

종합자산관리계좌인 CMA(Cash Management Account)는 종합금융회사가 고객의 돈을 단기금융상품에 투자하고 수익을 고객에게 돌려주는 자유입출금 형식의 금융상품이다. CMA 통장은 증권사, 종합금융회사(종금사)가 만든 상품이다. CMA 통장의 가장 큰 장점은 하루만 맡겨도 이자를 받을 수 있다는 점이다. 그래서 목돈 통장이나 비상금 통장으로 활용하기에 좋다.

CMA의 종류

CMA는 종금형, RP형, MMF형, MMW형 이렇게 네 가지가 있다. 최근 인기 있는 CMA 통장은 RP형이다.

1 | 종금형 : 금융회사가 영업자금 조달을 위해 자기신용으로 어음을 발행, 원금손실이 발생할 수 있는 실적 배당형이지만 CMA 중 유일하게 1인당 5,000만원까지 예금자 보호가 적용된다. 다만 수익률이 낮고, 종합금융업무 인가를 받은 일부 증권사에서만 가입 가능하다.

2 | RP형 : CMA 계좌에 입금된 돈을 국공채나 은행채 등 비교적 안전한 채권에 증권사가 직접투자하고, 그 수익금을 고객에게 전달하는 상품이다. 예금자 보호가 되지 않지만 확정금리로 이율을 보장받기 때문에 손실부담이 적어서 전체 CMA 상품 중 대부분을 차지한다.

3 | MMF형 : Money Market Fund형. 자산운용사가 취급하는 상품으로 단기국공채, 기업어음, 양도성 예금증서 등에 직접투자해서 고객에게 수익을 지급한다. 확정금리가 아니라 변동금리가 적용되기 때문에 운용결과에 따라서 이자율 차이가 발생한다. 수익성에 초점을 맞추는 사람에게 추천한다.

4 | MMW형 : Money Market Wrap형. 증권사가 AAA 신용등급 이상인 우량 금융기관의 단기 상품에 투자해서 수익을 돌려주는 구조이다. 일 단위 정산 후 원금에 이자를 더해 다시 복리투자되기 때문에 장기간 예금을 예치할 계획이 있는 사람에게만 추천한다.

CMA 통장 주의사항 - 종금형, RP형 추천!

시중 은행보다 금리가 높다는 장점은 있지만, 위 네 가지 상품 중 '종금형'을 제외하고는 예금자 보호가 되지 않는다는 점을 명심해야 한다. 일부 증권사만 가입이 가능하므로 그나마 나머지 상품 중 고른다면 국공채 등 비교적 안전한 곳에 투자하는 'RP'형을 추천한다.

다양한 CMA통장들(출처 : 〈맘마미아 재테크 실천법〉)

03

내 월급으로
강남 아파트 사는 건 불가능하다

강남 아파트는 30년 전에도 비쌌다!

"엄마, 우리는 왜 30년 전에 강남에 아파트 안 산 거죠?"

"아 그때? 그때 비싸서 못 샀지."

그때 우리 엄마가 비싸서 못 산 강남 아파트는 2021년, 7년째 대기업에서 회사생활하고 있는 나도 비싸서 살 수가 없다. 지금 살 수 없는 그 대치동 아파트는 15년 뒤 내가 팀장 달고, 부장 될 때 즈음이면 더 비싸져 있겠지? 미래의 아들이 같은 질문을 하면 난 뭐라고 대답해야 할까?

"아들아, 나도 그거 비싸서 못 샀단다."

어머니를 원망하려는 의도는 아니었다. 그냥 궁금했다.

'비싼 물건은 계속해서 비싸지는구나.
수요가 줄어들지 않는다면 공급이 늘어나지 않는다면…….'

돌아보니 고속 성장을 일궈 낸 우리 부모님 세대에는 부동산, 특
히 강남에 있는 주거용 부동산이야말로 수요가 지속되는 '황금자산'
이었다.

좋은 대학교에 보내려는 학부모들로 인해 대치동 학원가 중심으
로 전세 수요는 넘쳐났고, 테헤란로에는 현대식 건물이 들어서고
대기업이 입주했다. 강남대로를 통하면 전국 어디든 가기 좋았고
주변엔 강남역, 고속버스터미널, 코엑스, 롯데월드, 잠실종합운동
장, 반포한강공원 같은 인프라도 들어섰다.

'살기 참 좋았다.'

모두가 살고 싶어서 비쌌고 지금도 모두가 살고 싶어 한다. 그런
데 강남 아파트 공급은 늘지 않았다.

'그래서 비싸다.'

수요가 꾸준한 만큼 가격은 떨어지지 않았고, 나라가 성장해서 돈이 쌓이는 대로 다시 강남으로 몰렸다. 입고 먹는 것에 관한 수요는 한계가 있다. 그러나 좋은 집, 남들보다 더 좋은 곳에 살고 싶다는 인간의 욕망에는 끝이 없다.

'비싼 게 당연한 거다.'

1960~1980년대 한국은 산업화를 거치면서 농업기술과 공산품 제조기술의 발달로 인해 입고 먹는 문제는 어느 정도 해결이 됐다. 그러나 제한된 토지에 건물을 올려야 하는 부동산은 원하는 만큼 무한정 늘릴 수가 없었다.

그래서 지난 40년간 새우깡이 13배, 부라보콘이 10배 오르는 동안 강남 아파트 매매 가격은 84배, 전세 가격은 101배가 오른 것이

돈의 가치는 추락했지만 지금도 물가는 오르고 있다.

출처 : 농심, 해태 홈페이지

다. 새우깡이나 아파트의 가치는 그대로지만, 경제가 성장하고 시중에 유통되는 화폐가 늘어나면서 가격이 변했다. 그리고 늘어난 화폐는, 수요가 많은 자산에 집중되어 가격을 더 많이 상승시켰다.

지난 40년간 새우깡 가격이 13배 오르는 동안 강남 아파트는 84배 올랐다.

반포를 대표하는 아파트가 된 아크로리버파크

일해서 모은 돈으로 살 수 있는 물건이 줄어들고 있다!

전 세계적으로 코로나19 팬데믹 같은 위기가 발생할 때마다 시중에는 대규모로 유동성이 공급된다. 양적완화(QE)라고 불리는 이런 종류의 유동성은 '무상 살포'가 아닌 '자영업자 코로나 긴급대출'이라는 따뜻한 이름으로 포장된다.

'너무나 위선적이다.'

그 뒤, 시장에는 돈이 풀리고 화폐가치는 떨어진다. 부채는 늘어난다. 결국 대출받은 사람도, 대출을 받지 않고 예적금에 넣어 둔 사람도 모두 조금씩 가난해졌다.

금본위제가 폐지된 지금 미국에서 달러를 몰래 찍어 내도 아무도 알 수 없다. 그래서 그런가? 내 통장에 예금은 늘어났지만, 살 수 있는 물건은 계속해서 줄어들고 있다.

'내 자산의 가치가 떨어지고 있다.
내가 힘들게 일한 노동의 대가를 지켜 내려면 무엇인가 소유해야 한다.'

지금처럼 이렇게 열심히 일하고 아끼고 돈 모으고 나면 나중에도 열심히 일하고 아끼고 돈 모아야겠구나. 강남 아파트는커녕, 내가 나고 자란 서울에 내 한 몸 누울 곳 마련하지 못하겠구나. 그러다 내 인생이 끝나겠구나. 뭔가 잘못되어 가고 있음이 느껴진다.

서울에 아파트가 아니더라도 내 노동의 가치를 지켜 내기 위해선 공급이 제한된 수요가 꾸준히 늘어날 최고의 자산을 소유해야 한다. 이제 막 사회생활을 시작한 사회초년생인 나는 그들만의 리그에 낄 수조차 없었다.

'과거에도 현재에도 대한민국에서 가장 확실한 자산은 강남 아파트지만
그때도 지금도 비싸서 난 살 수가 없다.'

04

노동자 계급의 생존투자법
(feat. 수요지속, 공급제한, 우량자산)

30대 직장인이 뭘 할 수 있을까?

전 세계 인구가 78억명에서 2050년 100억명까지 늘어나고, 시중에 화폐가 더 많이 풀리게 되더라도 '애플', '삼성전자', '테슬라', '구글', '마이크로소프트' 같은 기술력을 갖춘 글로벌 기업은 갑작스럽게 두 배로 늘어날 수 없다.

만약 각 나라에 로컬 브랜드가 생기더라도 막대한 R&D 투자로 특허를 선점한 글로벌기업에 로열티를 지불해야 할 것이다. 기술을 선점한 국가와 기업 간 독과점이 발생하는 것이다. 그리고 이 격차는 시간이 갈수록 벌어진다. 사유재산에 바탕을 두고 이윤획득을

위해 생산과 소비가 이루어지는 자본주의 경제 체제에서 빈부 격차
는 필연적으로 생겨난다.

| 국가별 R&D 투자규모 순위 |

> 미국처럼 특허가 많을수록
> 로열티 up! 독점력 up!

순위	국가	R&D비용(PPP)	세계점유율(%)
1	미국	4,765억달러	26.4%
2	중국	3,706억달러	20.6%
3	일본	1,750억달러	9.5%
4	독일	1,098억달러	6.1%
5	한국	732억달러	4.1%
6	프랑스	608억달러	3.4%
7	인도	481억달러	2.7%
8	영국	442억달러	2.5%
9	브라질	421억달러	2.3%
10	러시아	398억달러	2.2%
11	이탈리아	296억달러	1.6%
12	캐나다	276억달러	1.5%
13	호주	231억달러	1.3%
14	스페인	193억달러	1.1%
15	네덜란드	165억달러	0.9%
	기타	2,498억달러	13.9%

출처 : 유네스코 통계 연구소, 2018년 전 세계 R&D비용

노동자 계급의 최후 생존법,
수요가 지속되고 공급이 제한적인 우량자산에 투자하기

냉전 시대를 경험해 보지 못해서 그런지 고등학교 역사 교과서로만 접한 공산주의는 상상이 되지 않는다. 그래서 내가 살아가는 동안에는 빈익빈 부익부가 구조화된 자본주의 체제가 견고할 거라고 생각한다. 그런 자본주의 피라미드 속 노동자 계급인 나의 유일한 생존 방법은 수요가 지속되고 공급이 제한적인 자산에 내가 가진 전부를 투자하는 것이었다.

'수요가 지속되는 자산은?
모두가 살고 싶어 하는 각 나라 수도에 위치한 주거용 부동산!'

하지만 모아 놓은 돈이 부족한 사회초년생인 나는 당장 서울에 있는 아파트를 살 수 없었다. 그래서 차선책으로 좋은 제품을 생산하는 설비의 주인이 되기로 결심했다. 어차피 가질 수 없는 걸 보며 스트레스를 받기보다 지금 당장 내가 살 수 있는 자산에 집중하고 공부했다.

국내외 우량기업에 대해 공부해 보니 한국인들이 주 수요층인 서울의 아파트보다는 전 세계 사람들이 갖고 싶어 하는 제품이나 서비스를 제공하는 회사의 주식이 더 희소하고 장기적으로 수요가 끊이지 않을 것 같았다.

'그래서 내 자산을 지킬 방법으로 국내외 우량회사의 주식을 선택했다.'

지금 당장 서울에 아파트를 살 수는 없지만, 주식은 강남 아파트 같은 종목을 사야 한다. 제한되어 있는 월급을 아끼고 아껴서 미래에 유망한 산업에 속한 회사, 그중에서도 1등 회사에 투자해야 한다고 생각했다.

'급여 노동자여, 생산설비의 주인이 되자!'

그런데 나는 평범한 테헤란로 직장인이라 어떤 회사가 좋은지 알 방법이 없었다. 그래서 이제 막 태어난 조카를 위해 한국에서 가장 시가총액이 높은 삼성전자 그리고 글로벌 초우량회사 애플, 알파벳(구글), 마이크로소프트 등으로 구성된 ETF 상품을 매월 한 주씩 조카 명의 계좌에 사주기 시작했다.

내 가족이 된 예쁜 조카가 스무 살이 됐을 때, "삼촌 덕분에 대학교 학비 걱정은 없겠네요. 고마워요"라고 말하는 걸 듣고 싶다. 그거면 비싼 강남 아파트에 살지 않아도, 충분히 만족스러운 인생이 될 것 같다.

05

절실하고 절박하게!
지금 당장 우량주식을 사 모으자!

급등한 서울 아파트는 잘못이 없다! – 화폐가치의 하락

어떤 문제 상황에 직면했을 때 단순하게 생각하는 걸 좋아한다. 너무 세세하게 따지다 보면 종종 문제의 본질을 잊어버리기 때문이다. 그래서 작은 숫자로 시시비비하는 것보단 큰 틀에서 흐름을 파악하는 걸 선호한다.

지난 6.17 부동산대책 이후 전국의 집값이 난리가 났다. 의식주 중 하나인 주거비가 급격하게 상승하는 건 정말 심각한 문제다.

신생아가 30만명을 밑도는 이때 서울 주요지역 구축 아파트는 5~6년 전 대비해서 두 배, 10년 전 대비해서는 세 배 가까이 올랐다.

'아파트는 점점 낡아 가는데, 아파트 가격은 왜 오르는 걸까?

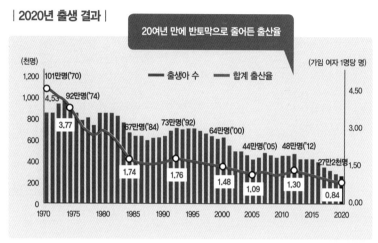

| 2020년 출생 결과 |

20여년 만에 반토막으로 줄어든 출산율

출처 : 통계청

우리 동네 봉천동 아파트의 경우 내가 입사한 2015년에 4억원 하던 게 현재는 9억원 가까이 올랐으니 2.5배가 올랐다. 그럼, 대한민국 사람들 모두가 살고 싶어 하는 서울 아파트만 두 배가 올랐을까? 주요자산을 중심으로 한번 살펴보자.

금값도 두 배, 아파트도 두 배, 삼성전자는 세 배!
모두 올랐다! 다 올랐다!

자산은 사전적 정의로 개인이나 법인이 소유하고 있는 유무형의 가치가 있는 물건을 말한다. 보통 자산이라고 하면 부동산, 주식,

원자재, 채권 정도가 떠오른다. 채권은 돈을 빌려주고 정해진 날짜에 원금과 이자를 돌려받는 권리이니 은행예금이라고 생각하면 되고, 코인은 자산에 편입되어 가는 과정이니 예외로 하겠다.

지난 5~6년간 두 배 정도 오른 자산은 찾아보면 꽤 많이 있다. 먼저 대한민국 대표기업이며 시가총액 1위 기업인 삼성전자는 2015년 12월 30일 종가 2만 5,200원대에서 코로나 이후 2020년 12월 30일 종가 8만 1,000원으로 약 3.2배가 올랐다.

대표적 안전자산인 금 가격을 살펴보자. 지난 5년 내 최저가격 4만 1,793원에서 2020년 최고가 7만 9,045원까지 대략 1.9배가 올랐다. 은이나 구리 같은 경우는 일부 투자 목적도 있지만, 산업용 수요에 따라 가격이 급등락하므로 제외했다.

이번엔 우리 모두가 원하고 갖고 싶어 하는 4차산업 관련 초우량 기업이 모여 있는 나스닥시장을 살펴보자.

미국 IT 및 플랫폼 기업인 애플, 알파벳, 마이크로소프트, 아마존닷컴, 테슬라, 페이스북, 엔비디아, 페이팔 홀딩스, 컴캐스트, 스타벅스, 펩시코 등이 상장되어 있는 나스닥 대표지수는 지난 5년 최저 4,266포인트에서 2020년 12월 31일 종가 기준 1만 2,888포인트로 세 배가 상승했다.

마지막으로 서울 아파트를 살펴보자. 강남구 은마아파트의 경우 2015년 6월 평균 9.2억원에서, 최근 1개월 평균 19.3억원으로 두 배 조금 넘게 올랐다. 그 외 사람들이 살고 싶어 하는 신축아파트는 두 배 이상 오른 곳도 많다.

지난 5년간 전 세계적인 저금리와 양적완화로 인한 화폐가치 하락으로 많은 사람들이 선호하는 자산은 너 나 할 것 없이 두세 배 가까이 올랐다.

통화팽창과 저금리 시대를 뒤늦게 깨달은 사람들은 돈을 못 벌었고, 이 흐름을 읽고 투자했거나 운 좋게 흐름을 탄 사람들은 큰돈을 번 것이다. 이렇게 돌아보니 서울의 아파트가 두 배 오른 것도 자연스러운 현상이었다.

금값이 두 배 오르나, 삼성전자 주가가 세 배 오르나, 나스닥이 세 배 오르나 우리의 삶에 직접적인 영향은 없다. 하지만 의식주 중 하나인 집값은 다르다. 당장 다음 달 전세 계약 갱신할 때 보증금을 2억원 올려 달라고 하니 당황스럽고 화가 난다. 우린 저금리 화폐가치 하락의 시대에 살고 있었다. 그걸 잘 몰랐을 뿐이다.

우리의 마지막 투자처는 우량주!

우리 모두 지난 5년간 열심히 살았지만 그걸 알았던 사람과 몰랐던 사람의 자산 차이는 벌어졌다. 이제 막 취업을 했거나, 부모님 찬스를 쓸 수 없는 평범한 30~40대에겐 허탈감마저 밀려온다. 그렇다고 삶을 포기할 순 없다.

현시점에서 우리가 할 수 있는 건 뭐가 있을까? 앞에서도 말했듯이 자산을 가진 사람과 못 가진 사람의 격차가 벌어지는 양극화 시대에서는 수요가 많은 우량한 자산을 확보하는 게 우선이다. 서울 아파트? 삼성전자 주식? 애플 주식? 뉴욕 아파트? 어느 것이 우량자산인지는 각자 고민할 문제고, 무엇보다 각자가 감당 가능한 범위 내 우량자산을 모으는 것이 중요하다.

"나도 서울 아파트가 갖고 싶었다."

하지만 원한다고 누구나 살 수 없는 것도 현실이다. 그리고 나에게 남은 선택지는 하나뿐이었다. 국내외 초우량회사의 주식을 사야만 했다. 이것 말곤 생각나는 게 없었다. 간절한 마음이었다.

06

대기업 직원이 부업을 뛰며
삼성전자를 샀던 이유
(feat. 당근마켓, 배민커넥트)

자산 200% 오를 때 시급은 45% 인상!
나는 마음이 급해졌다

자산에 대한 공부를 하면서 동시에 대한민국 최저시급 변화도 살펴봤다. 특정 자산의 가치와 가격을 평가하고 거품인지 아닌지를 분석하는 방법은 여러 가지가 있지만 머릿속에 잘 들어오지 않았다. 그래서 보편적인 노동의 가치와 비교해 보고 싶었다. 단순하게 비교해야 쉽게 이해될 것 같았다.

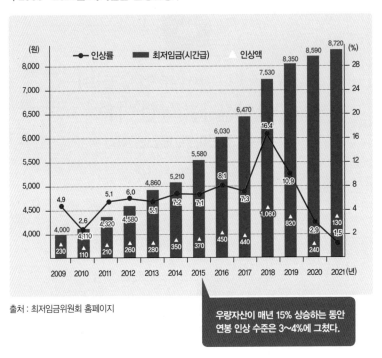

| 2009~2021년 최저임금 결정현황 |

출처 : 최저임금위원회 홈페이지

우량자산이 매년 15% 상승하는 동안 연봉 인상 수준은 3~4%에 그쳤다.

대한민국 법정 최저시급은 2016년 6,030원에서 2021년 8,720원으로 45% 인상됐다. 지난 5년간 부동산, 금, 주식 등 주요자산이 100~200% 오른 것에 비하면 터무니없는 인상률이다.

'부모님께 물려받은 수저 없이 열심히 일만 해서는
절대로 주요자산을 소유할 수 없다는 뜻이다.'

그래도 난 대기업 다니는 연봉제 근로자니까 좀 다르겠지 생각하며 국세청 홈택스에 접속해서 지난 5년간 소득신고 내역을 뽑아봤다. 연간 3~4% 정도 급여가 인상됐다. 숫자만 봤을 땐 크게 나쁘지 않은 것처럼 느껴졌다.

그런데, 내가 갖고 싶은 우량한 자산은 매년 15% 이상 상승하고 있었다. '내 노동소득보다 자산가치가 더 빠르게 올라가니까 해마다 내가 살 수 있는 자산이 줄어들잖아? 일만 열심히 해선 안 되겠구나……'

마음이 조급해졌다. 예적금 한 푼 없이 월급의 100%를 국내외 우량주식에 분산 분할해서 투자하고 있는데, 통계청 자료를 보니 매월, 매년 살 수 있는 자산의 양이 줄어든다는 게 실감이 났다.

'하루라도 빨리 우량한 자산을 사야겠다.'

그래서 안 입는 코트와 안 맞는 청바지, 서랍에 굴러다니는 손목시계까지 당근마켓에 팔았다. 빨리 팔기 위해 시중 가격보다 싸게 내놨다. 거래를 마치고 집에 오는 길에 은행 ATM기에 들러 증권 계좌에 입금했다. 그리고 삼성전자, 삼성SDI 우선주, 애플을 매수했다. 그런데도 부족하게 느껴졌다.

용감한 형제나 우아한형제들처럼 창의적인 아이디어로 세상을 바꿀 능력이 봉천동 형제에겐 없었지만, 나에겐 건강한 정신과 튼

튼한 두 다리가 있다. 그래서 배민커넥트 도보 배달 지원 서류를 냈다. 그리고 앱을 설치했다.

배달이 가장 많은 퇴근 후 8~9시 딱 한 시간 동안 운동 대신 하자는 마음이었다. 마스크를 쓰고 배달가방을 둘러멨다. 그리고 밤길을 걸었다. 아니 뛰었다. 1인 가구가 많은 낙성대 인근에는 한 시간 정도면 5~6건을 배달할 수 있는데 목표한 횟수를 채우면 보상을 주는 이벤트가 있어서 이틀만 하면 당시 5만원 하던 삼성전자를 한 주살 수 있었다.

하루 한 시간씩 이틀만 하면 삼성전자 한 주를 살 수 있다는 실천 가능한 구체적인 목표가 있었고 코로나로 인해 확 찐 살도 빼고 싶었다.

우량자산을 사야 한다는 간절함!
부동산도 놓쳤는데, 주식마저 놓치고 싶지 않았다!

그렇게 두 달 정도 틈틈이 하고 나니까 내 증권 계좌에 삼성전자 주식이 20주 정도 늘어나 있었다. 그리고 몸무게는 5킬로그램 정도 줄어 있었다.

이걸로 큰돈을 벌 생각은 없었다. 배달이 본업인 분들의 일감을 빼앗고 싶지도 않았고, 한두 건 아르바이트하는 대학생이나 나이 지긋하신 어르신들과 경쟁하는 건 직장에 다니는 회사원으로서 너무 이기적이라고 느껴졌다. 미안한 마음도 들었다. 그리고 몸도 너무 힘들었다. 하루 여덟 시간 회사일 하고, 출퇴근에는 왕복 두 시간이 걸렸다. 매일 할 수는 없는 노릇이었다.

추석도 지나고 날씨도 추워지고 있었고 수도권까지 코로나가 확산됐다. 거리두기가 강화됐다. 그래서 그만두었다.

배달 아르바이트를 통해 삼성전자 주식을 몇 주 더 살 수 있던 것도 좋았지만, 무엇보다도 조급함을 버리는 계기가 됐다. 그리고 머리가 복잡하고 스트레스 받을 땐 잠깐 나가서 걸으면 마음이 평온해지고 정신이 맑아진다는 것도 알게 됐다.

'부자는 단기간에 될 수 있는 게 아니다.
지금처럼 열심히 회사일 하면서
월급을 아껴 쓰고 남은 돈으로 꾸준히 투자하자.'

인생도 투자도 길게 봐야 한다는 장기적인 관점이 생겼고, 무엇이든 할 수 있겠다는 자신감도 얻었다.

07

월급, 꾸준한 현금흐름이 주는 강력한 힘

지금 이 상승장은 언제까지 계속될까?

2020년 대한민국에 주식 광풍이 불었다. 이전까지만 하더라도 주식 한다고 말하면 조금 부정적인 시선이 있었던 것도 사실이다. 주식에 대한 이해도가 매우 낮았기 때문에 벌어진 일이다.

어디 가서 주식투자를 한다고 말하면 도박이나, 투기처럼 바라봤고 부동산만이 올바르고 정직한 자산인 것처럼 여겨졌다. 대출받아서 서울에 아파트 샀다고 말하면 젊은데 생각이 깊네, 잘했네 하는 이야기를 들었지만 주식 한다고 하면 얼른 팔아서 집 사라는 잔소리를 들었다.

그런데 이젠 인식이 많이 바뀌고 있다. 동시에 노동의 가치, 월급의 가치가 많이 희석되고 조금은 등한시되어 가고 있음을 느낀다.

"월급 몇 푼 벌어서 뭐 해. 신용대출 받아서 테슬라 같은 급등주 몰빵하면 1~2년 치 연봉 한 번에 벌 수 있는데."

물론 그렇게 해서 돈을 벌었다면 참 다행이고, 확률적으로 불가능한 방법이 아니라는 것도 잘 안다. 하지만 명심하자. 상승만 하는 자산은 없다. 상승장이 있으면 하락장이 있는 법이고, 진짜 실력은 하락장이나 횡보장에서 드러난다.

코로나로 인해 전 세계의 2020년이 초토화될 거라고 예견한 사람이 있었을까? 미래는 아무도 알 수 없다. 상승장의 끝이 어디인지, 하락장은 언제 올지, 온다면 얼마나 길게 갈지 예측은 할 수는 있지만 정확한 시점은 알 수 없다.

하락장과 횡보장에도 주식 매수! 월급의 힘!

하락장과 횡보장을 견디게 해주는 힘은 바로 본업에서 나오는 강력한 현금흐름, 월급이다.

2020년 2월 코로나의 확산으로 자산시장의 붕괴가 시작됐을 때도 나는 월급이 있었기에 우량주를 추가 매수할 수 있었고, 지난 3월 전 세계 주식시장이 바닥을 치고 회복했을 때도 상여금으로 추가 매수할 수 있었다. 소중한 월급이 있었기에 가능한 일이었다.

내 노동소득은 하락장엔 평단(주식 구매가격의 평균)을 낮춰 주는 역할을 했다. 월급이 있어서 그런지 계좌 평가액이 반토막 났을 때도 당장 먹고살 걱정은 하지 않았다. 그래서 삼성전자와 애플 주식을 매도하지 않고 버틸 수 있었다.

월급으로 1조 자산가가 된 할아버지 이야기

2017년 11월, 재미있는 기사* 하나가 눈에 띄었다. 서울 명문대학교에서 학생들을 가르치다 은퇴한 교수님의 이야기인데 80대 나이에 1조 자산을 이루었다고 한다. 이 분은 30대 중반인 1970년대부터 주식투자를 시작했다. 당시에 월급쟁이가 돈을 벌 수 있는 방법은 주식투자밖에 없다고 생각했고, 시간이 날 때마다 명동에 있는 증권거래소에 가서 월급의 25%를 매월 주식에 투자했다고 한다.

인문학을 전공한 교수라 주식에 대해선 아무것도 몰랐다. 종목 선정의 바탕이 될 수 있는 경영이나 경제에 대한 지식도 전무했고, 당시엔 기업에 대한 정보도 제한적이었다. 그래서 단순하게 접근하기로 하고 큰 원칙을 세웠다.

◆ 출처 : 김용관 자산관리부장(2017. 11. 10.), "1조 자산가가 된 80대의 개인 투자법", 〈더벨〉

'우리나라에서 가장 좋은 주식 한 종목에만 투자한다.'

문제는 어떻게 한 종목을 고르느냐였다. 그래서 나온 게 바로 1등 주식 고르기였다.

'시가총액 1위 종목에만 투자하자!'

1980년대에는 현대차, 삼성전자, 유공, 금성사 등이 매매 대상에 올랐다. 1980년대 초반에는 한일은행, 제일은행, 조흥은행이 시가총액 1위를 다투었다. 1990년대 들어서는 포스코나 SK텔레콤, 한국전력, 한국통신 등이 주요 매매 대상이었다.

1980년대만 해도 1위 종목 시가총액이 1,000억원 안팎이었지만 1989년 종합주가지수가 1,000을 찍으면서 개별 종목의 시가총액도 급격하게 오르기 시작했다. 그래서 한 번 이익을 낼 때 10배, 20배씩 내는 경우가 많았다. 이 과정에서 재산은 급격하게 불어났다.

이 교수님이 주식투자로 1조 자산가가 되는 데 필요한 건 월급이었다. 그리고 17년 동안 매도하지 않고 기다린 끈기였다.

이 기사는 나에게 큰 울림을 주었다. 주식투자의 큰 방향을 결정한 계기가 되었다.

08

주식 매수타이밍?
'오늘이 가장 싸요!'

'다롱씨, 그냥 오늘 사세요!'

봉현 대리님, 바쁘실 텐데 미안해요.
저 삼성전자 사려고 하는데 오늘 사도 되겠죠?

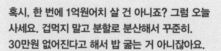

혹시, 한 번에 1억원어치 살 건 아니죠? 그럼 오늘
사세요. 겁먹지 말고 분할로 분산해서 꾸준히.
30만원 없어진다고 해서 밥 굶는 거 아니잖아요.

코로나 2년차, 이제 재택근무도 사회적 거리두기도 어느 정도 적응이 된 것 같다. 2020년 2~3월엔 지구가 멸망할 것 같았는데, 언제 그랬느냐는 듯이 인간은 적응해 냈다. 한 번도 겪어 보지 못한 최악의 실물경기 침체로 인해 주식시장은 앞으로 10년간 이전 주가를 회복할 수 없을 거라는 확신에 찬 네이버 댓글이 가장 많은 공감수를 얻었던 걸 기억한다. 그렇게 공포에 내몰린 지구 최상위 포식자 인간들은 너 나 할 것 없이 우량자산을 헐값에 매도했다.

다롱씨, 혹시 돈 조금 있으면 삼성전자 사두면 어때요?
지금 가격이 4만 5,000원이고 좀 더 빠질 수 있긴 한데,
3만원까지 빠져도 버틴다는 마음으로 분할 매수해요.
그리고 10년만 묻어놔 봐요.

에이 봉현 대리님, 더 떨어지면 어떻게 해요?

그럼 또 사면 돼요.

월급쟁이라면 근무시간에 충실할 것!
매월 25일은 주식을 살 것!

코로나 이후 코스피는 최저점 대비 두 배 이상 상승하며 3,000포인트에 안착했다. 코스닥도 IT버블 이후 첫 1,000포인트를 돌파했다. 삼성전자는 어느새 9만원을 돌파했다가 지금은 8만원 선에 안착했고, 별로 '안 착했던' 내 계좌 평가총액은 오늘 열어 보니 많이

착해져 있다. 삼성전자 싸게 샀다고 자랑하려는 게 아니다. 아끼는 후배의 질문에 나도 내 생각을 정리하고 싶었다.

'주식은 언제 사야 할까?
언제 사면 될까?'

연금저축보험 수익률에 배신감을 느낀 2019년 6월 삼성전자 액면분할* 후 주가가 3만 6,000원까지 내려간 기간부터 최고가 9만 원을 찍었던 지난주까지 최소 2주씩 월급날마다 매수하고 있다. 첫 매수 아이디어는 간단했다.

'손해보험보다는 삼성전자에 내 노후를 맡기는 게
훨씬 안전해 보였다.'

그 후 삼성전자만 사는 게 불안해서 비메모리 반도체 제조를 전담하는 전문기업, 파운드리 1위 업체인 TSMC(타이완 반도체 매뉴팩처링 ADR)도 함께 매수했는데, 내 노후를 두 회사에 맡기고 나서야 안정감이 느껴졌다.

주식을 싸게 사려고 매일 뉴스를 체크하고 일과시간에 호가창을

◆ **액면분할** : 주식의 액면가액을 일정한 분할비율로 나눠 주식수를 증가시키는 일

보는 건 불가능했다. 아침에는 긴급업무를 처리하느라 바빴고, 오후에는 회의가 잡혔다. 그래서 월급날인 25일을 매수일자로 정했다. 어차피 월급 말고는 주식 살 돈이 없었다. 처음 2주를 매수하고 나서는 내가 산 가격이 역사상 최고점일 수 있겠단 생각이 들었다. 리스크를 낮추기 위해 꾸준히 분할해서 사기로 마음을 먹었고 매월 실천했다. 근무시간에는 업무에 최선을 다했다.

2019년 당시에도 내 주변 사람들은 주가가 더 빠질 수 있으니까 너무 많이 사지 말라는 조언을 해줬다. 더 빠질 수 있다고 했다. 그 후 V자 반등이 나오고 나선 단기조정이 있을 수 있으니 조금만 기다려 보라고 했다.

V자를 지나 전고점을 회복하자, 쌍바닥을 기다리고 그때 매수하면 상승 직전에 살 수 있다고 했다. '무슨 말인지 잘 알겠습니다'라고 대답했지만, 나는 그냥 못 들은 척하고 매수 버튼을 눌렀다. 그때 따뜻한 조언을 해주었던 내 뒷자리 대리님은 여전히 삼성전자 주식을 한 주도 보유하고 있지 않다.

"그럼 주식은 언제 사야 할까?"

…

"그냥 지금 사세요. 안 그러면 내일도 못 사고

다음 달에도 못 사고 평생 못 사요.

우리가 놓친 서울 아파트처럼……."

09

초보자에게 우량주 투자를
권유하는 이유

중소형주, 단타매매로 40% 수익! 과연 성공한 투자일까?

봉숙아, 너 그렇게 단타매매 하면
좀 피곤하지 않니?

피곤한 것도 피곤한데, 수익 내고 청산하면 또
불안해. 좀 늦게 팔 걸 후회하기도 하고, 그다음에
또 뭘 해야 할지 모르니까 밤에 잠이 안 와.

단타매매를 위한 재료를 공부하느라 잠잘 시간도 줄이면서 마음

졸이며 주식장을 지켜보는 지인들이 있다. 이렇게 해서 30~40% 수익을 내면 성공한 투자일까?

물론, 소중한 자산을 지키고 불리려면 공부와 노력은 필수다. 그런데 우리는 가끔 과하다 싶을 정도로 투자에 몰입해서 일상의 행복을 희생하는 경우가 있다.

중소형주 투자는 한두 종목에서 돈을 벌어도 나머지 종목에서 까먹을 확률이 크다. 따라서 우량주에 장기투자한 경우와 비교할 때, 결과적으로 수익률 차이가 그렇게 크지도 않다.

중소형주 투자에 대한 책을 읽고, 전자공시시스템(DART)*에 들어가 분기실적 자료, 사업보고서도 다운로드 받는다. 재미는 없지만 필수적인 과정이라고 생각하고 졸음을 참는다. 동종업계 국내외 경쟁기업을 분석하고 매출액과/영업이익/시가총액을 비교해 본다. 해당 산업에 대한 인사이트를 가진 애널리스트의 월간 리포트도 찾아서 본다.

그런데 자료가 많지는 않다. 관련업계에 문외한인 내가 집에 앉아서 클릭 몇 번으로 중소형주에 관한 양질의 정보를 찾는 건 생각보다 어려웠다. 정보가 너무 제한적이었다.

네이버 종목토론방에도 들어가 본다. 그러고 나니 벌써 밤 12시

◆ **전자공시시스템(DART)** : Data Analysis Retrieval and Transfer System. 인터넷을 통하여 상장법인 등이 제출한 재무상태 및 주요 경영정보 등 각종 공시자료를 이용자가 쉽고 편리하게 조회할 수 있도록 공시하는 시스템. 금융감독원이 인터넷(전자공시시스템(dart.fss.or.kr)을 통해 운영하고 있다.

다. 출근하려면 6시에 일어나야 한다. 물론, 중소형주 중에서도 내실 있고 좋은 회사에 잘만 투자하면 10배, 20배 차익을 내서 인생역전할 수 있다는 것도 알고 있다. 하지만, 정보가 제한적이고 공부를 하는 데도 오랜 시간이 걸린다. 믿음이 생겨야 큰돈을 투자할 수 있는데 믿음이 생기기 전에 급등해 버렸다.

월급쟁이에게 지속 가능한 투자란?
수익률을 좇기보다 마음 편한 투자가 우선!

업무시간에 화장실에서 몰래 호가창 보며 매매하고, 점심시간마저 주식에 관심 없는 친구들 앞에서 주식 이야기를 꺼내는 게 내 계좌에는 플러스일지 몰라도 내 인생에는 마이너스라고 생각했다.

내가 투자를 하는 근본적인 이유는 현재도 행복하고 미래도 행복하기 위함이었다. 주식투자를 통해 경제적인 자유에 다가서면서도 마음이 편안한 투자를 하고 싶었다. 수익률 때문에 불안하거나 불행하고 싶지 않았다. 퇴근 후 동기들과 마시는 맥주 한 잔이 저녁에 집에 가서 하는 주식공부보다 좋았다.

내가 보유한 회사는 국내외 시가총액 상위 기업들이다. 누구나 알 만한 브랜드의 제품을 가지고 있다. 현재 벌어들이는 돈이 많아 현금흐름이 우수하고 보유하고 있는 자산가치도 높다. 높은 연봉과 복지로 우수한 인재들이 몰려든다. 이를 바탕으로 미래에 성장하는 산업에 발 빠르게 투자를 해서 기술적, 상업적 해자도 가지고 있다.

2008년 금융위기, 2020년 코로나19 팬데믹도 견뎌 냈고 앞으로 어떤 어려움이 오더라도 부채가 낮기 때문에 확률적으로 동종업계에서 가장 늦게 망할 수밖에 없는 회사를 고르고 골랐다. 물론, 대기업이라고 해서 지속적으로 우상향하는 건 아니다. 과거 전성기 시절 주가를 회복하지 못하는 주식도 있다. 그래서 투자하려는 기업에 대해서 공부를 충분히 마치고서야 투자를 진행했다. 보유한 기업에 대해 잘 알지 못하면 믿음이 생기지 않기 때문이다.

쉽게 찾을 수 있는 우량주 정보, 투자가 쉽다

무엇보다 우량주는 관련 자료를 찾기 쉬웠다. 투자 공부가 쉽고 재미있었다. 보고서나 분석 자료는 어디서든 쉽게 구할 수 있었다. 8시 뉴스에 삼성전자와 LG화학, 애플, 마이크로소프트의 분기실적이 잘 정리되어 보도되고 유튜브엔 관련 영상이 넘쳐 났다. 블로그와 신문 기사로도 쉽게 접할 수 있었다. 군이 찾지 않더라도 생활 속에서 해당기업의 제품이 잘나가는지 못 나가는지를 자연스럽게 알 수 있었다.

"너, 국내 스타벅스 선불카드에 예치되어 있는 돈이 얼마인지 알아? 웬만한 지방은행 예금 수준이래."

이런저런 상식이 늘어나서, 대화 소재가 풍부해진 건 덤이었다.

그렇게 한번 공부하고 고민하고 나니까, 더 이상 밤잠을 줄일 필요가 없었다. 블로그를 운영하고 포스팅을 하고 유튜브를 보고 기업 분석을 한 건, 순전히 나의 호기심 때문이었다. 그래서 그런지 우량주 주식투자를 하면서 오히려 내 얼굴이 밝아지고, 본업에도 더 집중하게 됐다. 투자하는 내내 마음이 편하고 든든했다.

주식투자를 처음 하는 당신도 마음 편한 투자를 먼저 했으면 좋겠다. 중소형주 투자를 영원히 하지 말라는 뜻이 아니다. 우량주 투자를 통해 부와 실력을 안정적으로 쌓은 다음에 더 높은 수익률을 찾는 게 순서라고 생각한다.

이것이 초보자에게 단타매매나 중소형주보다 우량주 투자를 먼저 권유하는 이유다.

10

여윳돈으로 오랜 시간 투자해야 하는 이유

1,000만원 투자, 세 배 수익 실현!

주식투자 덕분에 결혼한다고?

"봉현이형, 나 지금 2,000만원 정도 있는데 4~5개월 안에 넣었다 뺄 만한 종목 추천해 줄 수 있어? 결혼 준비하는데 돈이 너무 부족해서 좀 불려야 할 것 같아."

서른 살이 넘어가다 보니, 나보다 어린 남자 후배들도 종종 결혼 준비 한다는 소식이 들린다. 적당한 나이가 되어 결혼을 하는 게 부럽다기보다는 결혼할 만큼 확신이 드는 인연을 만났다는 게 부럽다.

결혼식을 준비하다 보면 생각보다 많은 돈이 필요해서 놀라고, 그럼에도 불구하고 그 돈을 어떻게 해서든 맞추고 준비해 나가는 것도 신기하다.

결혼 준비는 정말 끝이 없다고 한다. 예식장도 알아봐야 하고, 살 집도 구해야 하고, 예물도 준비해야 하고……. 그래서 부모님께 돈을 빌리고 나서도 부족해서 단기간에 돈을 불릴 수 있는 방법을 고민한다. 투잡으로는 한계가 있고 결국 주식 단기투자를 결심하고 나에게 묻는 것이다.

형, 이거 무슨무슨 바이오회사 임상2상 했고, 곧 3상 한다는데 한번 넣어 볼까? 성공만 하면 10배는 간다는데 그럼 나 신라호텔에서 결혼할 수 있어.

동동아, 근데 너 그 돈 잃으면 결혼 아예 못 하는 것 아냐?

급등주 종목 토론방에 들어가 보면 결혼자금 1,000만원 투자로 단기간에 세 배로 불려서 결혼식도 올리고 신혼여행까지 다녀왔다는 자랑 섞인 댓글이 보인다. 반대로 네이트판 오늘의 톡에는 결혼자금을 몽땅 날린 예신, 예랑이의 '파혼해야 할까요?'라는 고민글도 종종 올라온다. 이런 사람은 살다 보면 언제든 도박할 수 있으니 반드시 파혼해야 하고, 이 댓글이 당신의 인생을 구할 거라는 말도 베스트 댓글로 선정된다.

인륜지대사인 결혼을 앞두고 이렇게 리스크가 큰 투자를 결심한다는 게 한편으론 이해가 되지만 다른 한편으로는 마음도 아프다.

위기는 갑자기 찾아온다!
'주식투자는 단거리 달리기가 아니야'

하지만 주식투자는 50미터 단거리 달리기가 아니다. 내가 아니더라도 이미 수많은 전문가들이 일반인은 단기투자로 성공하기 어렵다는 경험적인 결론을 내놨다. 불가능하다는 게 아니라, 확률적으로 매우 낮다는 뜻이다.

단기투자로 성과를 낼 수도 있고, 못 낼 수도 있다. 코로나가 처음 중국에서 발생했을 때, 전 세계에 이정도 파급력을 가져올지 아무도 예측하지 못했고, 국내에서 확진자 증가로 사회적 거리두기가 1단계에서 갑자기 2단계가 되고 다시 2.5단계로 상향될지 누구도 예상하지 못했다. 그래서 결혼식을 세 번이나 연기한 친구도 있다.

미래는 아무도 알 수 없다. 당장 내일 어떤 일이 벌어질지 모른다. 갑작스럽게 경제위기가 발생할 수도 있고, 전염병이 전 세계를 뒤덮을 수도 있다. 지정학적 리스크가 큰 지역에서 전쟁이 일어날 수도 있고, 미중 무역전쟁이 심화될 수도 있다. 일본과의 외교적 마찰이 발생할 수도 있고, 북한이 미사일을 쏠 수도 있다.

우리가 통제할 수 없는 수많은 일들이 언제 어디서든 발생할 수 있고 이를 예측하고 대비할 수 없기에 '위기'라고 부른다. 그래서 분명하게 사용 목적이 있는 자금을 가지고 단기성 투자를 한다면 말리고 싶다.

존리 대표의 말처럼 주식투자는 월급을 아낀 여윳돈으로 하는 게 맞고, 노후준비같이 장기적인 관점에서 접근해야 성공할 수 있다고 확신한다. 만약 돈이 부족하다면, 차라리 결혼식을 조금 소박하게 올리는 건 어떨까?

11

초보자가 꼭 알아야 할
주식투자 기초용어

주식투자, 시작이 반이다!

앞의 내용을 통해 여러분이 우선 우량자산에 투자하기로 결심을 했다면 반 정도는 성공했다고 생각한다. 워런 버핏이나 피터 린치 같은 월가의 전설적인 인물 말고도, 주변을 둘러보면 큰 부자는 아니지만 이른 나이에 노후 준비를 마친 분들이 꽤 있다.

옆 팀 팀장님은 주거용 부동산을 경매를 통해 몇 채 보유하고 있고, 꼬마빌딩을 가지고 있는 분도 있다. 고향인 평택시 삼성전자 캠퍼스 인근 지역에 땅을 사고 건물을 지어 월세를 받고 있는 분도 있다. 셀트리온 한 종목에 10년 이상 장기투자한 차장님도 있다. 그리고 친구가 다니는 SK하이닉스 주식을 7년째 보유 중인 과장님도 있다.

시기에 따라 본인 상황과 성향에 따라 투자한 자산은 제각기 다르지만, 이들의 공통점은 결심으로 그치지 않고 투자를 실천했다는 사실이다.

"결심만 하면 뭐 해? 계획을 세우고 실천을 해야지.
그래야 열매를 맛볼 수 있어!"

이제부터는 본격적으로 봉현이형의 초우량주 투자원칙과 실천방법을 소개하고자 한다. 이 방법은 10년 이상 장기투자가 가능하고, 일정한 소득을 갖춘 월급쟁이에게 가장 적합한 방법이겠지만, 학생이나 주부, 프리랜서로 일하는 분들도 충분히 참고하고 응용할 수 있는 방법이다. 그리고 잦은 매매에 지친 전업·부업투자자에게도 어느 정도 도움이 될 거라고 자신한다.

"그럼 이제부터 마음 편한 우량주 투자로, 천천히 부를 쌓아 보자!"

> 🔅 **TIP 주식투자하기 전에 꼭 알아야 할 기초용어**
>
> 초보자라면 이것저것 힘들게 공부하기보다는 우선 다음의 용어만 머릿속에 넣어 두어도 충분할 거라 생각한다.
>
> • **매출액** : 기업의 주요 영업활동으로 얻는 수익. 상품이나 서비스 판매 대금의 총합.

- **영업이익** : 매출액에서 매출원가 그리고 관리비와 판매비를 제외한 순수하게 영업활동을 통해서 벌어들인 이익.
- **당기순이익** : 영업이익에서 영업외손익 및 영업외비용, 법인세를 제외하고 남은 최종이익으로 예금, 대출이자, 부동산 투자 손익 등 본업 외에서 벌어들인 비정기적인 손익이 포함된다.
- **부채비율** : 소유한 재산 중 부채가 차지하고 있는 비율. 낮을수록 좋다.
- **유보율** : 기업이 동원할 수 있는 자금을 측정하는 지표. 유보율이 높을수록 불황에 대비할 수 있고 신규 투자 여력이 높다.
- **EPS(주당순이익)** : 기업이 벌어들인 순이익을 주식수로 나눈 값. 주식 한 주당 이익을 얼마나 창출했는지 나타내는 지표로 EPS가 높을수록 경영실적이 양호하다는 뜻이며 주가에 긍정적이다.
- **PER(주가수익비율)** : 한 주당 거래되는 주식가격을 주당순이익(EPS)로 나눈 수치. PER이 높을수록 순이익 대비해서 주식가격이 비싸게 거래되고 있음을 뜻한다. 반대로 PER이 낮을수록 주식이 저평가상태이다. 주로 동종업계 내 타기업과 비교할 때 사용한다.
- **순자산(자기자본)** : 회사 청산 시 주주가 배당받을 수 있는 자산의 가치로 총자산에서 부채를 제외한 자본금, 자본준비금, 이익준비금, 이익잉여금의 합계액을 뜻한다. 순자산비율이 높을수록 우량한 기업이라고 볼 수 있다.
- **PBR(주가순자산비율)** : 주가를 주당순자산으로 나눈 수치로, 순자산에 비해 몇배로 거래되고 있는지를 측정하는 지표다. 예를 들어 PBR이 1이면 주당순자산과 주가가 같고, PBR이 1보다 낮을 경우 장부상 순자산 가치 대비 주가가 싸다고 볼 수 있다.
- **ROE(자기자본이익률)** : 기업운영이 얼마나 효율적으로 이루어지고 있는지를 반영하는 지표다. 기업이 순자산(자기자본)을 활용해서 지난 1년간 얼마나 많은 돈을 벌어들였는지를 나타내는 대표적인 수익성 지표로 ROE가 높을수록 주가에는 긍정적이다.
- **시가총액** : 상장 주식을 시가로 평가한 금액. 각 상장 종목의 상장 주식 수에 각각의 종가를 곱한 후 이를 합계하여 산출한다. 전체 주식시장의 시가총액은 그 주식시장의 규모를 나타내며, 한 국가의 경제 크기의 측정치로서 경제지표로도 이용할 수 있어 유용한 자료가 된다.

준비마당

II

봉현이형의
초우량주
투자원칙 5가지

12

형! 주식투자 공부할 시간이 없는데 어떻게 해?

월급쟁이라면 복잡한 투자는 피하자!

"형, 나 집에 가면 애기 봐야 하고 다음 주엔 장모님 생신이라 처가댁도 다녀와야 해. 핑계인 거 아는데 정말로 공부할 시간이 없어."

회사 다니는 30대 싱글인 나도 시간이 없다. 일과시간엔 업무에 집중해야 하고 출퇴근길 지하철에선 좋아하는 유튜브 영상도 봐야 한다. 집에 도착하자마자 씻고 저녁 챙겨 먹고 TV 조금 보고 나면 11시가 넘는다. 다음 날 출근하려면 바로 자야 한다. 인생은 유한하고 하루는 24시간인데 주식투자에 너무 많은 시간을 쏟을 수는 없다. 우리는 행복하기 위해 살아가는 존재다. 계좌의 숫자를 불리는 게 인생의 목표는 아니지 않나?

일단 투자하자, 그리고 공부를 병행하자

주식투자 공부를 어디서부터 어디까지 또 언제까지 해야 한다고 정해진 것도 아니고, 토익이나 자격증시험처럼 공식이나 기출문제가 있는 것도 아니라서 더 막막하다. 일단 책 속에 답이 있을 것 같아서 재테크 관련 유명한 책 몇 권 읽고 나니 코스피는 벌써 3,000 포인트를 넘어섰다. 마음이 조급해진다.

자본주의 사회에서 투자의 중요성을 이해하고 실천하기로 결심했다면, 우선 앞서서 투자하고 성과를 낸 사람들을 따라해 보자. 그리고 꾸준히 공부하면서 나만의 원칙과 방법을 만들자.

그래서 어디에 투자해야 하는 거야?

교보문고 재테크 분야 주식 코너를 보면 어떤 책에선 미국 배당주가 정답이라고 말한다. 또 어떤 사람은 캔들매매법이라 부르는 차트분석으로 10억원을 벌었다고 한다. 어떤 슈퍼개미 아저씨는 우량한 중소형회사의 주식을 사서 장기간 보유하고 목표수익을 달성하면 미련 없이 팔아야 한다고 조언한다. 유명 자산운용사 사장님은 한국주식이 저평가 상태고 젊은 사람들은 커피값을 아껴서 주식투자하라고 말한다. 고개가 끄덕여진다.

유튜브를 보면 부모님께 물려받은 돈으로 코스닥 소형주에 투자해서 100억원대 자산가가 된 대학생도 있고, 혁신회사 한두 종목에만 집중투자해서 젊은 나이에 꽤 큰 부를 이룬 직장인도 있다. 또 어느 금융회사 대표는 미국 나스닥100지수˙를 추종하는 ETF 한 종목에만 1억원 정도 투자하면 나머지 월급은 다 써도 된다고 말한다.

'다 맞는 말 같은데, 왜 이렇게 많고 복잡한 거지?
주식투자의 정답은 뭔가요? 있긴 한가요?'

사실 합법적인 방법으로 목표하는 수익을 냈다면 성공한 투자라고 생각한다. 피비린내 나는 자본주의의 끝판왕 주식시장에서 전 세계 기관과 세력, 똑똑한 개인들을 상대로 돈을 벌었다면 그것 자체로 정답 아닐까? 주식투자에는 왕도가 없고, 정해진 답 또한 존재하지 않는다.

영국의 물리학자이자 미적분 체계를 정립한 아이작 뉴턴이 1721년 '사우스시(South Sea)'라는 회사에 주식투자해서 큰 실패를 한 뒤 남긴 유명한 말이 있다.

◆ **나스닥100지수** : 미국 나스닥시장 상장종목 중 시가총액이 크고 거래량이 많은 100개 비금융 업종대표기업으로 이루어진 지수이다. 나스닥100지수는 1985년 1월부터 산정되어 발표되고 있다. 주요 기업으로는 애플, 마이크로소프트, 오라클, 아마존 닷컴 등이 있다.

'나는 천체의 움직임은 계산할 수 있지만
인간의 광기는 계산할 수 없었다.'

세기의 천재로 손꼽히는 사람도 주식투자로 큰 손해를 입었다. 머리가 좋은 것과 주식시장에서 돈을 버는 건 별개의 문제다. 만약 뉴턴이 이후 조폐국 장관 직위를 얻지 못했다면 노후빈곤에 시달렸을 가능성이 높다. 그리고 뉴턴도 우리처럼 늦은 나이까지 일을 해야 했다.

| 뉴턴이 투자한 사우스시의 주가 폭락 그래프 |

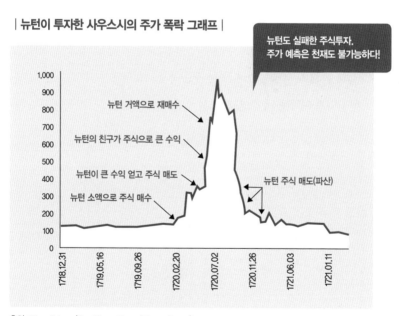

출처 : Marc Faber, 〈The Gloom, Boom & Doom Report〉

'주식으로 돈을 버는 건 어렵다.
그리고 초보자는 어떤 방법으로 투자해야 할지 결정하기 어렵다.'

앞서 말한 것과 같이 주식투자로 돈을 버는 방법은 여러 가지가 있지만 내가 재테크 관련 책을 읽고 다양한 방법의 주식투자 경험을 통해서 찾은 하나의 공통점은 다음과 같다. 그리고 여기에서 힌트를 얻었다.

'좋은 회사의 주식을 여러 종목으로 분산하고, 분할해서 매수하고 장기간 투자한다면 손해 보는 일은 없다.'

'절대 손해 보지 않는 이 방법을 꾸준히 반복한다면 확실하게 이익을 낼 수 있겠구나!'

13

초보자는 월적립식
우량주 투자부터 시작하자!

생활비 쓰고 남은 돈, 어떤 주식을 사볼까?

매수 시점을 분할하고 장기간 적립식 투자하는 건 어렵지 않았다. 어차피 생계를 위해선 회사를 오래 다녀야 했다. 월급에서 생활비를 쓰고 남은 돈은 100만원 정도. 이 돈으로만 투자를 해야 했다. '그래, 이제 투자할 종목을 찾기만 하면 된다.'

주식을 조금 한다는 선배에게 물었더니 삼성전자로는 큰돈을 버는 건 불가능하다고 했다. 주변 사람 모두 그렇게 말하기에 믿었다. 그래서 남들이 잘 모르는 중소형주를 찾느라 매일 저녁 퇴근 후 스타벅스에 갔다.

국내 유명 주식카페도 전부 가입했다. 추천 수가 많은 베스트 글을 읽고, 인기 많은 블로거의 포스팅도 꼼꼼하게 찾아봤다. 유튜버의 추천종목도 관심종목에 추가했다. 수익을 낸 종목도 있었지만, 손해를 본적이 더 많았다. 그런데 이 사람들에게 책임을 물을 수는 없었다. '투자 판단은 모두 본인 몫'이라고 분명히 명시되어 있었기 때문이다.

위태했던 중소형주 투자, 회사일도 많은데 투자까지 지끈!

국내 중소형회사는 정보를 얻는 것도 제한적이다. 아무리 비즈니스 모델이 좋고, 재무제표가 훌륭한 회사여도 외부로부터 충격을 받거나 위기가 발생했을 때 대응 능력이 글로벌 기업에 비해 상대적으로 취약할 수밖에 없었다. 그래서 건실한 중소형회사에 투자했는데도 주가는 떨어졌다.

미래는 예측할 수 없기에 이런 회사에 큰돈을 넣을 수 없었다. 장기투자도 불안했다. 큰돈을 넣지 못하다 보니 수익도 적었다. 운이 좋아서 일시적으로 수익을 얻고 실현하고 나면 또 다른 투자처를 찾기 위해 공부해야 했다. 일하는 것만으로도 피곤한데, 퇴근하고 공부까지 하려니 너무 힘들었다. 오래 지속할 수 없었다.

마음도 편하고 지속 가능한 투자는? – 글로벌 초우량회사 주식!

월급이 전 재산인 나는 리스크를 안고 싶지 않았다. 위험을 안더라도 최소화하고 싶었다. 그래서 고민 끝에 우량한 회사의 주식을 선택했다. 이름만 들으면 알 만한 정도가 아니라, 전 세계 사람들의 실생활에 이미 깊숙하게 침투해서 안 쓸 수 없는 제품을 만드는 글로벌 초우량회사에 투자하기로 결심했다. 그리고 한 종목씩 매수를 시작했다. 주식가격은 신경 쓰지 않았다. 이번 달에 100만원밖에 살 수 없었고, 주가가 30% 떨어지면 다음 달 월급으로 또 100만원 어치 매수했다.

| **봉현이형 초우량주 투자법** |

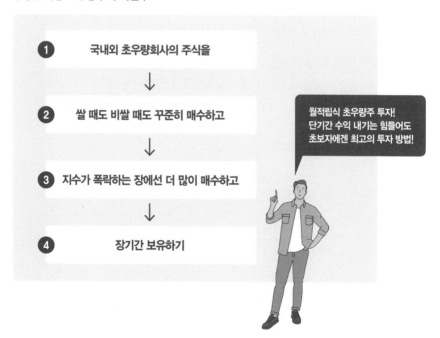

30대, 미혼, 남자, 직장인인 나는 이렇게 월적립식 투자 방법을 세우고 실천하고 있다. 다음 장부터 본격적으로 매월 급여로만 투자해야 하는 월급쟁이의 투자원칙과 방법을 소개해 보려고 한다. 노동소득으로만 투자하고 있는 월급쟁이 입장에서 치열하게 고민하고 꾸준하게 실천하고 있는 내 경험이 바쁜 초보자들에게 많은 도움이 될 거라고 확신한다.

물론, 월적립식 우량주 투자 방법은 단기간에 최고의 수익률을 낼 수 있는 방법은 아니다. 하지만 초보자라면 국내외 우량회사의 주식으로 먼저 금융 자산을 구성하고 시장에 오래 참여하면서 더 높은 수익률을 얻을 방법을 연구해 보는 게 순서라고 생각한다.

'초보자라면 꼭 우량주로 주식투자를 시작해야 한다.'

14

장기투자 레이스에서
팔랑귀가 되지 않으려면

주식에 대해 아무것도 모른 채 주변사람들의 말만 듣고 모르는
회사에 투자하는 건 알몸으로 서울대공원 호랑이 우리에 뛰어드는
것과 같다. 주변의 소음이나 유혹에 흔들리지 않고 꾸준히 오랫동
안 투자하려면 어떻게 해야 할까?

1 | 조급함을 버리고 긴 호흡으로 바라보자

주식을 처음 시작하는 사람들 대부분이 인생을 바꿔 보겠다는
극단적인 생각을 갖고 있다. 그 마음과 열정은 충분히 이해한다. 한
달에 50만원씩 1년에 600만원 투자해서 언제 수익 내고 아파트 한

채 마련할 수 있을까?

그래도 처음엔 우량주로 시작하지만 변동성이 적어 재미가 없다. 횡보 중인 우량주를 팔고 급등주, 테마주를 관심종목에 추가한다. 몇 번의 매수매도를 통해 손실을 보는 동안 지난달 팔았던 우량주는 꾸준하게 올라가고 있다. 후회와 박탈감이 밀려온다. 자괴감은 덤이다.

주식투자를 전문적으로 하는 업계에서도 연평균 10%의 수익률을 장기간 유지하는 건 상위 클래스에 속한다. 그런데도 불구하고 한 자리 수익률로는 뭔가 부족하다. 빨리 부자가 되고 싶은 조급한 마음에 급등주를 찾는 것이다.

블로그와 유튜브에 있는 이름 모를 전문가의 영상을 보며 내일의 주식시장을 분석하고 전망한다. 물론, 한두 번은 맞출 수 있다. 하지만 반복할수록 성공 확률은 낮아진다. 그러다 보면 결국엔 손실을 입고 주식시장을 떠난다. 증권사 MTS 앱도 삭제한다. 마지막으로 코스피가 3,000을 돌파했다는 뉴스에 '지금은 좀 벌 수 있지만, 주식하면 결국 패가망신한다'는 댓글을 남긴다. 다시 한 번 씁쓸함이 밀려온다.

'조급해하지 마.
인생의 손익계산서는 관 뚜껑 닫을 때 열어 보는 거야.'

주식투자할 때 조급한 마음을 버리는 게 가장 중요하다. 주변 사람들과 비교하면 마음이 조급해진다. 입사하고부터 과장 될 때까지 형수님과 맞벌이하면서 모은 돈에 대출을 끼고 산 실거주 아파트가격이 올라서 기분이 좋은 옆자리 팀장님, 테슬라 투자로 표정이 밝아진 과장님과 일일이 비교하지 말자. 그들 역시 좋은 자산에 오랜 기간 투자했다.

인생의 방향을 바꿀 만한 투자는 원래 오래 하는 거다. 단기간에 수익을 내는 것도 물론 가능은 하겠지만 그런 방법으로 투자를 지속하면 언젠가는 돈을 잃고 다시 가난해진다. 주변을 둘러보자. 단기매매로 큰돈을 벌어서 회사 그만둔 사람을 실제로 본 적이 있나? 인터넷에 떠도는 소문은 있지만 나도 실제로 본적은 없다. 하지만 우량주를 장기투자하거나, 우량자산인 서울 부동산을 오랫동안 보유해서 부자가 된 사람은 한두 다리 건너면 주변에서 쉽게 찾을 수 있다.

미국 경제사학자 찰스 킨들버거는 '친구들이 부자가 되는 것만큼 내 판단력을 흐리게 만드는 것도 없다'고 말했다. 주변의 성공을 보며 우울해하거나 조급해지지 말자.

튼튼하고 좋은 집을 짓기 위해 벽돌을 한 장 한 장 쌓는 마음으로 매월 꾸준하게 좋은 회사의 주식을 매수하고 장기간 투자해야 한다. 주식으로 노후준비를 한다는 마음으로 임해야 하는 것이다. 지금 30대라면 앞으로 20~30년간은 일할 수 있다. 적어도 20년은 꾸준히 투자해야 작은 돈을 점점 크게 불릴 수 있다.

2 | 통화, 시장, 산업에 분산투자를 하라

'달걀을 한 바구니에 담지 말라'는 말을 대신할 표현을 찾을 수가 없었다. 진부해 보이는 이 문장이 모든 투자에 있어서 기본이 되는 원칙이다. 집중투자가 큰 수익을 가져다주지만 그만큼 리스크도 크다. 주식을 처음 접하는 초보자는 고위험 고수익보다는 시장에 지속적으로 참여하며 앞으로 다가올 수없이 많은 기회를 노리는 게 더 중요하다. 시장, 산업, 종목을 분산해보자. 기대수익률이 줄어들 수도 있겠지만 리스크 또한 확실하게 줄어들 것이다.

첫 번째, 환율변동에 대응하기 위해 통화에 대한 분산이 필요하다. 우린 한국에서 원화로 월급을 받지만 우리가 사고 싶은 대부분의 물건은 수입품이다. 그래서 물가 역시 환율에 영향을 많이 받는다. 그중에서도 기축통화인 달러의 중요성은 따로 설명이 필요 없을 정도다.

IMF, 리먼사태, 그리고 이번 코로나까지 전 세계적인 위기가 발생할 때마다 달러 수요가 늘고 환율이 치솟는다. 만약 환율이 1,200원을 넘긴 당시 보유하고 있던 달러를 원화로 환전했다면 4만원까지 떨어진 삼성전자 주식을 더 많이 담을 수 있었다. 반대의 경우도 있다. 달러가치가 떨어질 경우 원화로 해외자산을 싸게 매입할 수 있다. 환율변동에 대응하기 위해 달러와 원화 모두 소유해야 한다.

두 번째는 시장에 대한 분산이다. 전 세계는 유기적으로 연결되어 움직인다. 이해관계에 따라 고립과 연계를 반복한다. 미국이 4차 산업 관련 기술, 특허, 플랫폼을 대부분 독점하고 있지만 여전히 중국, 한국, 일본, 대만 그리고 유럽 일부 국가의 제조능력이 필요하다. 특히 반도체와 배터리 제조기술은 동아시아 국가가 더 앞서 있다.

제조 강국인 한·중·일 역시 수익성이 떨어지는 제품은 동남아, 인도, 남미국가로 생산설비를 옮긴다. 국가마다 고유의 경쟁력을 가지고 있다. 외부환경에 따라 조명받는 시점이 다르지만 자본이 지배하는 경제체제 아래 상승과 하락을 반복하며 함께 성장한다. 이 모든 흐름에 소외되지 않기 위해서는 시장에 대한 분산도 필요하다.

세 번째는 산업과 종목에 대한 분산이다. 2005년 제너럴 일렉트릭을 제치고 미국 시가총액 1위에 올랐던 엑슨 모빌은 2011년 애플에 시가총액 1위 자리를 내줬고, 이후 친환경 에너지로의 전환 흐름에 따라 주가는 지속적으로 하락하며 2020년에는 다우존스 산업평균지수에서도 제외되는 수모를 겪었다. 시가총액 1위를 오랜 기간 유지하던 회사도 해당업계의 퇴조 및 산업구조의 재편에 따라 끊임없이 변화한다.

시대에 따라서 특정 산업이 주목을 받아 성장하고, 성숙해지고 나면 다시 쇠퇴한다. 또 다른 새로운 산업이 각광을 받고 기존 1등 자리를 차지한다. 같은 패턴이 세기와 세대를 거쳐 반복된다. 세상의 흐름에 관심을 갖는다면 이러한 변화를 눈치채고 새로운 투자처를 찾을 수 있지만 미래는 아무도 알 수 없는 법. 그래서 기업도 산업도 분산투자해야 한다.

3 | 불필요한 소비를 줄여 보자

코로나로 인해 전 세계 주가가 하락하기 시작한 2020년 2월 주변 사람들에게 주식투자를 권유했을 때 가장 많이 들은 답변은 '주식 사고 싶은데 투자할 돈이 없어'였다.

나도 주식 사느라 가진 돈을 다 썼기 때문에 빌려줄 돈은 없었다. 투자할 돈이 없다는 친구에게 더 이상 권유할 수 없었다. '그래? 지금이 기회인 거 같은데 나중에 해야겠네'라고 아쉬움 섞인 답변으로 대화를 마무리했다. 그럴 때마다 그 친구의 값비싼 손목시계와 한정판 나이키 운동화가 눈에 들어왔다.

당장 소득이 적고 모아 둔 돈이 많지 않다면 불필요한 소비를 줄여서 그 돈으로 먼저 투자하는 걸 제안한다. 집에 안 쓰는 물건이 있다면 당근마켓이나 중고나라에 올려 보자. 집안도 깨끗해지고, 복잡한 머리도 정리가 된다. 안 쓰는 물건 몇 개 팔면 삼성전자 한 주 정도는 살 수 있다.

가족할인으로 묶여 있는 게 아니라면 알뜰폰 요금제를 알아보자. 동일한 조건의 품질과 요금제를 매월 2만원 정도 할인된 금액으로 사용할 수 있다. 그리고 매월 아낀 2만원, 1년 동안 모아 24만원으로 우량주식을 추가 매수해 보자. 24만원이면 2021년 현재 8만원인 삼성전자를 3주 살 수 있다.

사람마다 소비 습관이 다르고, 소비에는 각자의 가치관이 반영되어 있기 때문에 함부로 조언하면 안 된다는 것도 알고 있다. 다만, 현재 급여가 불만족스럽고 미래가 막막하다는 이유로 스스로를 부정하거나 불공평한 외부 환경을 탓하기 전에 최소한의 노력은 해야 한다는 뜻이다. 우리의 안락한 미래를 위해 현재의 지출을 줄이고, 그 돈으로 우량자산을 매수하면 어떨까?

| 초우량주 투자원칙 1 |

미국과 한국에 6:4 투자한다

주식투자뿐만 아니라 살아가면서 모든 일에 원칙을 세우는 건 중요하다. 그래야 업무를 할 때도 사람을 대할 때도 원칙에 따라 행동할 수 있다. 만약 원칙이 잘못됐다면 수정하고 보완해야 발전할 수 있다.

당신에게 다음과 같이 투자원칙을 제안하고 싶다. 이 원칙을 머릿속에 넣어 두고 이를 바탕으로 종목을 선정해 보자. 그렇게 선정된 종목을 가지고 포트폴리오를 구성하고 종목별로 목표 비중을 설정한다. 필자도 이 원칙을 토대로 매월 월급으로 우량주식을 매수하고 있다.

미국에 60% 투자! – 초우량기업이 많기 때문!

내가 미국주식에 60% 비중으로 투자하는 이유는 정말 단순하다. 미국시장에는 좋은 기업이 많기 때문이다. 물론 우리나라에도 좋은 기업이 있지만 미국에는 더 많이 있다.

주위를 둘러보면 많은 사람들이 애플의 아이폰을 사용한다. 출근길엔 스타벅스 아메리카노를 픽업해서 사무실까지 들고 간다. 오전엔 마이크로소프트 OS프로그램인 엑셀로 실적을 정리하고 데이터를 만들고, 파워포인트를 활용해서 배포용 보도자료를 만든다. 점심엔 맥도날드에 가서 햄버거에 코카콜라를 마신다. 오후엔 ZOOM을 사용하거나 CISCO의 원격회의 시스템을 통해 해외 바이어와 미팅을 진행한다. 처음엔 어색했는데 몇 번 사용하다 보니 익숙해졌다. 퇴근길 지하철에선 에어팟을 꺼내 유튜브 영상을 보고, 내려서는 미리 주문한 도미노 피자를 들고 집에 간다. 씻고 잠들기 전까지 넷플릭스를 보며 하루를 마감한다.

앞서 언급한 회사 외에도 테슬라, 디즈니, 펩시, 버거킹, 코스트코, 월마트, P&G, 존슨앤드존슨 등 미국에 상장된 초우량 글로벌회사의 제품과 서비스는 이미 우리 삶 속에 깊숙하게 침투해 있다. 국내 브랜드보다 오히려 더 친숙하게 느껴질 때도 있다.

게다가 앞으로 다가올 4차산업혁명 관련 AI, 빅데이터, 자율주행, 전기차, 클라우드컴퓨팅 시장을 대부분 미국기업이 리드하고 있다. 전 세계의 자본이 미국시장으로 유입된다. 잘나가는 기업이, 잘나가는 국가가 계속해서 잘나가게 된다.

2018년 기준 전 세계 주식시장에서 미국기업이 차지하는 비중은 50%에 육박한다. 그에 반해 한국시장은 2~3% 정도로 미비한 수준이다.

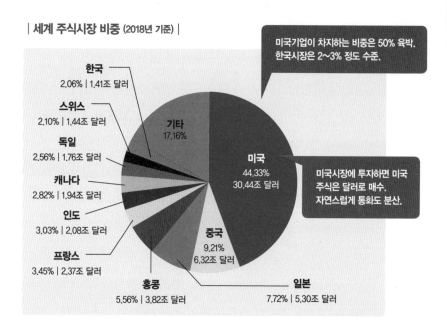

| 세계 주식시장 비중 (2018년 기준) |

미국기업이 차지하는 비중은 50% 육박. 한국시장은 2~3% 정도 수준.

한국
2.06% | 1.41조 달러

스위스
2.10% | 1.44조 달러

독일
2.56% | 1.76조 달러

캐나다
2.82% | 1.94조 달러

인도
3.03% | 2.08조 달러

프랑스
3.45% | 2.37조 달러

기타
17.16%

미국
44.33%
30.44조 달러

미국시장에 투자하면 미국 주식은 달러로 매수. 자연스럽게 통화도 분산.

중국
9.21%
6.32조 달러

홍콩
5.56% | 3.82조 달러

일본
7.72% | 5.30조 달러

좋은 기업을 찾기 위해 공부하다 보니 자연스럽게 미국기업에 투자하게 됐다. 미국에 있는 기업보다 더 좋은 회사를 찾기가 어려웠다. 그래서 내 자산의 60%를 미국시장에 투자하고 있다. 또한 미국주식은 달러로 매수하기 때문에 자연스럽게 통화도 분산됐다.

한국에 40% 투자! – 좋은 기업을 싸게 살 수 있기 때문!

국내주식은 40%의 비중으로 투자하고 있다. 미국에만 100% 투자하지 않는 이유는 여전히 괜찮은 기업의 주식을 싸게 살 수 있기 때문이다.

2020년 삼성전자의 영업이익은 약 36조원, 시가총액은 보통주와 우선주 합계 550조원 수준이며 애플의 영업이익은 73조원, 시가총액은 한화기준 2,400조원이다.(2021년 1월 말 기준)

단순하게 계산해서 삼성전자가 애플 대비 50% 정도 영업이익을 벌기 때문에 삼성전자의 시가총액은 550조원이 아닌 1,200조원 정도 돼야 합리적이다. 하지만 삼성전자의 시가총액은 애플의 4분의 1 수준으로 50% 이상 할인된 가격에 거래되고 있다.

이처럼 한국기업의 주가가 외국기업에 비해 가치가 낮게 형성되는 현상을 '코리아 디스카운트'라고 부르는데 북한 리스크, 총수 일가 중심의 지배구조, 주주환원에 인색한 시장환경이 원인으로 꼽힌다. 가격이 싼 건 이유가 있다. 그래서 일부 사람들은 국내시장을 박스피라 부르며 기피한다. 하지만 난 이 부분을 리스크가 아닌 기회라고 생각했다.

반면 미국 우량기업은 매시점마다 고평가 논란이 있다. 미국주식은 미국사람뿐만 아니라 인도, 베트남, 대만, 남아공, 이집트, 아프리카 등 전 세계 사람들이 원하기 때문에 매수 수요가 많다. 그래서 주가가 높게 형성된다. 거품이 생긴다. 반면, 한국은 상대적으로 관심도가 낮기 때문에 전 세계적으로 경쟁력 있는 괜찮은 기업을 비교적 저렴한 가격에 살 수 있다.

요즘과 같이 원화 강세장에서는 오히려 미국주식보다 높은 수익률을 가져갈 수 있다. 코로나로 인해 나스닥이 급락한 2020년 3월 말 1,200원대 환율로 미국주식을 매수한 사람은 현시점 주가가 30% 정도 올라도 환율이 10% 가까이 하락했기 때문에 원화환산 수익률은 20% 정도다. 반면, 코로나 이후 동학개미라 불리는 스마트한 개인들이 적극적으로 참여한 결과 국내 주식시장이 전 세계에서 가장 높은 상승률을 보였다.

각 시장은 고유의 특징과 장점이 있고 우리에겐 투자의 자유가 있다. 양쪽 시장의 장단점이 분명하다면 두 시장에 동시에 투자함으로써 두 가지 장점을 온전히 누릴 수 있다.

미국 시민권을 선택할 자유는 없지만, 미국시장에는 마음대로 투자할 수 있다. 비중은 본인이 원하는 선에서 정하면 된다. 50 : 50도 좋고, 70 : 30도 좋다. 나는 미국에 더 좋은 회사가 많아서 60 : 40으로 정했다. 다른 이유는 없다.

16

| 초우량주 투자원칙 2 |

국내주식은
시가총액 상위 대기업에 투자한다

국내 매출 비중이 높은 회사는 제외

대한민국은 인구 5,000만명의 내수시장을 가지고 있다. 경제학자들은 내수시장만으로 경제 규모를 유지하기 위해서는 인구가 최소 1억명은 필요하다고 말한다. 하지만 남북한의 인구를 다 합치면 8,000만명 정도로, 인구학자들이 말하는 최소 조건에도 미달된다. 그래서 내수에서만 경쟁력 있는 회사는 지속적인 성장이 불가능하다. 게다가 대한민국은 전 세계 최저 출산율을 기록하며 인구가 빠른 속도로 감소하면서 동시에 고령화되고 있다. 고령화 사회가 될수록 사람들은 소비를 줄인다. 기업환경은 갈수록 어려워진다.

반면 전 세계 인구는 2020년 78억명에서 2050년 100억명까지 늘어날 것으로 전망한다. 기업은 더 넓은 시장에서 제품을 판매하고 매출을 늘리고, 영업이익을 발생시켜야 성장할 수 있다. 그래서 애초에 국내 매출 비중이 높은 회사는 매수 대상에서 제외했다.

각종 리스크로 외부 영향에 취약한 국내시장 감안

또한 대한민국은 소규모 개방경제로 전 세계 경제에 영향을 미치는 정도는 작지만, 반대로 금융시장의 개방도는 높은 시장이다. 그래서 미중무역 분쟁에도 주가가 흔들리고, 북한 리스크에도 취약하다. 일본과의 정치적인 이슈에도 주식시장이 출렁이고 중동지역 분쟁으로 인한 유가등락에도 영향을 많이 받는다. 한반도에 터를 잡은 단군 할아버지가 가끔 원망스러울 정도로 외부의 영향을 많이 받는다.

결론! 시가총액 상위 20위권 대기업에만 투자

여러 이슈가 발생할 때마다 우량한 중소중견회사는 많이 휘청거린다. 수많은 위기 속에서도 흔들리지 않고 투자하려면, 압도적인 내수시장 지배력으로 현금흐름이 우수하고 전 세계로도 매출을 일으키는 대기업밖에 없었다.

그래서 국내시장에서는 시가총액 상위 20개 종목 중심으로 고민했다. 그 결과 국내주식은 삼성전자를 가장 많이 보유하고 있다. 그

외에는 LG화학 우선주,[*] 삼성SDI 우선주, 삼성SDS, NAVER, SK, SK텔레콤 등이 있다.

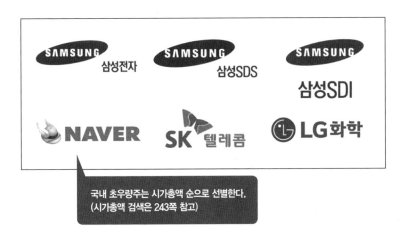

국내 초우량주는 시가총액 순으로 선별한다.
(시가총액 검색은 243쪽 참고)

◆ **우선주** : 주식은 보통주(본주, 일반주)와 우선주로 나뉜다. 우선주는 보통주와 달리 주주 의결권이 없어 상대적으로 주식가격이 낮게 거래된다. 기업이 성장하고 주주에 대한 배당성향이 높아질 경우 우선주는 배당 투자자금 유입으로 보통주 대비 더 높은 주가 상승을 기대하기도 한다.

| 초우량주 투자원칙 3 |

미국주식은 50% 이상 ETF에 투자한다

미국시장 리스크는 즉각 대응이 쉽지 않다는 것

국내 기업의 경우 두세 다리만 건너면 삼성전자, 현대차, 엘지화학, 포스코, 롯데에 다니는 지인을 통해 회사 사정을 들을 수 있다. 지인이 없더라도 신문의 경제란만 꾸준하게 읽다 보면 해당 기업의 이슈에 대해서 쉽게 파악이 가능하다. 사업보고서는 전자공시시스템(DART)*이나 네이버를 통해 쉽게 접할 수 있고 개별기업에 문제

◆ **전자공시시스템(DART)** : Data Analysis Retrieval and Transfer System. 인터넷을 통하여 상장법인 등이 제출한 재무상태 및 주요 경영정보 등 각종 공시자료를 이용자가 쉽고 편리하게 조회할 수 있도록 공시하는 시스템. 금융감독원이 인터넷(전자공시시스템(dart.fss.or.kr)을 통해 운영하고 있다.

가 생기면 실시간 속보가 뜨기 때문에 즉각 대응이 가능하다.

하지만 미국은 다르다. 영어가 모국어만큼 편한 사람은 예외겠지만, 일반적으로 영어를 통한 정보 습득은 제한적이고 느릴 수밖에 없다. 사업보고서나, 미국 전문가의 해당 산업전망, 주가분석, 이슈사항, 분기실적을 매번 찾아보는 것 또한 쉬운 일은 아니다. 한국에서 태어나 한국에서 공부하고 한국에서 일하는 나는 두세 다리 건너더라도 애플이나 마이크로소프트 본사에서 근무하는 친구는 찾을 수 없었다.

무엇보다 낮 시간에는 일하고, 퇴근 후엔 친구도 만나야 하고 다음날에 출근해야 하는 우리는 늦어도 11시 전에는 잠자리에 들어야 하는데 미국은 그때부터 주식시장이 시작된다. 개별기업에 대한 이슈가 발생하더라도 실시간으로 대응하는 것이 불가능하다. 그렇다고 매일 긴장한 채 잠에 들 수는 없지 않나?

결론! 개별기업 리스크를 줄이는 ETF가 대안

그래서 개별기업 투자의 리스크를 완벽하게 줄여 줄 수 있는 ETF 상품의 비중을 50% 이상으로 설정했다. 초보자라면 100%를 가져가는 것도 추천한다.

ETF란 EXCHANGED TRADE FUND의 약자인데 쉽게 말해서 분산투자에 최적화된 상품이다. 그리고 미국시장에는 갖고 싶은 좋은 기업이 너무 많았다. 휴대폰은 삼성전자의 갤럭시S7을 쓰지만 아이폰과 맥북을 쓰는 사람들을 보며 애플 주식을 샀다. 네이버 쇼핑을 자주 이용하지만 아마존으로 해외 직구하는 사람들을 보며 아마존 닷컴 주식에 관심을 갖게 됐다. 매일매일 마이크로소프트의 엑셀과 파워포인트를 매일 사용하다 보니 편한 마음으로 배당락일*에 맞춰 주식도 매수했다.

이렇게 미국 초우량주를 하나하나 모으다 보니 결국 S&P500 ETF**와 비슷한 포트폴리오가 구성됐다. 이럴 바에는 수수료가 저

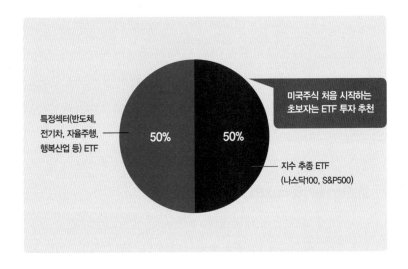

◆ **배당락일** : 배당받을 권리가 없어지는 날로, 배당락일 하루 전날까지 해당 주식을 매수해야 배당금을 받을 수 있다. 배당을 많이 주는 주식의 경우 배당락일 전후로 주가 변화가 큰 편이다.

◆◆ **S&P500 ETF** : 국제적 신용평가사 S&P 글로벌에서 선정한 미국 초우량 500 대기업에 분산투자하는 ETF 상품

렴한 ETF를 꾸준히 매수하는 게 낫겠다는 판단이 들었다. 그래서 내 미국주식 계좌의 50% 정도는 지수를 추종하는 ETF와 특정섹터에 분산투자하는 ETF로 구성되어 있다.(자세한 포트폴리오는 258쪽 참고)

미국주식을 처음 시작하는 초보자에게는 개별종목보다 ETF에 먼저 투자하는 걸 추천한다. ETF 상품으로 포트폴리오를 구성해서 개별기업 투자에 대한 리스크를 줄이고, 특정 기업에 대해 충분히 공부가 된 후에 비중을 늘려가는 게 어떨까?

18

| 초우량주 투자원칙 4 |
성장산업 중심으로 투자한다

20~40대 초보자라면 미래가 보이는 산업에 투자!

　주식투자를 하면서 기억에 남는 실수가 하나 있다. 손해를 본 건 아니기 때문에 아쉬운 점이라고 표현하는 게 좋을 것 같다. 바로, 성장성은 적지만 절대로 망하지 않을 산업이라고 생각해서 한국전력, 한국가스공사 같은 공기업 관련주와 은행, 철강, 화석에너지, 식품 관련 종목을 매수한 일이다.

　해당 분야에서 시가총액도 가장 높고 우량한 회사에 투자했기 때문에 손해를 본 건 아니었다. 일부 종목은 배당금도 받아서 원금 대비 이익을 봤다. 하지만 같은 기간 동안 보유 중이었던 성장산업에 속한 우량주식의 가치는 더 가파르게 상승했다. 전기차, 반도체, 친환경, 4차산업, 바이오, 언택트 관련 산업에 속한 종목은 수십 배 이상의 수익률을 안겨 줬다.

절대 망하지 않을 우량주식들이지만 성장성이 적어 수익도 제한적, 은퇴자들은 예적금 이자보다 상대적으로 높은 배당을 노리고 투자한다.

성장성이 제한되면 주가 상승도 제한적!

매출과 영업이익은 꾸준하지만 성장성이 제한되어 있는 회사의 주가 상승은 제한적이다. 산업이 소멸할 가능성은 없지만 반대로 고성장에는 의문이 든다. 주식은 사람들의 꿈을 먹고 자라고 그 꿈이 영업이익으로 실현되는 순간부터는 배당이라는 달콤한 과실로 주주에게 돌아간다. 주가 상승으로 인한 차익은 덤이다. 그래서 이미 꿈이 실현된 종목은 주가가 많이 오르기 어렵다. 당장 시가 배당률을 3~4% 정도 준다고 해도 장기간 유지할 수 있을지는 알 수가 없다. 오히려 배당금이 줄어들 가능성도 있다.

은퇴를 앞둔 분이 배당이 높은 주식을 매수해서 현금흐름을 일으키고 생활비로 쓰는 건 좋은 선택이다. 다만, 주식을 이제 막 시작하는 사회초년생을 비롯한 20~40대 초보자라면 성장산업에 속한 종목에 투자하는 걸 추천한다. 당장 배당금이 없더라도, 몸만 건강하면 월급으로 생계를 이어 나갈 수 있다. 성장산업에 투자해서 더 많은 부를 축적하자.

성장하는 산업에 속한 기업은 인류를 더 나은 방향으로 이끌고자 한다. 많은 사람들에게 편의를 제공한다. 그래서 돈이 몰린다. 장기적으로 보면 더 많은 시세차익을 누릴 수 있다. 지금 당장은 배당이 없거나 적더라도 나중에 이익이 발생하면 배당을 늘려 준다.

도대체 어떤 산업이 성장하는 산업일까?

성장산업이 궁금하다면 네이버 뉴스 경제면 헤드라인만이라도 꾸준히 읽는 걸 추천한다. 자율주행, 전기차, 배터리, 반도체, 제약, 바이오, 헬스케어, 엔터테인먼트, 반려동물, 태양광, 풍력, 드론, 빅데이터, AI, 메타버스, AR/VR 등 조금만 관심을 가지면 산업의 트렌드는 충분히 읽을 수 있다. 철강, 조선, 건설, 화학 등 관련 산업은 수요 공급에 의해 특정 시점에 주목을 받을 순 있지만 장기적으로 고성장할 수 있는 사업은 아니다.

성장산업에 대해 공부하는 게 어렵다면 시가총액 상위 기업에만 투자하면 된다. 지금 당장 돈을 잘 벌고, 기술력도 있어서 성장성이 무궁무진한 기업만 시가총액 상위에 올라갈 수 있다.

　인류는 항상 진일보해 왔고 지구 최상위 포식자인 인간은 문제 상황에 직면할 때마다 해답을 찾아냈다. 1년 전만 해도 코로나라는 신종 바이러스로 지구가 멸망할 것처럼 시끄러웠는데, 어느새 백신 접종을 하고 있다. 인류의 과거를 이해하고 현재의 풍요를 즐기고 미래 성장을 믿는다면, 이미 성숙기에 이른 산업보다는 성장하는 산업중심으로 투자해야 한다. 그래야 우리의 미래가 더욱 풍요로워진다.

경제뉴스를 꾸준히 보면 성장산업이 눈에 들어온다.

| 우리나라 시가총액 순위 |

종목명		시가총액
1	삼성전자	492조5,070억
2	SK하이닉스	97조1,883억
3	NAVER	62조5,843억
4	삼성전자우	61조7,987억
5	LG화학	61조5,565억
6	삼성바이오로직스	53조7,921억
7	카카오	52조3,694억
8	현대차	48조3,958억
9	삼성SDI	46조2,097억
10	셀트리온	39조9,339억

시가총액 상위 기업은 대부분 성장산업들이다.
경제뉴스를 챙겨 보고 산업을 공부하자.
시가총액 상위 기업을 찾는 방법은 243쪽 참고.

19

| 초우량주 투자원칙 5 |

배당주와 리츠로 제2의 월급을 만들자

배당주 투자로 현금흐름 구축! 배당금 나오면 추가매수!

폭락장과 폭등장을 대응하는 유일한 방법은 추가매수다. 오를 때 더 사야 시세차익을 누릴 수 있고, 빠질 때 더 사야 평균단가를 낮출 수 있다. 하지만 시장을 예측하는 건 불가능하다. 그렇다고 언제 올지 모르는 폭락장을 대비하기 위해 현금이나 채권으로 보관하면 화폐가치가 하락한다. 확실하게 내 구매력에 손실을 입게 된다. 하지만 월급은 한 달에 한 번뿐이다.

이럴 때 배당주를 매수해서 일정 비중 포트폴리오를 구성해 놓으면 매월 발생하는 배당금으로 원하는 종목을 추가매수할 수 있다. 물론 애플, 마이크로소프트, 엔비디아, 스타벅스도 배당을 준다. 심지어 분기마다 준다. 하지만 이런 기업은 이익이 생기면 주주환원보다는 재투자를 하는 편이다. 성장에 중점을 두고 있기에 배당률이 높지 않다. 따라서 달러 현금흐름을 목적으로 투자하려면 배당률이 높은 배당주를 매수해 보자.

현금흐름 창출에 적합한 배당주는? - 미국 배당왕 기업과 리츠

주주친화적인 미국 주식시장에서 배당주 포트폴리오를 구성하는 건 아주 쉽다. 우리보다 더 똑똑한 미국 펀드매니저들이 우량 배당주를 엄격한 기준으로 선정해서 매년 발표하기 때문이다. 그중에서도 배당왕(Dividend Kings) 기업은 50년 이상 배당금을 꾸준히 늘려준 미국의 우량회사들이다.

단순히 배당 지급한 근속년수만 보는 게 아니라 유동성이랑 배당 성향까지 고려해서 선정한다. 우리가 직접 우량 배당기업을 찾느라 구글링하고 파파고 번역기 돌릴 필요가 없다. 요즘같이 인터넷이 발달한 사회에서는 클릭 몇 번이면 좋은 정보를 찾을 수 있다. 우리는 그저 똑똑한 사람들이 선별한 회사 중에서 마음에 드는 걸 고르면 된다.

2021년 기준으로 총 30개 기업이 배당왕으로 선정됐다. 많은 사람들이 타이레놀로 유명한 존슨앤드존슨, 헤드엔숄더 샴푸와 브라운 면도기로 유명한 프록터&갬블(P&G), 코카콜라, 포스트잇을 개

투자자에게 달러 현금흐름을
제공하는 배당왕 기업 리스트

순위	티커명	회사명	섹터	가격	배당률	5년 평균 배당성장률	시가총액(백만달러)
1	JNJ	Johnson & Johnson	Healthcare	$160.47	2.5%	4.8%	$422,470
2	PG	Procter & Gamble Co.	Consumer Defensive	$128.70	2.5%	3.4%	$316,921
3	KO	Coca-Cola Co	Consumer Defensive	$50.57	3.2%	3.7%	$217,922
4	LOW	Lowe's Cos., Inc.	Consumer Cyclical	$174.87	1.4%	16.5%	$128,131
5	MMM	3M Co.	Industrials	$191.00	3.1%	5.9%	$110,608
6	MO	Altria Group Inc.	Consumer Defensive	$50.57	7.0%		$93,994
7	CL	Colgate-Palmolive Co.	Consumer Defensive	$76.07	2.4%	2.4%	$64,550
8	EMR	Emerson Electric Co.	Industrials	$89.46	2.3%	1.2%	$53,679
9	PH	Parker-Hannifin Corp.	Industrials	$315.05	1.1%	6.9%	$40,667
10	SYY	Sysco Corp.	Consumer Defensive	$78.82	2.3%	7.7%	$40,231
11	SWK	Stanley Black & Decker Inc	Industrials	$197.23	1.4%	4.9%	$31,733
12	HRL	Hormel Foods Corp.	Consumer Defensive	$48.29	2.0%	11.1%	$26,084
13	DOV	Dover Corp.	Industrials	$137.20	1.4%	3.3%	$19,709
14	CINF	Cincinnati Financial Corp.	Financial Services	$107.79	2.3%	5.6%	$17,376
15	GPC	Genuine Parts Co.	Consumer Cyclical	$115.94	2.8%	4.4%	$16,742
16	NDSN	Nordson Corp.	Industrials	$205.24	0.8%	10.2%	$11,922
17	CBSH	Commerce Bancshares, Inc.	Financial Services	$79.92	1.4%	3.1%	$8,915
18	FRT	Federal Realty Investment Trust	Real Estate	$102.99	4.1%	2.4%	$7,904
19	LANC	Lancaster Colony Corp.	Consumer Defensive	$182.26	1.6%	8.4%	$5,019
20	NFG	National Fuel Gas Co.	Energy	$49.06	3.7%	2.4%	$4,472
21	ABM	ABM Industries Inc.	Industrials	$50.26	1.5%	2.9%	$3,372
22	FUL	H.B. Fuller Company	Basic Materials	$60.67	1.1%		$3,160
23	SCL	Stepan Co.	Basic Materials	$130.44	0.9%		$2,932
24	CWT	California Water Service Group	Utilities	$53.57	1.7%	5.9%	$2,697
25	AWR	American States Water Co.	Utilities	$73.01	1.9%	8.4%	$2,694
26	SJW	SJW Group	Utilities	$59.62	2.3%	10.9%	$1,705
27	NWN	Northwest Natural Holding Co	Utilities	$51.44	3.7%		$1,574
28	UVV	Universal Corp.	Consumer Defensive	$58.19	5.3%	7.8%	$1,427
29	TR	Tootsie Roll Industries, Inc.	Consumer Defensive	$33.84	1.1%	0.0%	$1,319
30	FMCB	Farmers & Merchants Bancorp	Financial Services	$771.00	2.0%		$611

출처 : suredividend.com 2021년 3월 기준 배당왕 기업 리스트(시가총액 순서)

발한 쓰리엠 정도는 알고 있다. 여기에 미국주식에 관심이 있다면
홈디포와 경쟁 관계에 있는 미국 2위 건축자제업체 로우스 컴퍼니
(Loew's), 말보로 담배를 소유한 알트리아그룹 정도는 알 수 있다.

배당왕과 리츠 투자도 시가총액 1위 기업을 고르자!

다 좋은 회사라고 하는데 뭘 골라야 할까? 이번에도 쉽게 생각했다.
먼저 시가총액 순서로 나열했다. 그리고 내가 아는 회사만 골랐다.

배당왕 기업 중 시가총액이 가장 높은 존슨앤드존슨은 타이레놀
외에도 존슨즈베이비케어 제품과 아큐브를 중심으로 한 콘택트렌

즈로도 유명하다. 미국을 대표하는 다우산업지수* 30개 종목에도 포함되어 있는 우량회사다.

존슨앤드존슨은 2021년 3월 기준 시가총액 4,200억달러로 대략 480조원 규모의 회사이다. 국내 시가총액 1위 삼성전자(500조원)와 비교하면 규모가 짐작이 된다. 삼성전자만큼 큰 회사다. 그래서 배당주 포트폴리오에 가장 먼저 담았다.

그다음은 코카콜라를 선정했다. 프록터&갬블보다는 더 익숙한 기업이었고, 설탕음료인 콜라 자체는 사양 산업에 속하지만 코카콜라가 보유한 그 외 많은 음료 브랜드와 압도적인 시장지배력을 믿었다. 시가총액도 2,170억달러로 미국에 있는 음료회사 중 2위인 펩시코나 3위 스타벅스보다 높았다. 막대한 자본력으로 기존 COLD 중심 제품에서 HOT 음료로 시장을 넓히고 있었다. 코로나로 인해 극장과 스포츠경기, 외식 산업의 축소로 매출이 줄어 주가가 떨어진 2020년 3월 매수 적기라고 생각했다. 그래서 당시 30달러대에 머물던 코카콜라를 매수했고 현재까지 보유하면서 매분기 배당을 받고 있다.

....

◆ **다우산업지수** : 나스닥지수, S&P500지수와 함께 미국의 3대 주가지수 중 하나. 미국의 다우존스사가 산업별 대표종목 30기업을 선정한다.

1	BOEING®	보잉	6	McDonald's	맥도날드
2	NIKE	나이키	7	IBM.	인터내셔날 비지니스 머신
3	Coca-Cola	코카콜라	8	Johnson&Johnson	존슨앤드존슨
4	VISA®	비자	9		애플
5	JP MORGAN CHASE & CO.	제이피모간체이스	10	3M	쓰리엠

삼성전자와 비슷한 시가총액은 존슨앤드존슨,
삼성전자 절반 시가총액은 코카콜라!

전 세계 음료회사 부동의 1위는 코카콜
라였지만 최근 중국의 술회사인 귀주모
태주에게 1위를 내주었다.

│ 전 세계 음료회사 기준 시가총액 순위 │

출처 : companiesmarketcap.com 음료산업 전 세계 시가총액 상위 기업 순위

117

배당주 투자를 존슨앤드존슨과 코카콜라 두 종목만 추천하는 건 아니다. 본인 성향에 따라 배당왕 기업 중 시가총액 상위 다섯 개 중 두세 종목을 고르면 된다. 본인이 관리 가능하다면 1위부터 5위까지 종목을 전부 매수하는 것도 괜찮은 방법이다. 나는 앞서 말한 존슨앤드존슨과 코카콜라 그리고 리츠 관련 종목 세 개로 배당주 포트폴리오를 구성하여 현금흐름을 발생시키고 있다.

여기서 리츠는 쉽게 말해서 부동산에 투자해서 임대수익의 90%를 주주에게 돌려주는 주식회사를 말한다. 미국 최대 상업용 리츠인 리얼티 인컴*, 데이터센터 리츠에 분산투자하는 ETF인 SRVR, 물류창고 관련 기업에 분산투자하는 INDS ETF까지 총 세 종목을 매수하고 있다. 부동산 투자 역시 앞서 말한 원칙에 따라 성장하는 산업에 속한 종목을 선별했다. 해당 ETF는 〈둘째마당〉에서 자세히 소개할 예정이다.

나는 앞서 말한 배당주 존슨앤드존슨과 코카콜라 그리고 리츠 3종까지 총 5개 종목으로 현금흐름 포트폴리오를 구축했다. 발생한 현금흐름으로는 마이너스통장 대출이자를 갚고 있으며 전체 자산에서 5~10% 내외로 비중을 유지한다. 이렇게 배당주 포트폴리오를 구성해 두면 언제 올지 모르는 하락장에서 외로운 월급의 든든한 지원군이 될 수 있고 요즘 같은 폭등장에서는 불타기에 보탬이 된다.

◆ **월배당도 가능한 미국 리츠** : 미국 배당주 중에서 리츠 회사들 중 몇몇은 매월 배당을 주는 곳도 있다. 리얼티 인컴도 대표적인 회사다.

현금흐름 포트폴리오에 국내주식은 포함하지 않았다. 원화 현금
흐름은 국내 시가총액 1위인 삼성전자 우선주에서 매분기 원화 배
당금이 발생하고 급여를 원화로 받기 때문이다. 원화보다는 달러
현금이 필요했다. 그래서 현금흐름을 목적으로 하는 배당주 포트폴
리오에는 미국주식만 포함시켰다.

| 봉현이형 미국 배당주 포트폴리오 |

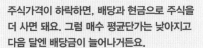
현금흐름 포트폴리오에
국내주식은 미포함

	종목명	분류	통화
배당왕	존슨앤드존슨	제약바이오	USD
	코카콜라	식음료	USD
리츠 3종	리얼티 인컴	상업용 리츠	USD
	SRVR	데이터센터 리츠	USD
	INDS	물류창고 리츠	USD

배당기업도 시가총액순으로 두세 개 고르기
추천 + 리츠 역시 성장성 중심으로 선별

봉현씨, 그렇게 현금 없이 주식만 보유하다
폭락하면 어떻게 해요?

주식가격이 하락하면, 배당과 현금으로 주식을
더 사면 돼요. 그럼 매수 평균단가는 낮아지고
다음 달엔 배당금이 늘어나거든요.

20

실천! 초우량주 투자
(feat. 봉현이형 적용 사례 엿보기)

중요하니까 다시 반복! - 초우량주 투자원칙 5가지

앞에서 말한 5개 원칙을 머릿속에 넣어 두자.

❶ 미국과 한국에 분산투자한다. (예 : 미국 대 한국 = 6:4)

❷ 한국주식은 시가총액 상위 대기업에만 투자한다.

❸ 미국주식 투자는 ETF로 시작한다.

❹ 성장성 있는 산업에만 투자한다.

❺ 현금흐름을 위해 배당주 포트폴리오를 구성한다.

(예 : 전체 자산의 5~10%)

그리고 엑셀을 열어 간단하게 정리하자. 시장에 대한 비중을 정하고, 투자할 만한 산업을 골라 보자.

| 봉현이형 투자 대상 예시 |

시장	비중	투자 대상	세부 구분	
미국(USD)	60%	1. 4차산업 관련 우량주/ETF	19%	
		2. 전기차/배터리/자율주행	13%	❸❹
		3. 반도체 ETF	13%	
		4. 행복주(헬스케어/반려동물/게임/엔터) ETF	10%	
		5. 현금흐름(배당왕 + 리츠)	5%	❺
원화(KRW)	40%	6. 국내 시가총액 1위(삼성전자)	20%	❷
		7. 성장산업 – 대기업(BBIG) ETF	20%	

❶

봉현이형은 이렇게 포트폴리오를 만들었다!

초우량주 투자원칙 5가지에 의거하여, ❶ 미국과 한국 시장에 대한 비중을 정했다. 6:4, 5:5, 7:3 무엇이든 좋다. 본인 마음이 편안해지는 비율을 찾으면 된다.

❷, ❸, ❹ 미국이든 한국이든 어떤 분야가 성장산업인지 고민하고 투자대상과 비중을 정해 보자. 어렵게 생각할 필요 없다. 우리가 살아가는 시대를 이끌어 가는 기업에 가장 높은 비중을 두자.

미국주식 투자는 현금 흐름(배당왕 + 리츠)을 제외하고 ETF로 투자했다.

우리는 인공지능(AI), 사물인터넷(IoT), 로봇, 자율주행차, 드론, 가상현실 등이 주도하는 4차산업혁명 시대를 살아가고 있다. 관련 초우량기업에 투자하자. 애플, 알파벳, 마이크로소프트, 아마존 닷컴, 테슬라 같은 플랫폼 기업을 우선순위로 맨 위 칸에 선정했다.

4차산업이 실현되기 위해서 필요한 제조 기업도 추가했다. 배터리, 전기차, 자율주행, 반도체는 4차산업혁명을 이루는 데 있어서 핵심이 되는 산업이다. 관련 제품을 잘 만드는 기술력 있는 회사를 검색하고 시가총액 상위 기업을 선별했다. ETF도 찾아봤다. 삼성전자, TSMC, LG화학, 삼성SDI, LIT ETF, SOXX ETF를 투자 대상으로 선정했다.

그다음으로 4차산업혁명 이후, 또 어떤 산업이 성장하게 될지 고민했다. 1784년 증기기관의 발달로 영국에서 시작된 1차산업혁명, 1800년대 후반 전기를 이용해 대량생산 체계를 구축한 2차산업혁명, 인터넷이 이끈 정보화 및 자동화생산 체제인 3차산업혁명, 그리고 인공지능(AI), 로봇, 빅데이터의 결합을 통해 사물이나 기계를 지능적으로 제어하여 인간의 개입을 최소화시키는 4차산업혁명. 만약 4차산업혁명으로 인해 대부분의 산업에서 인간의 개입이 최소화되면 앞선 세 차례의 산업혁명보다 노동자의 근로시간은 줄어들고 여가시간은 늘어나게 된다. 물론, 노동에서 완전한 해방이 될지 또 다른 산업에서 종사하게 될지는 잘 모르겠다. 다만 여가 시간이 늘어난 사람은 더 많은 돈과 시간을 소비하게 된다.

지방에서 근무하는 회사 동기는 퇴근 후 헤드셋을 끼고 배틀그라운드를 플레이한다. 드라마를 좋아하는 홍차장님은 넷플릭스에 업로드되는 한국 드라마로 스트레스를 푼다. 강아지를 좋아하는 박과장님은 믹스견 둥이를 위해 간식을 주문한다. 50대에 접어든 부장님은 건강식품에 비타민도 꼬박꼬박 챙기고 아침운동을 꾸준히 한다.

가히 혁명이라 불리는 앞선 네 차례에 걸친 사회전반의 변화는 인간에게 물질적인 풍요를 가져다줬다. 물질적인 풍요가 인간에게 정서적인 안정감을 함께 가져다줬는지는 잘 모르겠지만 어쨌든 기아와 질병으로 인한 위협은 어느 정도 벗어났다. 전 세계 인구는 78억명, 유아 사망률도 줄고 평균 수명도 늘었다.

배부른 인간은 풍요로운 삶을 오래도록 유지하고 싶어진다. 사람들이 열심히 사는 이유는 지금보다 더 행복해지기 위해서다. 열심히 일해서 번 돈으로 행복해지기 위해 소비를 한다. 그래서 사람을 행복하게 만들어 주는 산업은 앞으로도 지속적으로 성장할 수밖에 없다. 의심할 필요가 없다.

그래서 4차산업혁명 이후 성장할 산업을 행복산업이라 정의했다. 4차산업 관련 플랫폼&제조기업과 함께 바이오 · 헬스케어 · 반려동물·게임·엔터 산업을 투자대상에 추가했다.

❷ 국내기업은 상위 대기업으로만 한정해서 종목 선정이 쉬웠다. 지금 당장 돈을 잘 버는 시가총액 1위 기업 삼성전자 그리고 성장산업 BBIG(배터리, 바이오, 인터넷, 게임)에 속한 대기업 중 일부를 골랐다. 관련 ETF에 투자하는 것도 좋은 대안일 것이다.

그 외, 성장산업에 속하지만 태양광, 풍력, 친환경 에너지 관련 종목이나 ETF는 매수하지 않았고, 넥스트에라에너지(티커명 : NEE)만 보유 중에 있다. 이유는 조금 단순한데, 앞서 나열한 산업에 속한 기업들 대비해서 돈을 더 많이 벌지 못할 거 같아서다. 애플, 마이크로소프트, 알파벳, 아마존 닷컴, 삼성전자, TSMC는 지금 당장 돈을 많이 버는 기업이다. 테슬라나 LG화학, 삼성SDI는 곧 돈을 많이 벌 것 같은 기업이다.

하지만 친환경 에너지 발전 기업은 영업이익이 아주 낮거나 기대감만으로 성장한 경우가 많았다. 해당 산업에 속한 회사는 정부 정책 발표에 따라 주가 등락이 심했고, 외부환경 변화에 취약했다. 당장 돈을 잘 버는 회사가 아니라서 배당금이 없었다. 앞서 나열한 리스크를 다 떠안으면서까지 투자하고 싶지 않았다. 나는 오랜 기간 마음 편한 투자를 하고 싶었다. 그래서 투자 대상에서 제외했다.

❺ 현금흐름을 위해 배당주와 리츠도 추가했다.

여러분도 초우량주 투자원칙 5가지를 기준으로 다양한 종목을 투자할 수 있다. 나만의 포트폴리오를 만들어 보자.

21

미국주식 vs 한국주식
리밸런싱도 심플하게!

봉현이형 리밸런싱 엿보기 – 평가총액 기준으로 비중 조정!

앞에서 미국주식과 한국주식 투자 비율을 6:4로 맞추자고 했다. 투자대상으로 정한 주식의 목표 비중을 매시점마다 유지하는 건 현실적으로 어렵다. 시시각각 주가가 움직이기 때문에 불가능하다.

다만, 머릿속에 큰 틀을 정해 두면 매수 종목을 결정하는데 도움이 된다. 의사결정이 쉬워지는 것이다.

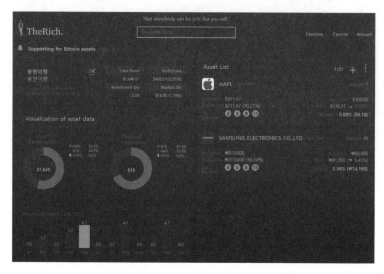

　비중은 평가총액을 기준으로 한다. 애플 100주와 삼성전자 100주를 예로 들어 보자. 만약 주가변동에 의해 애플 비중이 62%, 삼성전자의 비중이 38%로 낮아졌다면 이번 달에는 원화자산 목표 비중 40%를 맞추기 위해 삼성전자를 추가매수하자. 단기간 주식가격 변동은 주식의 신이라 불리는 사람도 맞힐 수 없다. 오직 신만 맞힐 수 있다. 종목의 매수 단가는 무시하고 목표한 산업별 비중을 채워보자.

　다음 달에 코스피 급등으로 미국주식과 국내주식의 비중이 50:50이 됐다면 그때는 달러자산 비중 60%를 맞추기 위해 미국주식 개별종목이나 ETF를 집중적으로 매수한다. 이렇게 매월 목표한 비중을 유지하려고 노력하면 된다.

섹터에 속한 모든 종목을 매월 매수하지 않아도 괜찮다. 위에 나열한 산업은 인류가 다시 석기시대로 돌아가지 않는 이상, 지속적으로 성장할 수밖에 없다. 주식가격 변동에 따라 비중은 계속해서 바뀔 수 있다. 주식가격은 우리가 통제할 수 없는 부분이다. 기업의 가치와 더불어 인간의 탐욕과 두려움이 반영되기 때문에 계산해 내기가 어렵다. 그러므로 우리는 통제 가능한 변수에만 집중하면 된다. 엄마 뱃속에서 나온 이상 직면하는 모든 건 리스크다. 너무 겁먹지 말자.

다롱씨 무슨 고민 있어요?

봉현 대리님 ㅠㅠ 삼성전자 너무 많이 빠졌는데 괜찮겠죠?
대리님은 아직 안 팔고 들고 있는 거 맞으시죠?

코스피가 폭락하거나, 전날 밤 나스닥이 조정을 받게 되면 이런 내용의 카톡을 많이 받는다. 사실 지수가 2~3% 정도 하락하는 단기 조정, 10~15% 정도의 조정은 매년 발생한다. 특별한 일이 아니다. 자본주의 체제가 붕괴되는 게 아니라면 미국의 다우산업지수나 코스피지수가 0이 되는 일은 없다. 미국 주식시장은 대공황에서도,

세계 2차대전에서도 살아남았고, 리먼 사태, 코로나 때도 시장은 없어지지 않았다.

수많은 주식투자자들은 원금 손실에 대한 우려로 매일 아침, 저녁 주식창을 들여다보면서 업무에 집중하지 못한다. 이런 날이 반복되면 계좌의 숫자는 지켜낼 수 있지만 회사에서 내 자리는 지키지 못할 가능성이 높아진다. 그렇다고 은행이나 보험사에 넣어 두면 확정적으로 내 구매여력을 잃게 된다.

또한 주식에만 몰입하느라 건강을 챙기지 못하고, 가족과 주변 사람을 챙기지 못한다면 그것 역시 행복한 인생을 살아가는 데 리스크가 될 수 있다. 좋은 대학에 가지 못할 확률, 취업에 실패할 확률, 큰 병에 걸릴 확률, 교통사고가 날 확률, 직장에서 잘릴 확률, 주식투자로 전 재산을 잃을 확률 등등 마주하지 않은 어쩌면 평생 마주하지 못할 위험들에 대한 걱정은 잠시 접어 두자.

우리는 살아가면서 수없이 많은 리스크와 마주한다. 미래는 아무도 알 수 없고 주식투자로 원금을 손해 볼 가능성 역시 그런 리스크 중 한 가지일 뿐이다.

겁먹지 마세요. 주가가 떨어질 순 있지만 좋은 종목을 고르고 인내심을 갖고 기다리면 주식가격은 다시 회복해요. 용기를 내서 추가 매수하면 더 많은 돈을 벌 수 있어요!

그럴까요? ㅠㅠ

이제 막 주식투자를 시작하는 초보자들이 급등주나 테마주가 아닌 초우량주에 투자했다면 너무 겁내지 않았으면 좋겠다. 우선 계좌를 만들어 보자. 국내주식, 미국주식, 연금 어느 것이든 좋다. 본인만의 투자원칙을 세우고, 10만원 정도 입금해서 매수해 보자.

주가가 떨어져도 아무도 당신을 비난하지 않을 것이다. 다음달에는 20만원으로 매수해 보자. 그렇게 조금씩 투자금액을 늘려 보자. 가장 위험한 행동은 자본주의 피라미드 속에서 남을 위해 헌신적으로 일하면서 정작 본인을 위해서는 아무런 투자도 하지 않는 것이다.

우리는 세상에서 가장 덜 위험한 투자를 해야 한다!

은행 예적금이나 보험도 결과적으로는 위험하다. 부동산에 투자하는 것 역시 레버리지를 크게 일으키기 때문에, 부동산시장이 침체되고 담보가치가 하락하면 대출이 회수될 수 있어 위험하다. 조금만 시선을 달리해 보면 투자를 하는 것도, 하지 않는 것도 모두 똑같이 위험하다. 그래서 우리는 가장 덜 위험한 투자를 해야 한다.

우량한 주식에 투자하는 건 상대적으로 덜 위험하다. 부동산처럼 큰 레버리지를 쓸 수도 없고 월급으로만 꾸준히 투자하기 때문에 최대 손실금액은 정해져 있다. 또한, 우량한 여러 회사에 분산투자하면 투자한 기업이 한날한시에 망할 가능성은 없다.

아파트는 물타기할 수 없지만 주식은 가능하다. 경기가 침체돼서 주가가 떨어져도 우린 회사에 출근해야 한다. 그럼 월급으로 우량한 회사의 주식을 꾸준히 매수해서 평균단가를 낮춰 보자. 가격이 떨어질 때마다 가치 있는 기업의 지분을 모으다 보면 언젠가 다시 경기가 살아나고 기업실적이 좋아질 때 자연스럽게 주가는 올라간다. 어떤 종목을 매수해야 할지는 나와 함께 공부해 보자.

◆ **티커(Ticker)** : 미국주식 이름을 쉽게 표시한 약어를 말한다. 코카콜라(Coca Cola)의 티커는 'KO'이며 마이크로소프트(Microsoft)의 티커는 'MSFT'로 표시된다. 리얼티 인컴(Realty Income)은 'O'다. 우리나라는 미국주식의 티커와 비슷한 숫자코드가 있다. 삼성전자는 '005930'이다. 참고로 숫자코드 마지막에 숫자 5가 붙으면 우선주를 의미힌다. 삼성전자우는 '005935'이다.

포트폴리오 관리를 위해서는 더리치 앱 하나만 사용하는데 직관적이고 심플해서 주변에 많이 추천한다.

❶ 먼저 더리치 홈페이지(www.therich.io)에 접속해서 아이디를 만든다. 앱을 다운 받아도 된다. 카카오톡이나 구글계정으로 쉽게 만들 수 있다.(PC, 모바일 둘 다 사용 가능)

❷ 그다음에는 마이포트폴리오를 누르고 + 버튼을 누른다. 포트폴리오 이름과 운용 목표를 적는다. 그리고 Generate를 누르자.

❸ 빈 페이지가 뜨는데 아래 그림 EDIT 옆에 + 버튼을 누르고 보유종목, 주식수, 매입단가를 입력하자.

❹ 삼성전자를 한글로 검색하거나, 종목번호인 005930으로도 조회가 가능하다. 미국주식의 경우 티커명*을 입력해야 한다. 애플의 경우 티커명 AAPL로 조회가 가능하다.

❺ 보유종목을 선택하고, 보유수량과 매수가격을 입력하고 ADD 버튼을 누르면 추가된다. 같은 방법으로 보유중인 종목을 전부 입력해 보자.

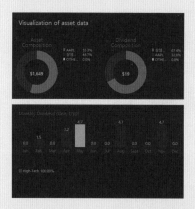

해당 앱을 이용하면 자산구성과 배당금 구성도 한눈에 볼 수 있다. 현재 평가총액 기준으로 자산구성이 비중 순서대로 표시되며, 입금이 예상되는 배당금도 월별로 확인할 수 있다.

132

22

실천!
생애주기별 주식계좌 3개로 쪼개기

연금투자, 해외투자, 국내투자 계좌 3개 만들기

본격적으로 투자를 실천하기에 앞서 주식계좌를 생애주기별로 3개 계좌로 나누어 관리하기를 추천한다.

맨 먼저 노후대비를 위해 ❶ 연금을 위한 주식계좌부터 개설하자. 젊을수록 복리의 효과는 물론 절세의 효과를 크게 경험할 수 있을 것이다. (자세한 내용은 〈첫째마당〉 참고)

그런 다음 결혼자금, 내집장만 등 목돈마련을 위한 계좌로 ❷ 미국주식 투자를 위해 해외주식 계좌를 개설하고 ❸ 국내주식 계좌도 개설하자.

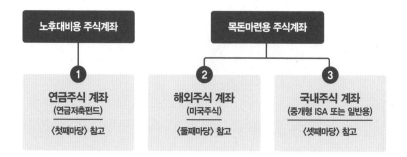

❶ 연금주식 계좌는 증권사에서 판매하는 상품을 추천한다. 자세한 내용은 〈첫째마당〉에서 살펴본다. 그 밖의 목돈마련용 주식계좌는 미국주식을 직접 투자하는 ❷ 해외주식 계좌부터 만들자. 네이버에 '해외주식 계좌 개설'이라고 검색하면 계좌 개설 방법을 쉽게 찾을 수 있다. 증권사는 키움증권, NH투자증권, 미래에셋증권, 삼성증권, 한국투자증권 어디든 좋다. 수수료 혜택을 받을 수 있는 곳을 선택하자.

그다음에는 ❸ 국내주식 계좌를 개설해 보자. 일반형 계좌나 중개형 ISA계좌 어느 것이든 무관하다. 절세 혜택을 받고 싶다면 중개형 ISA계좌*를 증권사를 통해 비대면으로 개설하면 된다. 다음 장부터는 월적립식 투자자 입장에서 내가 고민하고 매수한 종목들을 공유하려고 한다. 종목 선정 및 투자 판단은 〈준비마당 II〉에서 말한 투자원칙에 근거한다.

◆ **중개형 ISA계좌** : 하나의 통장으로 예금, 적금, 주식, 펀드, 주가연계증권(ELS) 등 다양한 금융상품에 투자할 수 있는 개인종합자산관리계좌. 국내에서 만든 해외 ETF도 매수할 수 있다.

| 증권사들 앱 화면 |

NH투자증권(나무)

미래에셋증권

삼성증권

키움증권

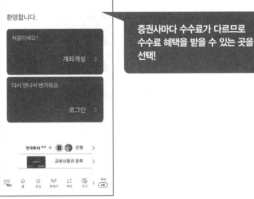

한국투자증권

증권사마다 수수료가 다르므로 수수료 혜택을 받을 수 있는 곳을 선택!

첫째마당

실천! 주식계좌 쪼개기 **1**
연금주식펀드
(feat. 월 33만원 강제저축)

23

연금으로 주식투자를 할 수 있다고?

앞에서 주식계좌를 세 개로 쪼개 관리하자고 했다. 지금부터 노후대비용 주식계좌인 ❶ 연금주식 계좌를 중점적으로 설명하려고 한다.

모든 투자는 조급함을 버리고 긴 호흡으로 임해야 한다. 그리고 이 원칙을 실천하고 유지하기에 가장 좋은 방법은 바로 이 연금주식 계좌로 주식을 사들이는 것이다. 연금으로 주식투자를 한다는 게 생소할 수 있다. 하지만 55세 이후에 가서야 찾을 수 있는 연금계좌는 강제저축 효과는 물론 쉽게 주식을 못 팔게 해준다. 결과적으로 큰 수익을 가져다줄 수 있으며 세제 혜택 효과도 누릴 수 있다.

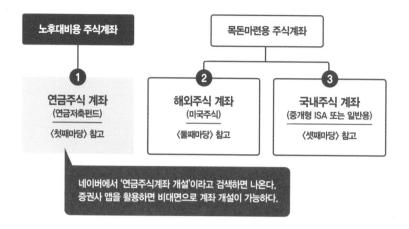

연금 삼총사 가입은 필수(국민연금, 퇴직연금, 개인연금)

우선 우리나라의 연금제도부터 간략하게 알아보자. 연금이란 현재 소득의 일부를 일정 기간 납입하여 퇴직, 실직 등 근로능력이 상실되는 경우에 지속적으로 받게 되는 급여를 말한다. 한마디로 벌수 있을 때 돈을 모아서, 못 벌 때를 대비하는 제도이다. 그리고 대한민국에는 공적연금과 사적연금 크게 두 종류의 연금이 있다.

국가가 운영주체가 되는 공적연금에는 전 국민을 가입대상으로 하는 국민연금과 그 외 특수직종으로 분류되는 공무원, 군무원, 사립학교 교원을 위한 연금이 있다.

사적연금에는 기업에 종사하는 근로자를 위한 퇴직연금(퇴직금)과 개인이 별도로 준비하는 연금저축(구 개인연금) 두 종류가 있는데 일반기업에 종사하는 근로자라면 국민연금 외에도 퇴직연금(DC/

DB)[◆]에 의무적으로 가입된다. 그리고 퇴직 시점에 퇴직연금계좌 (IRP)^{◆◆}를 통해 퇴직금(일시불) 또는 연금형태로 지급받을 수 있다.

| 우리나라의 연금제도 체계 |

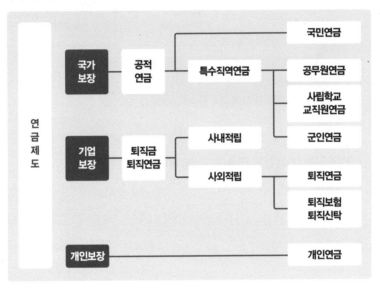

매년 연초가 되면 국민연금이 고갈된다는 기사가 헤드라인을 장식한다. 노인들을 부양할 젊은 인구는 줄고 있고, 2020년 대한민국

◆ **퇴직연금(DC/DB)** : 확정급여형(DB)은 약속된 퇴직금을 보장해주는 상품이며, 확정기여형(DC)은 근로자 개인이 투자 상품을 다양하게 선택할 수 있다. 다만, 손실도 수익도 모두 본인 책임이 된다.
◆◆ **퇴직연금계좌(IRP)** : 근로자가 재직 중에 가입할 수 있는 개인형 퇴직연금 제도. 1년에 700만원 한도까지 세액공제가 가능하다.

합계출산율 0.8이란 숫자를 보면 마땅한 해결책도 없어 보인다.

국민연금에 강제 가입하는 것도 억울한데 내가 낸 돈을 못 돌려받을 가능성이 높다는 말에 화가 났지만 주거비용 상승과 청년층 일자리 부족 현상을 보니 국민연금 고갈이 당연하게 받아들여진다. 돈 낼 사람은 돈이 없고, 받아야 할 사람은 늘어난다. 그렇다고 매월 회사에 쌓이고 있는 퇴직금으로는 100세 시대를 살아가기에 부족하게 느껴진다.

연금으로도 주식투자 가능, 정부 세제혜택은 보너스!

국민연금과 퇴직연금은 강제성을 띤다. 그렇다고 이 두 가지 연금만으로는 노후를 보장받기 어렵다. 언제까지 살지는 모르겠지만, 살아 있을 때는 내 힘으로 살고 싶다. 이런 현실을 인지한 정부도 국민이 각자 노후 준비를 하도록 개인연금을 추가로 가입하면 제도적으로 큰 혜택을 주고 있다. 국민연금, 퇴직연금, 개인연금 세 가지를 가입해야 노후의 큰 걱정은 덜 수 있다는 뜻이다.

〈첫째마당〉에서는 개인연금을 통해 주식투자를 할 수 있다는 점에 주목한다. 세금을 내고 있는 대한민국 국민이라면 직장인, 자영업자, 프리랜서 할 것 없이 개인연금이 이득이다. 절세는 물론 투자 효과까지 누릴 수 있기 때문이다.

142

24

개인연금은 증권사의
'연금저축펀드'로 ETF 매수 추천!

개인연금 종류는?

연금저축신탁(은행), 연금저축보험(보험사), 연금저축펀드(증권사)

연금은 크게 국민연금, 퇴직연금, 개인연금으로 나뉜다고 했다. 여기서 개인연금이라고 불리는 이 제도의 공식 명칭은 '연금저축'인데 연금저축은 은행, 보험사, 증권사 통해서 각각 가입이 가능하다. 은행에서 가입할 경우 연금저축신탁, 보험사 통해 가입할 경우 연금저축보험, 증권사에서 가입하면 연금저축펀드로 분류한다.

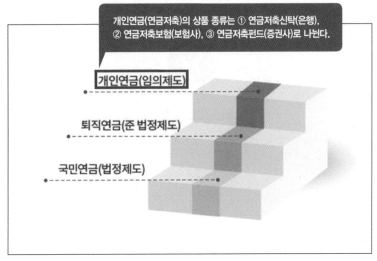

출처 : 금융감독원

인플레이션 반영이 힘든 은행, 보험사 상품은 비추

은행 상품인 연금저축신탁이나 보험사 상품인 연금저축보험을 추천하지 않는 이유는 수익률이 인플레이션을 제대로 반영하지 못하기 때문이다.

금융감독원에서 운영하는 통합연금포털에 접속하면 연금저축상품별 회사별 수익률을 확인할 수 있는데, 보험사나 은행에서 운영하는 상품의 경우 장기적으로 예금 이상의 수익률을 기대하기 어렵다. 그동안 잘 못했는데 앞으로 잘할 테니 투자해 달라고 하면 믿을 수 있을까? 그래서 우리는 연금저축펀드를 통해 평균물가 상승률을 뛰어넘는 상품에 투자해야 한다.

운용회사별 장기수익률과 수수료율

(단위 : 백만원, %)

번호	금융회사	'20.4분기		장기수익률(연평균)				장기수수료율(연평균)			
		적립금	수익률	3년	5년	7년	10년	3년	5년	7년	10년
1	삼성화재해상보험	16,421,880	1.59	1.48	1.31	1.26	0.98	0.87	1.07	1.34	1.99
2	삼성생명보험	13,447,250	1.97	1.97	1.81	1.87	1.97	1.00	1.19	1.34	1.69
3	교보생명보험	5,976,963	1.57	1.60	1.44	1.58	1.74	0.97	1.14	1.24	1.47
4	현대해상화재보험	5,974,706	1.55	1.39	1.22	1.09	0.48	1.12	1.36	1.68	2.58
5	한화생명보험	5,585,276	1.44	1.53	1.48	1.58	1.56	1.08	1.18	1.30	1.67
6	미래에셋자산운용	4,036,114	19.05	7.26	7.97	9.82	6.84	1.32	1.35	1.38	1.48
7	KB손해보험	3,978,432	1.76	1.67	1.54	1.44	0.99	0.91	1.14	1.43	2.16
8	DB손해보험	3,556,460	1.88	1.67	1.46	1.30	0.77	1.01	1.27	1.61	2.36
9	신한은행	2,778,033	0.48	1.53	1.60	1.98	2.22	0.83	0.83	0.83	0.87
10	KB국민은행	2,380,904	2.49	2.42	2.21	2.45	2.66	0.62	0.61	0.60	0.66
11	미래에셋생명보험	2,105,917	1.44	1.54	1.66	1.70	1.71	0.24	0.39	0.55	0.82
12	농협생명보험	1,889,919	0.93	0.49	−0.28	−0.87	−0.96	1.93	2.68	3.38	3.12
13	NH농협은행	1,656,495	1.54	1.81	1.71	2.01	2.19	0.73	0.76	0.79	0.88
14	케이디비생명보험	1,571,279	2.40	2.36	2.22	2.21	2.23	0.44	0.58	0.73	0.99

물가상승률을 따라가지 못한 은행,
보험사의 연금 상품들

번호	금융회사	'20.4분기		장기수익률(연평균)				장기수수료율(연평균)			
		적립금	수익률	3년	5년	7년	10년	3년	5년	7년	10년
15	삼성자산운용	1,355,214	12.34	1.98	3.53	1.69	−0.28	1.13	1.14	1.13	1.16
16	한국투자신탁운용	1,281,140	19.01	1.12	4.43	3.22	−1.57	1.25	1.23	1.22	1.34
17	흥국생명보험	1,235,989	2.54	2.66	2.61	2.69	2.84	0.29	0.43	0.57	0.88
18	하나유비에스자산운용	1,126,163	19.48	0.41	3.05	0.87	−0.39	1.36	1.40	1.44	1.55
19	하나은행	1,117,468	3.60	2.29	2.01	2.15	2.31	0.72	0.74	0.77	0.83
20	아이비케이연금보험	1,098,595	1.43	0.80	0.43	0.21	−1.17	1.86	2.15	2.49	3.89

출처 : 금융감독원 통합연금포털

장기수익률은 낮은데 수수료는 높은 편

증권사 연금저축펀드 계좌로 ETF 투자하는 법

먼저 증권사 앱을 통해 비대면으로 '연금저축펀드' 계좌를 개설하자. 그리고 수수료가 저렴한 ETF* 상품에 직접 투자해 보자. 일반적인 펀드보다 ETF를 추천하는 이유는 펀드매니저와 상품을 고르는 노력 정도면, 주식을 잘 모르는 사람도 충분히 좋은 ETF를 찾

◆ ETF : Exchange Traded Fund의 약자로, 쉽게 말해 펀드를 주식종목처럼 실시간 거래할 수 있게 증권시장에 상장해 놓은 상품을 말한다. 나스닥100, S&P500, FNguide top10, BBIG 등 지수를 추종하는 상품의 경우 일반적인 펀드에 비해 정보를 파악이 용이하고 움직임을 예측하기 쉽다.

을 수 있기 때문이다. 무엇보다 얼굴도 모르는 펀드매니저에게 수수료를 지불하는 것보다 ETF 투자가 훨씬 이득이다.

결정적으로 금융감독원에 공시되어 있는 통합연금포털에서 확인한 결과, 자산운용사가 운용하는 펀드의 장기투자 수익률이 만족할 만큼 높지 않았다. 게다가 수수료까지 감안하면 시장평균 수익률 정도였다. 수익률이 높지도 않은데 굳이 1%나 되는 비싼 수수료를 매년 추가로 지불할 필요가 있을까?

주식의 가격은 내가 통제할 수 없지만, 수수료같이 통제 가능한 요소는 아끼는 게 맞다. 그래서 펀드매니저가 운용하는 일반적인 펀드상품보다 수수료가 저렴한 ETF에 여러분이 직접 투자하는 것을 추천한다. 어느 증권사 상품이든 상관없다. 연금저축(개인연금) 계좌를 신규로 개설해 보자.

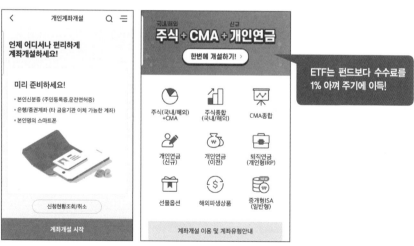

증권사 비대면 계좌 개설 화면

💡 TIP 개인연금, 이미 은행과 보험사 상품으로 투자하고 있다면?

"형, 나 이미 엄마가 만들어 준 연금저축보험이 있는데?"

주변에 연금저축펀드 계좌 개설을 권유했는데 이미 증권사나 은행을 통해 연금저축보험 상품에 가입한 경우가 꽤 많았다. 한 달에 10만원씩 20년간 납입하면, 노후에 얼마씩 죽을 때까지 고정금액을 지급해 주고 세금도 깎아 준다는 말만 듣고 가입했다고 한다.

앞서 말한 대로, 보험이나 예금성 상품은 수익률이 낮기 때문에 물가상승률을 따라잡을 수 없다. 그래서 지금 10만원씩 20년을 납입하고, 30년 뒤부터 15만원을 돌려받는다고 해도 액면가 기준으로는 이익처럼 보이지만, 미래의 15만원의 가치는 지금의 10만원보다 확정적으로 낮을 수밖에 없다. 그래서 원금보장형 보험상품은 가입을 하지 않거나 가입했다면 하루 빨리 해지하는 게 낫다.

개인연금 이전 제도를 활용하자!

이럴 때 개인연금(연금저축) 이전 제도를 활용하면 기존에 가입된 보험 상품을 펀드로 옮길 수 있다. 일정 금액의 수수료만 지불하면 손쉽게 해지도 가능하고, 그동안 받은 세금 혜택을 뱉어낼 필요도 없다.

먼저, 연금저축펀드 계좌를 개설하자.(신규) 그리고 기존 연금저축 보험(이전)을 신청하자. 미래에셋증권 기준으로 아래와 같이 신청하면 된다.

개인연금 이전 신청 후, 보험사와 증권사로부터 전화가 오는데, 수수료 등을 안내받고 전화상으로 동의하면 이전이 진행된다. 보험사에는 더 이상 추가납부할 필요가 없고, 이전 받은 금액으로는 주식형 상품을 매수하면 된다.

25

모르면 손해! '연금저축펀드' 세제 혜택 세 가지

혜택 1 | 1년에 400만원 입금 시, 최대 66만원 환급

연금저축펀드 계좌를 개설하고 개설된 증권사 계좌번호로 현금을 이체하기만 해도 연말정산 시점에 세금을 환급받을 수 있다. 직전년도 1월부터 12월까지 납입한 금액의 13.2~16.5%까지 돌려받을 수 있는데 세액공제한도 금액인 400만원을 납부할 경우 근로소득이 연 5,500만원 이하인 사람은 66만원, 5,500만원 초과인 사람은 52만 8,000원까지 돌려받게 된다.

참고로 연 소득이 1억 2,000만원을 넘는 고소득 근로소득자는 공제한도가 최대 300만원으로 줄어든다. 따라서 공제 가능 금액은

39만 6,000원이 된다.(300만원×13.2%=39만 6,000원)

연금저축펀드 계좌는 본인 여유 능력에 따라 0원부터 1,800만원 까지 납입할 수 있지만, 세액공제 최대 범위까지만 납입하는 걸 추천한다.

> 1년 최대 1,800만원 납입 가능! 하지만 세액공제한도 금액인 400만원까지 납입하는 것을 추천!

| 연금저축 소득별 세액공제한도 총정리 |

소득 구분	과세 표준	세액공제 한도	공제율	최대 공제 금액
근로소득	5,500만원 이하	400만원 (50세 이상 600만원)	16.5%	66만원
	5,500만원 초과 ~ 1억 2,000만원 이하		13.2%	52만 8,000원
	1억 2,000만원 초과	300만원		39만 6,000원
종합소득	4,000만원 이하	400만원 (50세 이상 600만원)	16.5%	66만원
	4,000만원 초과~1억원 이하		13.2%	52만 8,000원
	1억원 초과	300만원		39만 6,000원

혜택 2 | 해외 ETF 투자 시 배당소득세 비과세!

연금저축펀드 계좌로 거래하면 비과세 혜택이 있다. 국내 주식 시장에 상장되어 있는 해외 ETF 거래를 통해 차익이 발생할 경우 일반적으로 이익금에 대한 세금(배당소득세)◆ 15.4%가 부과되는데, 연금저축펀드 계좌에서는 세금이 면제된다. 그래서 연금저축펀드

....

◆ 국내 상장되어 있는 해외 ETT 매매 차익은 양도소득세가 아닌 배당소득세로 분류. 이자 및 배당소득이 연 2천만원을 초과할 경우 금융소득종합과세 대상

계좌로는 국내 ETF가 아닌 해외 ETF 거래를 추천한다. 하지만 연금저축펀드로만 주식투자를 한다면 앞에서 살펴본 초우량주 투자 원칙에 따라 미국주식과 한국주식 투자 비율을 6:4로 자체 배분하면 좋을 것이다.

혜택 3 | 배당소득세 면제!

그 외 분배금에 대한 배당소득세 15.4% 역시 면제된다. ETF도 주식 배당금*이 나오는 상품이 있는데 연금계좌가 아닌 일반적인 계좌의 경우 15.4%를 배당소득세로 내야 한다. 작은 금액이긴 하지만 연금저축펀드 계좌에서는 면제가 된다. 면제받은 금액은 곧바로 재투자가 가능하고 복리효과를 극대화 할 수 있으므로 유용하다.

| 연금 수령시 과세 표준 |

연금수령 개시 연령	확정형(수령기간)		종신형	
	한도 내 금액	한도 초과액	한도 내 금액	한도 초과액
만 70세 미만	5.5%			
만 70세~만 80세 미만	4.4%	16.5%	4.4%	16.5%
만 80세 이상	3.3%		3.3%	

* 연금 연 수령액이 1,200만원을 초과하는 경우 전액 종합과세 대상
* 연금 수령기간 중 부득이한 사유로 인한 인출의 경우 5.5~3.3%의 세율 적용
* 실제 산출 등은 '간편 세금계산' 메뉴를 참조

◆ **주식 배당금** : 매수한 ETF 안에 포함된 주식 중에서 배당금을 줄 수 있다. 이럴 때 일반 ETF 매매 시 15.4% 배당소득세를 원천징수하는데, 연금계좌에서는 면제해 준다.

물론, 연금저축펀드는 만 55세 이후 연금을 수령하는 시점에 연금소득세(3.3~5.5%)가 따로 발생하지만 앞서 말한 세액공제(13.2~16.5%)와 비과세(해외주식 양도세, 배당소득세) 혜택과 비교하면 수령 시점에 지불해야 할 연금소득세에 비해 이득이 더 크다.

● **연금수령 요건**
- 가입자가 만 55세 이후 연금수령할 것
- 가입일로부터 5년이 경과한 후에 인출할 것(단, 이연퇴직소득이 연금계좌에 있는 경우에는 5년 경과요건 미적용)
- 연금수령 한도에 따라 계산된 금액 이내에서 (부득이한 사유에 의한 인출은 인출금액에서 미포함) 인출할 것

96쪽에 나온 〈초우량주 투자원칙 1〉에 따르면 미국주식에 60% 투자했다면 한국주식에 40% 투자하자고 했다. 연 240만원(60%)을 미국에 투자했다면 나머지는 한국 우량주에 투자하면 된다.

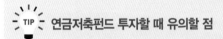 **TIP 연금저축펀드 투자할 때 유의할 점**

1. 개별종목 매수 불가, 레버리지, 인버스 투자 불가

연금저축펀드에도 굳이 찾으면 단점은 있다. 먼저, 개별종목을 매수할 수 없다. 삼성전자, SK하이닉스, LG화학, 셀트리온, 삼성바이오로직스, 카카오, NAVER, 맥쿼리인프라, ESR켄달스퀘어리츠 같은 개별종목을 매수할 수 없으며, 미국주식인 애플이나 마이크로소프트, 테슬라 등에 직접 투자하는 것도 현재는 불가능하다. 또한

안정적으로 운용되어야 하는 연금저축계좌의 특성상 고위험, 고수익을 추구하는 레버리지*나 인버스** 상품에도 투자할 수 없다.

2. 중도해지 시 환급세액까지 토해 내야 하는 문제

그다음으로 중도해지 수수료 문제가 있다. 연금저축펀드 계좌를 잘 운용하다가 급한 일이 생겨서 계약을 중도에 해지할 경우 그동안 환급받은 세액을 전부 뱉어 내야 한다. 소득이 5,500만원을 초과하는 사람은 매년 13.2%의 혜택을 받았음에도 불구하고 일괄 16.5%의 중도해지 수수료가 발생한다.

3. 만 55세까지 납입 가능한 상한액 정하기

금융감독원 자료에 따르면, 노후 준비를 위해 시작한 연금저축을 해지하는 비율이 신규계약건수의 70%에 달한다고 한다. 중도에 해지하게 될 경우 앞서 받은 세액공제 혜택을 전부 뱉어 내야 하고, 추가로 증권사에 따라 일부 수수료가 발생할 수 있다. 이 점을 감안해서 본인이 만 55세까지 유지할 수 있는 범위 내에서만 납입해야 한다.

저축능력이 부족한 **사회초년생이라면 한 달에 5만원씩, 1년에 60만원 정도로 시작**하고 세액공제를 받아 보자. 매년 연봉이 늘어날 때마다 납부금액을 늘려 세액공제도 받고 노후준비를 시작하면 중도해지를 막을 수 있을 것이다.

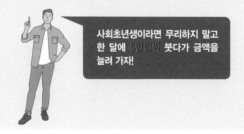

사회초년생이라면 무리하지 말고 한 달에 5만원씩 붓다가 금액을 늘려 가자!

◆ **레버리지** : 선물 및 파생상품 등에 투자해서 지수 대비 두세 배 수익을 추구하는 고위험고수익 상품.

◆◆ **인버스** : 지수가 올라야 수익을 거두는 상품과는 반대로 지수가 하락해야 수익을 얻는 상품.

26

'연금저축펀드' 계좌로 투자할 수 있는 ETF 찾기

예시 : 미래에셋증권에서 거래할 수 있는 ETF 찾기

연금계좌에서 개별 종목을 거래할 수 없지만 ETF로 주식 거래는 가능하다. 거래 가능한 ETF 목록은 증권사별로 조금씩 상이하기 때문에 통합연금포털에서 따로 제공하는 공식자료는 없는 상태다.

대신, 미래에셋증권에서 운영하는 블로그를 통해 주기적으로 업데이트되는 자료를 받아 볼 수 있으니 참조하자.

> 미래에셋증권 블로그에서 퇴직연금 계좌와
> 연금저축펀드 계좌에서 매수하는
> ETF 정보를 제공한다.

미래에셋증권 블로그(blog.naver.com/how2invest)

연금저축계좌와 퇴직연금에서 거래가 가능한 ETF 중 일부

위험도 높은 ETF는 연금저축펀드와 퇴직연금에서 거래 불가

미래에셋증권 블로그(2021. 1. 29. 기준)에서는 '연금저축펀드' 계좌
는 물론 '퇴직연금'◆ 계좌(DC/IRP)에서 거래가 가능한 ETF 목록을 업
데이트하고 있다. 하지만 다음과 같이 위험도가 높은 ETF는 목록에
제외되니 참고하자. 참고로 퇴직연금(DC/IRP)에서 투자가능한 ETF

....

◆ **퇴직연금 주식투자** : 퇴직연금(DC/IRP)으로 주식투자하는 방법은 172쪽 참고.

라 하더라도 종목에 따라 투자 한도가 최대 70% 또는 100%로 구분
된다.

> ● **퇴직연금과 연금저축펀드로 매수할 수 없는 ETF**
> □ 파생상품 매매에 따른 위험평가액이 집합투자기구 자산총액의 40%를
>   초과하는 것(단, 합성 ETF는 100% 이하면 가능)
> □ 투자적격등급을 받지 않은 ETF
> □ 레버리지/인버스 ETF

27

봉현이형 연금저축펀드 계좌 엿보기

개인연금은 만 55세 장기투자가 핵심!

월 33만원씩, 연말 한꺼번에 이체해도 세액공제 가능!

다시 한 번 강조하지만 연금저축계좌는 만 55세까지 찾지 않아도 되는 돈으로 장기투자하는 게 핵심이다. 열심히 ETF 상품을 공부하고, 수익률 비교하고 예상 연금수령액을 시뮬레이션해 봤자 중간에 해지해 버리면 무용지물이 된다.

나는 연금저축펀드 계좌에 월 평균 33만원을 꾸준하게 납입하고 있다. 자동이체가 안 되어서 깜박했다면 12월 31일 해당년도의 마지막 날에 400만원을 한꺼번에 이체해도 66만원 세액공제를 받을 수 있다. 즉, 매월 자유롭게 입금하면 된다는 뜻이다.

최대 66만원 돌려받는 연말정산 환급금은 재투자한다

매년 2월이 되면, 연말정산을 하게 되는데 이때 공제받은 금액은 다시 연금저축펀드 계좌로 이체한다. 그리고 연말까지 잔여공제 한 도범위까지 최대한 균등하게 납입한다.

| 봉현이형 연금저축펀드 납입내역 |

					연말정산 환급금							
1월	2월	3월	4월	5월	6월	7월	8월	9월	10월	11월	12월	합계
315,000	528,000	315,000	315,000	315,000	315,000	315,000	315,000	315,000	315,000	315,000	322,000	4,000,000

2월 연말정산 환급금은 52만 8,000원. 소득공제 상한선이 400만원이므로 3월부터 월 33만원에서 31만 5,000원으로 납입액을 낮추면 된다.

절세효과 극대화를 위해 미국 ETF 집중투자

절세효과를 극대화하기 위해 연금저축펀드 계좌로는 국내 ETF 가 아닌 해외 ETF를 집중 매수하고 있다. 단, 운용 수수료가 비싼 환헷지(H)* 나 선물(F)** 상품은 제외하고 미래에셋자산운용에서

◆　**환헷지** : 환율변동에 따른 위험을 없애기 위해, 환율을 고정하는 만큼 수수료가 발생한다.

◆◆ **선물** : 파생상품의 한 종류, 금융자산을 특정 가격에 미래 어느 시점에 인수할 것을 약속하는 거래. 리스 크가 크다.

운용하는 TIGER미국나스닥100*과 한국투자신탁에서 운용하는 KINDEX S&P500**상품을 400만원 범위에서 매수하고 있다.

연금은 장기투자, 수수료 부담이 적은 ETF 선택할 것!

2021년 2월 기준 미국 나스닥100지수를 추종하는 국내 상장 ETF는 미래에셋자산운용의 TIGER, 한국자산운용의 KINDEX, KB자산운용의 KBSTAR 세 가지가 있는데 동일한 나스닥100지수를 복제한 만큼 종목과 비중은 유사하니 본인 마음에 드는 ETF를 고르면 된다. 운용 규모가 크고 가장 오래된 TIGER미국나스닥100 상품의 거래량이 가장 많지만, 나머지 두 개 상품도 개인이 거래하기에 충분하다.

이제 막 연금저축펀드를 개설한 초보자라면 수수료가 가장 저렴한 KBSTAR 상품을 추천한다. 운용보수가 0.02%로 가장 낮고, 1주당 가격이 1만원대라 대학생이나 사회초년생에게도 부담 없는 가격이다. 만약, 이미 TIGER나스닥100 상품을 보유 중이라면 굳이 매도하지 말고 KBSTAR를 추가 매수하면 된다. 국내 ETF의 경우

◆ **나스닥100 ETF** : 나스닥100 ETF는 미국 나스닥 증권거래소에 상장되어 있는 초우량회사 중 금융 관련 기업 제외한 IT, 소비재, 헬스케어 중심으로 구성된 100개 기업에 시가총액 가중평균 방식으로 투자하는 상품이다. 시가총액 변동에 따라 종목별 비중은 매번 달라진다.

◆◆ **S&P500 ETF** : S&P500은 글로벌 3대 신용평가사인 스탠다드&푸어에서 자체적인 기준에 따라 미국시장인 나스닥, 뉴욕거래소 등에 상장되어 있는 대형주 500여 기업에 분산투자하는 상품이다. 나스닥100에 있는 기업뿐만 아니라 뉴욕거래소에 상장된 버크셔 해서웨이, 손슨앤드존슨, 비자, 월트 디즈니, 프록터&갬블, 홈디포, 마스타카드, 뱅크오브아메리카 등에도 투자한다.

운용 수수료외 기타보수가 발생하는데, 이건 결산이 완료된 시점에 확인이 가능하기 때문에 운용수수료만 가지고 비교했다.

수수료를 꼼꼼하게 따지느라 상품선택이 늦어지는 사람들이 있는데, 세 개 회사 모두 매년 경쟁적으로 수수료를 인하하고 있기 때문에, 장기적으로는 세 개 상품 모두 비슷해질 거라고 생각한다.

2021년에 새롭게 출시된 KODEX 미국나스닥100TR, KODEX 미국S&P500TR 상품도 장기 투자에 유리한 상품이다. TR은 TOTAL RETURN을 뜻하며 배당금을 전액 자동으로 재투자하는 상품으로 분배금으로 재매수하는 번거로움을 피할 수 있으며, 바로바로 재투

| 국내 상장 미국 나스닥100지수 추종 ETF 비교 |

> 나스닥100 ETF 첫 투자자는 운용보수가 가장 싼 KBSTAR 상품 추천!

브랜드명	국내 상장된 미국나스닥100 지수추종상품 ◆		
	TIGER	KBSTAR	KINDEX
운용사	미래에셋자산운용	KB자산운용	한국투자신탁운용
개별가격	64,240원	10,685원	11,030원
시가총액	6,296억원	556억원	1,213억원
거래대금	141억원	67억원	36억원
상장일자	2010년 10월 18일	2020년 11월 06일	2020년 10월 29일
운용보수	0.07%	0.02%	0.07%

* 2021년 2월 말 종가 기준

◆ 소개한 국내 상장 나스닥100 ETF는 모두 환노출 상품. 상품명에 (H)가 붙어 있지 않으면 환노출 상품, 붙어 있으면 헷지 상품이다.

자하기 때문에 복리효과도 누릴 수 있다.

미국 S&P500지수를 추종하는 국내 상장된 환노출*상품은 TIGER와 KIDNEX가 있는데, 둘 중 마음에 드는 ETF를 선택하면 된다. 2020년 8월 두 개 상품이 동시에 상장됐고, 상장 초기에는 KINDEX 수수료가 더 저렴했기 때문에 나는 TIGER가 아닌 KINDEX 상품을 골랐다. 2021년 기준 운용수수료는 0.07%로 두 상품 동일하므로, 처음 투자하는 사람에게는 거래금액이 더 많은 TIGER미국S&P500을 추천한다.

| 국내 상장 미국S&P500지수 추종 ETF |

브랜드명	국내 상장된 미국S&P500지수 추종 상품	
	TIGER	KINDEX
운용사	미래에셋자산운용	한국투자신탁운용
개별가격	10,840원	10,950원
시가총액	1,528억원	1,309억원
거래대금	33억원	19억원
상장일자	2020년 8월 7일	2020년 8월 7일
운용보수	0.07%	0.07%

수수료가 동일하다면 거래금액이 많은 TIGER미국S&P500 추천!

* 2021년 2월 말 종가 기준

◆ **환노출** : 환율변동으로 인한 환차익 또는 환차손 발생이 가능한 상품. 환헷지 상품은 수수료가 발생하지만 환노출 상품은 수수료가 발생하지 않는다.

28

형, '연금저축계좌'에서 왜 미국주식만 사?

당신의 전 재산을 한 국가에 투자해야 한다면?

2021년 1월 기준 국내 연금저축펀드 계좌에서 매수 가능한 ETF 상품은 389종목, 퇴직연금에서 매수 가능한 ETF 상품은 343종목이 있다. 너무 많고 복잡하다.

이럴 땐 단순하게 생각해 보자. 앞에서 절세효과를 최대한으로 가져가기 위해선 국내 ETF가 아닌 해외 ETF상품을 매수해야 한다고 말했다. 여기서 한 번 걸러진다. 그다음 해외지수를 추종하는 ETF 중에서 골라야 한다.

'노후자금 목적으로 장기투자해야 하는데 어느 나라가 안전할까?'

중국, 인도, 베트남, 대만처럼 성장성은 크지만 리스크도 상존하는 신흥국보단, 지금 당장 돈도 잘 벌고 미래에도 잘 벌 확률이 높은 기업들로 구성된 미국 우량기업에 분산투자하는 게 가장 안전하지 않을까? 연금저축펀드는 노후자금 목적이기 때문에 현 시점에서 '부도 리스크', 즉 망할 가능성이 가장 낮은 국가의 초우량기업을 선택해야 한다.

'중국이 빠른 속도로 성장해서 미국을 추월하면 어떻게 해?'

내가 연금을 수령하게 될 시점은 최소 25년 뒤인 2046년쯤 되겠지만 중간에 세계의 패권이 미국이 아닌 다른 나라로 옮겨지는 게 느껴지면 그땐 미국지수 ETF 상품을 매도하고 새로운 패권국가에 투자하면 된다. 물론 미래는 어떻게 될지 아무도 모른다. 아무도 맞출 수 없는 걸로 혼자 고민하기보다는 현재 1등인 국가에 집중하자.◆

◆ **연금계좌도 상품 교체 가능** : 연금저축펀드 계좌도 일반 주식계좌처럼 운용이 가능하다. 국내 주식시장이 열리는 9시부터 3시 30분까지, 보유한 종목을 매도할 수 있고 새로운 종목을 매수할 수도 있다. 언제든 다른 상품으로 갈아탈 수 있다.

'미국 ETF 지금 너무 고점 아니에요?'

어떤 종목이든 싸게 사는 건 수익을 극대화할 수 있는 가장 확실한 방법이다. 하지만 문제는 우리는 그 시점이 언제인지 알 수 없다는 것이다. 가격이 싼지 비싼지는 시간이 꽤 많이 지난 후에야 알 수 있다. 더 중요한 건 가격이 싼 시점에 내가 매수할 돈이 있을지 없을지도 알 수 없다. 돈이 있지만 주식가격이 싼지 비싼지 알 수 없고, 가격이 싸다고 모두가 동의하는 시점에는 내 계좌에 돈이 있을지 없을지 알 수 없다.

장기투자는 개인에게 유리하다!

매 시점마다 주식을 사지 말아야 할 이유를 찾으면 너무 많다. 코로나가 터지기 직전인 2019년 12월에도 S&P500지수가 역사상 최고점이라는 이유로 매수를 망설이는 사람들이 있었다. 2020년 9월 미국 대선을 앞두고 불확실성에 의해 일시적으로 조정국면이 왔을 때, 바이든 당선 시 법인세 증가로 인해 개별기업에 악영향을 끼칠 거라는 이유로 매수를 망설이는 사람들이 있었다.

돌아보면 모두가 망설이는 순간에 용기를 낸 사람들이 돈을 벌었고, 앞으로도 그렇게 될 것 같다. 낙관주의자가 투자에 있어서는 유리하다. 그러니 너무 두려워하지 말자. 연금저축펀드 계좌는 매년 납입해야 하고 주가가 우하향하는 시점이 발생하고 길어지면 평균단가를 낮출 수 있는 좋은 기회로 생각하자. 마켓 타이밍을 노리기보다는 매월 꾸준하게 매수하자.

기관 투자자는 목표 수익과 기간이 설정되어 있지만, 연금저축펀드 계좌는 우리가 은퇴하는 시점까지만 수익을 내면 된다. 자본주의에서 오직 시간만 확실하게 내편이다. 장기투자는 개인이 유리하다.

| TIGER미국나스닥100 ETF 보유종목 리스트 |

NO	종목명	수량㈜	평가금액(원)	비중(%)
1	애플	5,260	777,223,070	11.13
2	마이크로소프트	2,381	674,895,211	9.67
3	아마존 닷컴	158	615,786,052	8.82
4	테슬라	359	286,270,391	4.1
5	알파벳	103	279,024,412	4
6	페이스북	765	279,523,288	4
7	알파벳	95	251,306,730	3.6
8	엔비디아	292	197,049,519	2.82
9	페이팔 홀딩스	548	161,558,050	2.31
10	컴캐스트	2,192	138,342,819	1.98

출처 : 미래에셋자산운용 홈페이지
(investments.miraeasset.com)

미래에셋자산운용 홈페이지 접속 시 매일
보유종목 리스트 및 비중을 확인할 수 있다.

| KINDEX미국S&P500 ETF 보유종목 리스트 |

순위	KR코드	종목명	주식수
1	US0378331005	애플	451
2	US3696041033	제너럴 일렉트릭	251
3	US0605051046	뱅크오브아메리카	217
4	US5949181045	마이크로소프트	216
5	US00206R1023	AT&T	204
6	US7170811035	화이자	159
7	US20030N1019	컴캐스트	131
8	US17275R1023	시스코 시스템즈	121
9	US30231G1022	엑슨 모빌	121
10	US92343V1044	버라이존 커뮤니케이션스	118

출처 : 한국투자신탁운용 KINDEX 홈페이지
(www.kindexetf.com)

KINDEX 홈페이지 접속 시 매일 보유종목 리스트 및 비중을 확인할 수 있다.

💡 TIP 사회초년생은 연금저축계좌 시장 배분이 필요하다?

연금저축계좌로 월 33만원 빠듯하게 투자하고 있다면?

내가 연금저축계좌로 미국주식만 산다는 말에 다음과 같은 의문을 품을 수 있을 것이다.

'〈초우량주 투자원칙 1〉에 따르면 미국과 한국 시장에 6:4로 투자하라고 하지 않았나요?'

나는 연금저축계좌 외에도 주식투자를 하는 계좌가 따로 있다.(자세한 내용은 둘째 마당, 셋째마당 참고) 여러 계좌를 운용하기에 연금저축계좌에 미국 ETF만 사들여도 자연스레 시장 배분이 된다.

하지만 여유가 없어서 월 33만원씩 연금저축계좌에만 납입하는 사회초년생은 연금저축계좌 안에서 미국과 한국 시장을 6:4로 배분하길 추천한다.(구체적인 방법은 아래 도표 참고)

2021년을 살아가는 평범한 대한민국 청년들에게 만 55세 이후 미래를 위해 매년 꾸준히 400만원 이상 저축하는 게 쉽지 않다는 걸 잘 안다. 매달 33만원씩 납입하는 것도 부담스러울 수 있다. 그럴 땐 월 5만원씩 납입하는 것부터 시작하자. 그러다 수입이 늘면 조금씩 늘려서 납입하면 된다. 한두 해는 열심히 모아서 납입할 수 있지만 20년 이상 지속하는 건 어렵다. 미래를 준비하는 것도 중요하지만 우리의 현재와 가까운 미래는 더 소중하다. 너무 무리하지 말자.

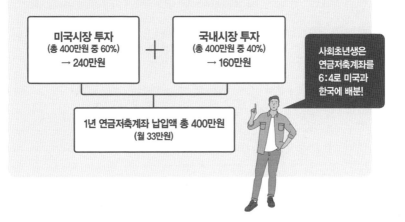

미국시장 투자
(총 400만원 중 60%)
→ 240만원

\+

국내시장 투자
(총 400만원 중 40%)
→ 160만원

사회초년생은 연금저축계좌를 6:4로 미국과 한국에 배분!

1년 연금저축계좌 납입액 총 400만원
(월 33만원)

29

고소득자는 연금저축펀드는 기본!
IRP는 필수!

필독! 55세까지 월 58만원을 납입할 수 있는 고소득자라면?

세액공제 관련하여 사람들이 가장 많이 고민하는 부분은 연금저축펀드 계좌와 IRP계좌이다. IRP(Idividual Retirement pension)는 퇴직연금 종류로 개인 퇴직연금이라 불린다. 연금저축펀드와 유사한 제도인데, 이 계좌에서는 최대 연 700만원까지 세액 공제가 가능하다.

다만, 퇴직연금 상품이 모두 그러하듯 700만원 중 주식형 상품(ETF)에는 평가금액 기준 70%까지 투자할 수 있고, 안전자산으로 분류되는 펀드나 채권, 예적금, 보험 상품에 30% 의무적으로 투자해야 한다. 또한 증권사마다 조금씩 다르지만 0.1~0.3% 정도 수수료도 발생한다.(물론 최근 삼성증권 IRP의 수수료 면제를 시작으로 수수료가 점차 사라질 것으로 전망하고 있다.)

반면, 연금저축펀드 계좌는 IRP 대비 별도의 계좌수수료가 없고, 안전자산에 대한 의무투자 비중도 없기 때문에 400만원 세액공제 한도 범위까지 주식형상품(ETF)을 100% 매수할 수 있다.

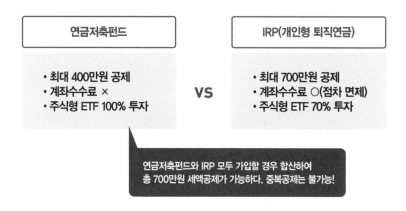

고소득 직장인은 IRP에 300만원 추가 납입 추천!

연금저축펀드 계좌로는 400만원까지 세액공제를 받을 수 있고, IRP계좌는 최대 700만원까지 세액공제가 가능하다. 그래서 두 계좌 다 가입해서 1,100만원 세액공제를 받으려는 사람들이 있는데 아쉽게도 중복해서 세액공제 혜택을 받을 수는 없다. 즉, 계좌 합산 700만원까지만 세액공제가 가능한 것이다.

만약, 납부하는 세액이 많은 고소득 직장인이라면 ❶ 연금저축펀드 계좌를 통해 400만원까지 납입해서 미국지수를 추종하는 ETF 상품을 먼저 매수하고, 그다음에는 ❷ IRP계좌에 300만원을 입금하자. 그리고 300만원 중 70% 금액인 210만원으로는 미국지수추종 ETF를 매수하고, 나머지 30% 금액인 90만원으로는 안전자산♦으로 분류되는 상품을 매수하자.

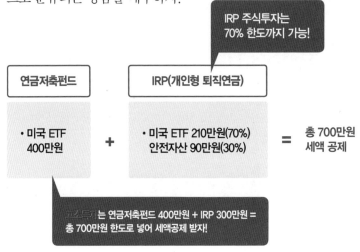

노후를 위한 장기투자, 무리하지 말자!

결론적으로 55세까지 월 58만원씩 납입할 수 있다면 위와 같이 불입하기를 추천한다. 하지만 이런 사람은 드물다. 55세 이전에 결

♦ **퇴직연금(DC/IRP) 안전자산 30% 투자의무** : IRP는 채권, 예적금, 보험상품 같은 안전자산에 30% 의무적으로 가입해야한다. 하지만, 안전자산으로 분류되는 펀드 중에서 주식 비중이 높은 상품이 있다. 예를 들면 TDF2040, TDF2050(은퇴시점 연도별 상품)로 시작하는 상품에 투자하면 주식 비중을 최대로 가져갈 수 있다.

혼이나 부동산 매입자금, 자녀학자금 등으로 중간중간 목돈이 필요하기에 연금저축펀드와 IRP를 동시에 가입하는 게 힘들 수 있다. 너무 무리해서 중도에 해지하기보다는 연금저축펀드를 우선순위로 가입하고 중단기 목돈마련을 위해 주식투자를 하는 게 현명할 수 있다. (중단기 목돈마련은 둘째마당, 셋째마당 참고)

30

퇴직연금으로도
주식투자할 수 있다고?

세액공제 가능한 개인형 퇴직연금 IRP

퇴직연금은 크게 두 가지다. 회사에서 근로자를 위해 가입해 주는 퇴직연금(DC/DB)과 개인이 가입하는 퇴직연금(IRP)이다. 퇴직연금(DC형), IRP 모두 추가 납입 시 세액공제가 가능하지만 신입사원이 되었다면 IRP를 미리 만들어 두면 좋다.[◆] 나중에 퇴사할 때, 퇴직금을 일시불로 받는 형태가 아닌 연금(IRP계좌에 적립하여 55세 이후에 수령) 형태로 수령할 경우 세금 혜택을 받을 수 있다.

....

◆ **IRP계좌 만드는 법** : 168쪽 참고.

회사에서 가입해 주는 퇴직연금,
DB vs DC 어느 게 유리할까?

회사에서 가입해 주는 퇴직금으로도 주식에 투자할 수 있다. 일반적인 기업의 경우 근로자의 퇴직 후를 위해 회사는 외부기관인 은행이나 보험사에 직원의 퇴직금을 위탁하여 DB형으로 관리하는데 퇴직금을 DC형태로 전환하면 주식형 상품에 직접 투자할 수 있다.

먼저 내가 다니는 회사 노무부서에 문의를 해보자. 우리나라 기업은 대부분 DB형으로 은행이나 보험사에 내 퇴직금이 위탁되어 예적금, 보험 상품으로 운용되는데 해당 상품의 손실 여부와 관계없이 직원이 퇴직하는 시점에 정산하여 약정된 금액을 주는 형태다.

연봉상승률 낮다면 DC형 유리, 하지만 신중하게 판단할 것!

연봉이 물가상승률 이상 매년 오르는 직업, 직종이 아니라면 DC형이 유리하다. 퇴직금은 본인의 연봉에 비례한다. 만약 연봉이 1년에 2~3% 정도 인상된다면, 퇴직금 역시 매년 2~3% 수준으로 인상된다. 연봉상승이 물가상승분을 반영하지 못하면 퇴직 시점에 받는 현금 역시 인플레이션에 의해 꾸준하게 가치가 떨어지게 된다.

이 책을 읽고 있는 사람마다 연봉, 회사의 정책 그리고 성향에 따라 퇴직연금 중 어떤 걸 선택하는 게 유리한지 천차만별이기 때문에 DC 상품이 무조건 더 유리하다고 말하기 어렵다. 다만 연봉인상률이 연평균 2~3% 정도 물가상승률 수준이고, 근로해야 하는 기간이 10년 이상 남은 급여소득자라면 DC형 퇴직연금제도를 선택해서 연봉상승률 이상 수익이 되는 ETF 상품에 꾸준히 투자하는 게 유리하다.

물론, 특정 시점이나 직급에서 연봉이 급상승하는 사람의 경우 DC보다는 DB형태의 퇴직연금제도가 더 유리할 수 있다. 이 부분은 본인의 상황에 따라 달라지기 때문에 각자 회사제도에 대해 문의하고 심도 있는 고민을 하는 게 좋을 것 같다.

봉현이형 퇴직연금 포트폴리오
미국 ETF 70% + 해외채권혼합 펀드 30%

나는 2020년 코로나로 인해 주식시장이 하락한 시점에 회사 노무부서에 연락해서 퇴직금을 DB형에서 DC형으로 전환신청했고, 증권사에서 계좌를 개설했다. 그리고 미국 지수를 추종하는 'TIGER미국나스닥100'과 'KINDEX 미국 S&P500' 상품을 매수했다. 해당 계좌로는 매년 초, 퇴직금이 정산되어 한 달 월급에 해당하는 금액이 입금된다. 그리고 동일한 ETF 상품을 다시 매수하고 있다.(매월 균등하게 나뉘어 퇴직금이 입금되는 곳도 있다.)

퇴직연금 DC 역시 IRP 제도와 마찬가지로 주식형 상품에는 70%만 투자가 가능하다. 주식 비중을 최대로 가져가기 위해 안전자산으로 분류되는 30%에는 해외주식 비중이 높은 채권혼합형

(TDF2045) 펀드를 매수한다.

DC형 퇴직연금에는 주식형 상품 70%, 안전자산 상품 30% 투자제한이 있다. 안전자산은 해외주식 비중이 높은 채권혼합형(TDF) 시리즈를 선택한다. 은퇴연수에 따라 2035, 2040, 2045로 나뉜다.

☀ TIP ☀ 개인연금 주식에 올인? 위험하지 않다!

"네가 알던 안전자산은 안전해 보일 뿐이야."

예적금 및 보험상품은 장기 저금리 시대에서 확실하게 구매여력을 손실시키기 때문에 '안전자산'이라는 단어는 부적절하다. 액면가가 유지되어 사람들이 안전하다고 '인식'하는 자산일 뿐이다. 안전해 보여도 내 구매여력에 대한 손실이 확정된 위험한 자산인 것이다.

앞에서 세 가지 종류의 연금(국민연금, 퇴직연금, 개인연금)을 살펴보았다. 공적연금인 국민연금에 가입되어 있고, 퇴직연금 또한 DB형으로 보험사에 보관되어 있다면 두 가지 연금이 원금으로 보장된 상태다. 그런데 굳이 개인연금 상품인 연금저축펀드까지 예금과 같은 안전자산에 배분할 필요가 있을까?

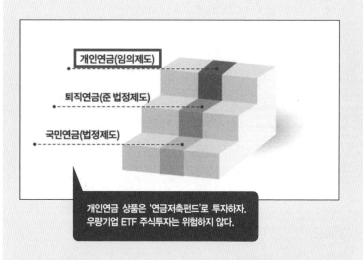

개인연금(임의제도)

퇴직연금(준 법정제도)

국민연금(법정제도)

개인연금 상품은 '연금저축펀드'로 투자하자.
우량기업 ETF 주식투자는 위험하지 않다.

만 55세 이후 연금개시 시점에 전 세계 주식시장이 최고점일지 최저점일지 아무도 알 수 없고 만약 그런 상황이 온다면 그때는 국민연금으로 버티면 된다. 장기간 경제위기가 지속된다고 하더라도 기대수명이 100세인 지금, 불분명한 미래 상황을 염려하여 현금성 자산에 분산투자하는 것보다는 주식형 상품인 ETF를 오를 때도 떨어질 때도 꾸준하게 매수하는 게 낫다.

주가가 폭락할까 봐 너무 불안할 땐 동네 한 바퀴 걸으면 마음이 한결 편안해진다. 앞서 말한 ETF는 현시점 전 세계 어느 상품보다도 안정적으로 우상향해 왔고, 앞으로도 그런 성장이 기대되는 상품이다. 이것보다 더 안전한 주식형 상품은 없으며 은행 예적금의 비밀을 알아 버린 지금 다시 은행과 보험사를 기웃거릴 순 없다.

연금을 개시하는 시점에 주가가 최고점일 가능성도 낮지만, 가장 바닥일 가능성 역시 똑같이 낮다. 너무 걱정하지 말자.

31

돈 걱정 없는 노후를 만드는
연금 포트폴리오 총정리

사회초년생은 꼭 연 최대 400만원 연금저축펀드 납입!

사회초년생이라면 강제저축 하듯 연금저축펀드 계좌로 주식투자를 하자. 처음엔 월 5만원부터 투자하다가 소득이 늘 때마다 액수를 늘려 월 33만원씩 400만원 공제액에 맞춰 연금저축펀드에 투자하자. 주식투자를 연금저축펀드로만 운영한다면 여러분은 미국과 한국에 6:4로 배분해서 투자하길 추천한다.˙

즉, 미국 지수를 추종하는 ETF 두 개(KBSTAR미국나스닥100 + TIGER미국S&P500)에 60%를, 그리고 국내 시가총액 상위 10개 대기업의 지수를 추종하는 ETF 한 개(TIGER TOP10 ETF)에 40%를 투자하는 식이다.

| **사회초년생의 연금저축펀드 투자 예시(월 33만원)** |

여유가 있다면?

연금저축펀드로 미국 ETF 400만원(장기)

중개형 ISA로 한국 ETF 300만원(중단기)

예를 들어 1년에 700만원 정도 투자할 여력이 있는 직장인이라면, 400만원으로는 연금저축펀드를 통해 미국지수를 추종하는 ETF를 100% 매수해서 해외비과세 혜택 등 세액공제 혜택을 최대한으로 받자. 그리고 나머지 300만원은 국내주식 계좌 또는 중개형 ISA 계좌**를 개설해서 삼성전자, SK하이닉스, NAVER, 카카오, LG화학, 삼성SDI 등 우량한 국내 주식에 직접 투자하자.

....

◆ 96쪽에 나온 〈초우량주 투자원칙 1〉에 따라 미국주식에 60% 투자했다면 한국주식에 40% 투자하자고 했다. 나는 주식투자를 연금저축펀드 외에 추가로 운용하고 있다. 그래서 연금저축펀드 계좌를 통해 연 400만원(60%)을 미국 ETF에 투자하고 있으며 나머지 300만원(40%)은 한국주식 계좌를 통해 한국 ETF 나 우량주에 투자하는 식이다.

◆◆ **중개형 ISA계좌** : 2021년에 저금리, 저성장 시대에 개인의 재산형성을 지원하려는 취지로 마련된 제도. 기존 ISA와 달리 삼성전자, NAVER, LG화학 같은 개별주식을 매수할 수 있고 소득분위에 따라 추가 혜택 이 있다.

물론 앞에서(169쪽) 살펴본 대로 고소득자라면 연 700만원(연금저축펀드 400만원 + IRP 300만원) 세액공제를 받을 수 있는 최대 금액을 연금계좌에 넣은 뒤, 중개형 ISA에 가입하여 투자하는 것이 이상적이다.

| 1년에 700만원 이상 투자 가능한 직장인이라면 |

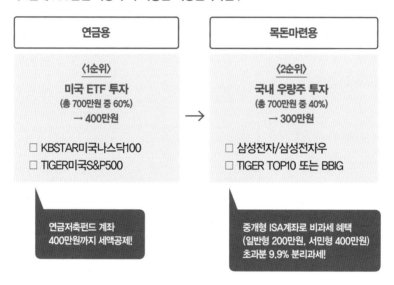

앞에서도 살펴봤듯이 연금저축펀드, 퇴직연금(DC, IRP) 등 수많은 제도가 있지만, 납세자라면 우선 400만원 한도로 세액공제를 해주는 연금저축펀드 계좌를 통해 미국 우량회사에 우선순위로 분산분할 투자해 보자. 베트남이나 인도 같은 신흥국이나 특정 섹터에 집중투자하는 상품은 투자경력이 쌓이고 충분히 공부가 된 이후에 해도 늦지 않다.

국민연금+퇴직연금+개인연금 삼총사는 기본!
55세 유지하면 노후 걱정 끝

본인만의 포트폴리오를 구성하고 연금저축펀드 계좌로 ETF 투자를 시작했다면 그리고 이를 만 55세까지 꾸준하게 유지할 수 있다면 노후 걱정은 한시름 놓을 수 있다. 국민연금, 퇴직연금, 개인연금까지 3중의 안전장치가 당신의 노후를 책임져 줄 것이다. 정년까지 꾸준히 유지한다면 당신의 노후는 빛날 것이다. 마음 편히 현재를 즐기자.

연금 삼총사
55세까지 유지하면
노후 걱정 끝!

32

목돈마련에 최고!
중개형 ISA계좌

새롭게 출시된 중개형 ISA계좌의 혜택과 특징

ISA는 Individual Savings Acount의 약자로, 개인자산종합관리 계좌를 의미한다. 국민들이 재산을 증식할 수 있도록 정부에서 혜택을 많이 주는 계좌인데 그중에서도 2021년 3월 새롭게 출시된 '중개형 ISA계좌'는 만19세 이상 대한민국 거주자라면 꼭 가입해야 한다.◆

....

◆ **중개형 ISA 가입 예외 사항** : 만 15~19세 미성년자도 가입이 가능하지만(직전 연도 근로소득이 있어도 가능), 직전 3년간 금융소득종합과세 1회 이상 대상자는 가입이 제외된다.

일반형 200만원까지, 서민형 400만원까지 비과세!

중개형 ISA계좌는 소득에 따라 상이한 혜택이 제공된다. 소득 수준에 따라 서민형, 일반형 두 가지로 나눌 수 있는데 서민형의 경우 400만원까지 비과세 한도가 적용된다. 일반형은 200만원까지만 비과세 혜택이 적용되며 두 계좌 모두 비과세 한도를 초과하는 수익에 대해서는 9.9%의 분리과세가 적용된다.

서민형 ISA계좌는 근로소득 5,000만원 이하 또는 종합소득 3,500만원 이하이며 그 외에는 모두 일반형으로 가입된다.

예를 들어 우리가 일반주식 계좌로 삼성전자의 배당금을 수령할 경우 매번 15.4%의 배당소득세를 떼이게 되는데 중개형 ISA계좌에서는 일반형 기준 배당금 200만원까지 세금이 면제되고, 200만원 초과금액에 대해서는 9.9%의 저율 분리과세가 적용된다.

특장점 : 손해 본 종목은 빼고, 실수익만 과세!

또한 중개형 ISA계좌는 진짜 수익만큼만 세금을 내는 손익통산 구조다. 예를 들어 일반 국내주식 계좌에서 A종목으로는 수익을, B종목은 손실이 났다면 손해 본 금액은 무시하고 A종목의 수익에 대해서만 세금을 냈다. 그러나 중개형 ISA계좌에서는 '수익 – 손해 = 진짜 수익'에 대해서만 과세를 하기 때문에 일반 주식계좌 대비 자산을 불리는 데 유리하다.

● 투자 예시

☑ 해외펀드 TIGER미국나스닥100으로 1,000만원 차익

☑ 국내주식으로 300만원 손실

	일반 계좌	중개형 ISA계좌 실수익만 과세
합산 수익	1,000만원	700만원
비과세 혜택	0원	200만원
과세대상 금액	1,000만원	500만원
최종 세액	세율 15.4% 적용 154만원	세율 9.9% 적용 49.5만원

* 중개형ISA(일반) 기준

물론, 이 혜택을 받기 위해서는 최소 3년간 계좌를 유지해야 한다. 그럼에도 불구하고 수익금을 제외한 원금범위 내에서는 언제든 출금이 가능하다. 그래서 급한 돈이 필요할 때는 해당 계좌에서 투자한 종목을 매도하고 원금범위 내에서 출금할 수 있다.

납입한도는 연 2,000만원~ 최대 1억원, 연금저축펀드 전환 시 세액공제!

납입한도는 연 2,000만원씩, 최대 1억원까지 입금이 가능한데 미불입한도는 다음해로 이월된다. 예를 들어 계좌를 5년간 유지할

경우 매년 1,000만원씩 납입하다가 마지막해에 6,000만원을 한꺼번에 납입해서 총 1억원을 채울 수 있다.

중개형 ISA계좌는 3년 만기가 지나면 자동으로 갱신되며, 1인당 1계좌만 개설할 수 있다. 다만, 3년간 비과세 혜택을 최대치로 받고 계좌 해지 후, 새로 가입하면 다시 비과세 혜택을 받을 수 있다.

마지막으로 중개형 ISA계좌는 만기 후 만기자금을 60일 이내 연금저축펀드로 전환(이체)할 경우, 납입액의 10%까지 추가 세액공제(300만원 한도) 가능하여 활용도가 무궁무진하다.(중개형 ISA계좌 3년 만기 해지 후, 연금저축펀드 계좌로 3,000만원 이체할 경우, 10% 금액인 300만원에 대해 추가로 당해년도 세액공제 혜택)

개별종목, ETF 모두 매수 가능!

기존 신탁형 ISA계좌나 위임형 ISA계좌와 달리 중개형 ISA계좌는 삼성전자, LG화학, NAVER, 맥쿼리인프라 등 개별주식 종목과 리츠를 매수할 있으며, 레버리지나 인버스 상품을 제외한 국내 주식시장에 상장된 ETF는 모두 매수 가능하다. 그외 국내외 펀드, RP 상품 등에도 가입할 수 있는 만능 계좌다. 또한 2021년 4월 이후부터는 공모주 청약도 가능하도록 제도를 개선 중에 있다.

배당금 절세와 해외 ETF 투자에 제격!

일반 주식계좌에서도 대주주가 아닌 일반인의 경우 국내주식 매매차익에 대해서는 어차피 비과세이다. 그러므로 중개형 ISA계좌로는 배당금 절세 목적으로 개별종목을 매수하거나, 해외지수를 추종하는 ETF에 투자하면 더 효과적이다.

● 투자 예시

1. 국내 배당주 매수해서 배당소득세 절세하기

삼성전자우, 맥쿼리인프라, ESR켄달스퀘어리츠 등 개별국내종목 및 리츠 투자를 통해 배당소득세 15.4%를 비과세한도까지 절약하고 추가 금액에 대해서는 9.9% 저율 분리과세 혜택을 받자.

2. 해외지수추종 ETF 매수해서 양도세 절약하기

TIGER미국나스닥100, TIGER미국필라델피아반도체나스닥, TIGER미국테크TOP10 등 해외지수를 추종하는 ETF상품의 경우 일반 계좌에서 거래 시 차익에 대해 15.4%의 세금을 내야 하는데 중개형 ISA계좌*의 경우 200만원 한도까지 비과세이며 추가 수익에 대해서는 9.9%의 저율과세를 받을 수 있다.

◆ 2021년 세법개정안 발표에 따라, 2023년 1월부터 개인종합자산관리계좌인 중개형 ISA계좌에서 상장주식과 공모주식형 펀드에 투자해 발생한 수익은 전액 비과세된다.(배당이나 해외지수추종 ETF에 대한 과세는 그대로) 중개형 ISA계좌를 통한 투자가 세제 측면에서 유리해지면서 중개형 ISA계좌를 통한 운용이 많아질 것으로 전망된다.

실천! 주식계좌 쪼개기 ❷
미국주식

33

'계좌는 만들었는데,
어떤 주식 사면 돼?'

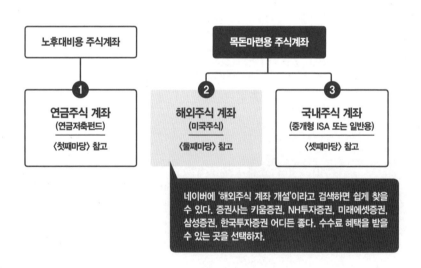

노후대비용 주식계좌

목돈마련용 주식계좌

1 연금주식 계좌
(연금저축펀드)
〈첫째마당〉참고

2 해외주식 계좌
(미국주식)
〈둘째마당〉참고

3 국내주식 계좌
(중개형 ISA 또는 일반용)
〈셋째마당〉참고

네이버에 '해외주식 계좌 개설'이라고 검색하면 쉽게 찾을 수 있다. 증권사는 키움증권, NH투자증권, 미래에셋증권, 삼성증권, 한국투자증권 어디든 좋다. 수수료 혜택을 받을 수 있는 곳을 선택하자.

이번에는 목돈마련용 주식계좌 중 하나인 ❷ 해외주식 계좌를
설명하려고 한다. 앞에서 설명한 '초우량주 투자원칙'을 참고해서
자신만의 포트폴리오를 구성하기를 바란다.

초보자들의 공통 질문, '뭐 사?'

"봉현 오빠, 일단 연금저축펀드 계좌에 400만원은 채웠고 그걸
로 미국지수 추종하는 ETF 매수했어. 그리고 오빠 말대로 국내주식
계좌랑 해외주식 계좌도 만들었는데 이제 뭘 사면 되는 거야?"

주식에 문외한인 동기나 선후배님들께 투자를 권유하고, 국내외
주식계좌 개설까지 돕고 나면 돌아오는 첫 번째 질문이다. 공인인
증서 설치하고, 신분증 찍어서 보내고 주식계좌는 개설했는데 그래
서 무엇부터 사야 하는지 조금은 막막하다. 그럴 땐 국내 부동산 투
자에 대입해 보면 쉬워진다.

봉숙아, 투자 목적으로 아파트를 딱 한 채만 사야 한다면
어느 지역에 살 거야?

딱 한 채만? 비싸지만 강남구에 있는 대단지
아파트 사야지!
학군, 교통, 직주근접도 좋고 나중에도 수요가
지속되지 않을까?

부동산 투자에 있어서 최종 목표는 강남구 입성이다. 어느 나라든 수도에 있는 부동산은 살기에도 편하고 화폐가치 하락으로 인한 손해를 막아 주기 때문이다. 그래서 주식도 강남 부동산 같은 주식을 사라고 말한다.

부동산은 강남이나 뉴욕 맨해튼부터 시작할 수 없지만,
주식은 1등부터 시작할 수 있잖아.
큰 고민하지 말고 시가총액 1위 기업부터 사!

알았어. 주식도 강남처럼 1등 자산을
사라는 거지?

초우량회사의 주식도 인플레이션 헤지 수단!

많은 사람들이 간과하고 있는데 초우량회사의 주식도 금이나, 부동산과 마찬가지로 전통적인 인플레이션 헤지 수단이다. 시가총액 1위 주식 관련한 연구 논문이나 기사를 찾아보면 주식이 부동산보다 단기적으로 변동성은 크지만 장기적으로 더 높은 수익률을 준다는 것을 확인할 수 있다.

2014년 최고가 9억원에 은마아파트를 계약하고 2021년 최고가인 23억원에 매도했다면, 자산이 2.5배가량 늘었을 것이다. 취등록세나 양도소득세, 수리비, 복비 등은 제외하고 단순하게 비교해 보자.

같은 기간 2만 6,540원(1/50 액면분할 적용)에 삼성전자를 매수하고 2021년 기준 최고가에 조금 못 미치는 9만 5,000원에 매도했다면 자산은 3.6배가 늘었다.

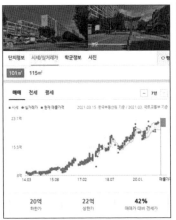

은마아파트 매매가 변동과 삼성전자 주가 변동 추이. 삼성전자 상승률이 더 높다.

배당금이나 주식거래세, 양도소득세는 감안하지 않았지만 늘어난 배수만 보면 당시 시가총액 1위 기업의 주가 상승이, 가장 비싼 축에 속한 강남의 대표 아파트보다 더 높은 수익률을 기록했다. 물론, 부동산의 경우 레버리지를 더 크게 일으킬 수 있고, 거래 규모가 크기 때문에 수익금은 주식 소액투자랑 비교할 수 없다. 하지만 2014년도에 나는 대학생이었고 우리 부모님은 강남 부동산에 투자할 돈이 없었다. 그 시점으로 다시 돌아간다고 해도 투자할 수 없는 대상인 것이다. 하지만 주식은 다르다. 그래서 주식을 시작하는 초보자들도 국내외 시가총액 1위 기업부터 매수하는 걸 추천한다.

시가총액 1위 기업이 바뀌면 어떡해?

시가총액 1위에 올라 있는 회사는 지구상에 존재하는 어떤 기업보다도 과거에 훌륭했고, 현재도 훌륭하며, 미래에도 훌륭할 거라고 전 세계 모든 사람들이 인정한 종목이다. 그래서 PER*이나 PBR, ** 매출액, 영업이익, 부채율, 유보금 등을 유심히 보지 않아도 된다. 이미 시가총액 안에 이 모든 재무적인 상태와 대내외 경제상황이 반영되어 가격이 형성됐기 때문이다.

◆   **PER** : 주가를 주당순이익으로 나눈 값. PER이 낮으면 낮을수록 주식이 저평가 상태라고 볼 수 있다.
◆◆ **PBR** : 주가를 주당순자산가치로 나눈 값. PBR이 1보다 크면 보유한 자산대비 주가가 높다고 평가할 수 있다.

물론, 미래의 언젠가 시가총액 1위가 바뀔 순 있다. 그럼 그때 가서 바뀐 1등을 매수하면 된다. 국내주식 장기투자에 부정적인 입장을 내비치는 사람들은 과거 시가총액 상위 기업이었던 공기업, 은행주, 철강, 조선산업 관련 종목의 주가가 전고점을 회복하지 못하고 계속 하락했던 것을 예로 든다. 하지만 해당 기업은 당시에도 압도적인 시가총액 1위는 아니었으며, 만약 시가총액 1위인 시점이 있었다고 하더라도 2위 기업과 1위 기업의 격차가 줄어드는 시점부터 조금씩 비중을 조절하면 된다.

　특히 우리나라처럼 특정 대기업 중심의 기형적인 산업 구조로 인해 시가총액 1위(500조)와 2위(100조)의 차이가 압도적이라면 그냥 1위 기업을 사면 된다. 일단, 국내 1등 삼성전자와 전 세계 1등 애플을 같이 사보자.

'내 포트폴리오에는 대형 우량주 일부가 항상 포함되어 있었다.'

– 전설적인 월가의 영웅 피터 린치 –

34

미국 시가총액 1위
기업 투자하기

월급날 세계 시가총액 1위 기업 확인하기

미국 시가총액 1위 기업을 알려주는 사이트가 있다. companies-marketcap 사이트(companiesmarketcap.com)에 접속해 보자. 전 세계 회사의 시가총액을 한눈에 확인할 수 있다.

월급날이 되면 해당 사이트에 접속해서 시가총액 1위 기업을 확인하고 시장가로 매수한다.

Largest Companies by Market Cap
companies: 4,753 total market cap: $86,700 T

Rank	Name	Market Cap	Price	Today	Price (30 days)	Country
1	Apple AAPL	$2.032 T	$121.03	-0.76%		us USA
2	Saudi Aramco 2222.SR	$1.914 T	$9.57	0.28%		
3	Microsoft MSFT	$1.778 T	$235.75	-0.58%		
4	Amazon AMZN	$1.556 T	$3.089	-0.77%		
5	Alphabet (Google) GOOG	$1.385 T	$2.062	-2.50%		us USA
6	Tencent TCEHY	$777.18 B	$82.57	-7.52%		CN China
7	Facebook FB	$764.31 B	$268.40	-2.00%		us USA
8	Tesla TSLA	$665.87 B	$693.73	-0.84%		us USA
9	Alibaba BABA	$612.73 B	$231.87	-3.71%		CN China
10	Berkshire Hathaway BRK-A	$600.01 B	$394.701	-0.43%		us USA
11	TSMC TSM	$547.80 B	$118.30	-1.09%		TW Taiwan
12	Samsung 005930.KS	$503.40 B	$75.17	0.96%		KR S. Korea

'companiesmarketcap'에서 전 세계 시가총액을 한눈에 확인할 수 있다.

미국주식은 2021년 현재 시가총액 1위 기업인 애플을 매수하고 있는데 한국과 달리 1위 애플(2400조)과 2위 마이크로소프트(2027조)의 격차가 크지 않기 때문에 두 개 종목 모두 배당락일에 맞춰서 매수하고 있다.

companiesmarketcap 사이트는 미국기업뿐만 아니라 전 세계 상장된 주요기업들의 시가총액 정보도 제공한다. 시가총액 상위 기업 중 미국 외에 사우디아라비아 국영 석유회사 아람코, 중국의 텐센트와 알리바바, 대만의 TSMC가 눈에 띈다. 그중에서 반도체 위탁생산에서 압도적인 시장지배력을 갖춘 TSMC도 개별종목으로 꾸준히 매수하고 있다.

companiesmarketcap 사이트 외에도 미국주식 투자자들에게 유명한 finviz 사이트(finviz.com)를 통해서도 시가총액을 확인할 수 있다.

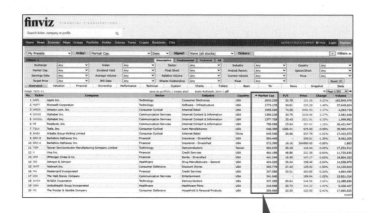

'finviz'에서도 미국 주식 투자자들이 시가총액을 확인한다.

시가총액 1위 투자는 가장 안전하고 보수적인 투자

시가총액 1위 기업의 지분을 매수하는 건 가장 보수적인 투자라고 할 수 있다. 자본주의 시대에서 돈을 가장 잘 버는 회사에 투자하는 것 말고 더 안전하고 보수적인 투자방법이 있을까?

돈을 잘 버는 회사는 많은 돈을 가지고 새로운 기술개발에 투자할 수 있고, 기술력 있는 회사를 인수합병(M&A)할 수도 있다. 전 세계에서 내로라하는 인재들도 끊임없이 몰려든다. 만약, 독과점법에 의해 벌금이나 높은 세금을 부과받더라도 모아 둔 현금으로 벌금을 지불하면 된다. 그리고 독점을 지속한다. 압도적인 현금흐름과 팬덤으로 신규 경쟁자의 진입을 막아 버리는 것이다.

1등 기업의 지분을 꾸준히 매수하면 매입가는 평균에 수렴!

1등 기업 역시 대내외환경에 따라 주식가격에 등락이 발생하지만, 가격변동과 무관하게 꾸준하게 매수한다면 매입가격은 평균에 수렴하게 된다. 그리고 장기적으로 주가가 상승하게 되면 차액은 고스란히 나에게 돌아온다.

그래서 내 국내주식 계좌에도 1등 기업인 삼성전자를 가장 높은 비중으로 구성하고 있으며, 이제 막 주식계좌를 개설한 초보자들에게도 이 방법을 추천한다.

35

미국 시가총액 상위 기업 투자
| S&P500 ETF(SPY, IVV, VOO, SPLG) |

워런 버핏도 투자하는 S&P500 ETF

미국의 전설적인 투자자이자 버크서 해서웨이의 대표, 오마하의 현인이라 불리는 워런 버핏 할아버지는 2014년 CNBC와의 인터뷰에서 자신이 죽은 뒤 유산 관리에 대해 아내에게 이 같은 메시지를 남겼다고 한다.

'내가 죽거든 90%는 미국 S&P500지수를 추종하는 인덱스펀드*에 투자하고, 나머지 10%는 미국 채권에 투자하라.'

또한, 버크셔 해서웨이 주주총회에서 가장 많이 나오는 질문이 '이번에는 어느 기업을 매수할까요?'인데 버핏 할아버지는 딱 두 가지로 답변한다.

첫 번째는 본인의 회사인 버크셔 해서웨이 주식을 더 매수하라는 말이고, 두 번째는 S&P500 인덱스펀드를 매수하라는 것이다.

즉, 어떤 주주가 개인에게 알맞은 주식 투자법을 알려 달라는 질문에도 'S&P500에 묻어 두고 일터에 돌아가 자기 일을 열심히 하라. 노동생산성을 높이고 그 임금을 S&P500에 투자하면 어렵지 않게 부자가 될 수 있다'라고 일러 준다.

S&P500지수가 뭐지?

미국의 글로벌 신용평가회사인 스탠더드앤드푸어스(S&P)가 기업규모, 유동성·산업대표성을 감안하여 선정한 보통주**500종목을 대상으로 작성해 발표하는 주가지수로 미국에서 가장 많이 활용되는 대표적인 지수이다. IT기술주, 헬스케어, 금융, 임의소비재, 커뮤니케이션, 산업재, 필수소비재, 유틸리티, 리츠, 에너지, 원자재 총 11개 그룹별 지수가 있으며 이를 종합한 것이 S&P500이다.

....

◆ **인덱스펀드(index fund)** : 주가 지표의 변동과 동일한 투자 성과의 실현을 목표로 구성된 포트폴리오. 1970년대 초반 미국 웰즈파고 투자자문이 최초로 만들었다. 뉴욕증권거래소(NYSE)의 전 종목을 균등하게 편입하여 구성하였으며 이후 S&P를 비롯한 다양한 지수를 추종하는 인덱스펀드가 만들어졌다. 우리나라는 코스피지수를 추종하는 인덱스펀드가 대표적이다.

◆◆ **보통주** : 배당에 우선권이 있는 우선주에 대비하여 일반적인 주식을 보통주라 칭한다.

S&P500은 어떤 기업으로 구성되어 있을까?

S&P500은 전 세계 주식시장에서 50% 가까이 차지하는 미국시장 시가총액 상위에 있는 기업을 모아 놓은 분산투자 상품이다. 쉽게 말해서 전 세계에서 가장 좋은 회사들만 엄선해서 모았다. 다음은 S&P500에 속한 상위 기업이다.

S&P500에 편입된 기업은 애플, 마이크로소프트, 아마존 닷컴, 페이스북, 알파벳, 테슬라, 버크셔 해서웨이, 제이피모간체이스, 존슨앤드존슨 등 모두 익숙하다. 시가총액이 높은 순서대로 더 많은 비중으로 투자되고, 이 비중은 시가총액이 변동될 때마다 조정된다.

| S&P500에 속한 상위 기업 목록 |

	Company	Symbol	Weight	Weight	Price
	Components of the S&P 500				(단위:US)
1	Apple Inc.	AAPL	6.3	6%	123.75
2	Microsoft Corporation	MSFT	5.5	6%	230.5
3	Amazon.com Inc.	AMZN	4.2	4%	3125
4	Facebook Inc. Class A	FB	1.9	2%	258.21
5	Alphabet Inc. Class A	GOOGL	1.9	2%	2025.6
6	Alphabet Inc. Class C	GOOG	1.8	2%	2035.27
7	Tesla Inc.	TSLA	1.8	2%	678.5
8	Berkshire Hathaway Inc. Class B	BRK.B	1.4	1%	244.48
9	JPMorgan Chase & Co.	JPM	1.4	1%	150.39
10	Johnson & Johnson	JNJ	1.3	1%	162.5
11	NVIDIA Corporation	NVDA	1.1	1%	561.5
12	Visa Inc. Class A	V	1.1		
13	PayPal Holdings Inc	PYPL	1.0	1%	
14	Walt Disney Company	DIS	1.0	1%	
15	Procter & Gamble Company	PG	1.0	1%	
16	UnitedHealth Group Incorporated	UNH	0.9	1%	
17	Home Depot Inc.	HD	0.9	1%	
18	Mastercard Incorporated Class A	MA	0.9	1%	
19	Bank of America Corp	BAC	0.8	1%	
20	Intel Corporation	INTC	0.8	1%	
21	Netflix Inc.	NFLX	0.7	1%	
22	Comcast Corporation Class A	CMCSA	0.7	1%	
23	Verizon Communications Inc.	VZ	0.7	1%	
24	Adobe Inc.	ADBE	0.7	1%	460.79
25	salesforce.com Inc.	CRM	0.7	1%	235.9
26	Exxon Mobil Corporation	XOM	0.7	1%	54.92
27	Abbott Laboratories	ABT	0.7	1%	121.99
28	AT&T Inc.	T	0.6	1%	29.25
29	Broadcom Inc.	AVGO	0.6	1%	470.01
30	Coca-Cola Company	KO	0.6	1%	50.67
31	Cisco Systems Inc.	CSCO	0.6	1%	45.43
32	Walmart Inc.	WMT	0.6	1%	137.5
33	Pfizer Inc.	PFE	0.6	1%	34
34	Thermo Fisher Scientific Inc.	TMO	0.6	1%	463
35	Merck & Co. Inc.	MRK	0.6	1%	74.86
36	AbbVie Inc.	ABBV	0.6	1%	106.7
37	Chevron Corporation	CVX	0.6	1%	99.73
38	PepsiCo Inc.	PEP	0.6	1%	132.04
39	NIKE Inc. Class B	NKE	0.6	1%	137.5
40	Qualcomm Inc	QCOM	0.5	0%	136.26
41	Texas Instruments Incorporated	TXN	0.5	0%	172.69
42	Accenture Plc Class A	ACN	0.5	0%	251.77
43	Eli Lilly and Company	LLY	0.5	0%	201.1
44	McDonald's Corporation	MCD	0.5	0%	213
45	Costco Wholesale Corporation	COST	0.5	0%	349.51
46	Wells Fargo & Company	WFC	0.5	0%	37.42
47	NextEra Energy Inc.	NEE	0.5	0%	74.45
48	Medtronic Plc	MDT	0.5	0%	115.65
49	Danaher Corporation	DHR	0.4	0%	225.5
50	Honeywell International Inc.	HON	0.4	0%	203.99

> S&P500 ETF의 시가총액 순위는 계속 변동된다. 시가총액이 큰 기업에 더 많이 투자한다.

출처 : www.slickcharts.com/sp500

세계 3대 운용사 상품을 선택하면 무난! – SPY, IVV, VOO, SPLG

S&P500지수를 바탕으로 상품을 운용하는 ETF는 여러 가지가 있지만, 글로벌 3대 자산운용사의 상품을 추천한다.(SPY, IVV, VOO, SPLG, SPY와 SPLG는 운용사 동일)

2021년 2월 19일 종가 기준으로 상위 10개 종목이 동일하며 보유 비중도 운용규모에 따라 소수점의 차이가 있지만 유사하다.

미국 상장 시가총액 상위 10개 기업에 27% 비중으로 분산투자되어 있고, 그 외 490여 개 기업에도 시가총액 순서대로 높은 비중으로 투자된다. 같은 지수를 복제한 상품이기 때문에 큰 차이가 없다.

| S&P500 ETF 상품별 시가총액 상위 10개 기업 비교 |

SPY Top 10 Holdings		IVV Top 10 Holdings		VOO Top 10 Holdings		SPLG Top 10 Holdings	
Apple Inc	6.27%	Apple Inc	6.29%	Apple Inc	6.71%	Apple Inc.	6.27%
Microsoft Corporation	5.57%	Microsoft Corporation	5.55%	Microsoft Corporation	5.58%	Microsoft Corporation	5.57%
Amazon.com, Inc.	4.29%	Amazon.com, Inc.	4.24%	Amazon.com, Inc	4.35%	Amazon.com, Inc.	4.29%
Facebook, Inc. Class A	1.96%	Facebook, Inc. Class A	1.98%	Facebook, Inc. Class	1.98%	Facebook, Inc. Class A	1.96%
Alphabet Inc. Class A	1.91%	Alphabet Inc. Class A	1.92%	Tesla Inc	1.92%	Alphabet Inc. Class A	1.92%
Alphabet Inc. Class C	1.86%	Alphabet Inc. Class C	1.86%	Alphabet Inc. Class C	1.75%	Alphabet Inc. Class C	1.86%
Tesla Inc	1.81%	Tesla Inc	1.82%	Alphabet Inc. Class B	1.70%	Tesla Inc	1.81%
Berkshire Hathaway Inc. Class B	1.43%	Berkshire Hathaway Inc. Class B	1.44%	Berkshire Hathaway Inc. Class B	1.39%	Berkshire Hathaway Inc. Class B	1.43%
JPMorgan Chase & Co	1.34%	JPMorgan Chase & Co	1.33%	JPMorgan Chase & Co	1.37%	JPMorgan Chase & Co	1.34%
Johnson & Johnson	1.32%	Johnson & Johnson	1.31%	JPMorgan Chase & Co	1.25%	Johnson & Johnson	1.32%
Total Top 10 Weighting	27.76%	Total Top 10 Weighting	27.74%	Total Top 10 Weighting	27.99%	Total Top 10 Weighting	27.77%

운용사별 상품 구성은 거의 비슷하다.
모두 1위는 애플, 2위는 마이크로소프트이다.

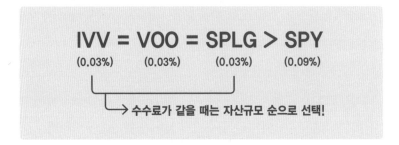

거래량 측면에서는 SPY상품이 가장 유리해 보인다. 거래량이 중요한 이유는 시장에서 원하는 시점에 빠르게 사고팔기 위해서인데, 기관의 경우 실시간으로 트레이딩을 하기 때문에 거래량이 중요하다.

다만, 우리는 조금 다르다. 수수료가 더 중요하다. S&P500 ETF만 억 단위로 매수할 게 아니라면 SPY상품보다는 수수료가 저렴한 IVV → VOO → SPLG를 순서대로 추천한다.

수수료 측면에서는 운용사간 경쟁으로 0.03%까지 내려왔는데, 본인의 자금 여력에 따라 개별주가를 확인하고 IVV나 VOO 중 한 종목을 선정해서 매수하면 충분할 것 같다. 사회초년생이라면 매월 300달러 이상의 종목을 매수하는 게 벅찰 수 있다. 여윳돈이 많지 않다면, 거래량이 조금 적더라도 한 주당 가격이 45달러로 상대적으로 저렴한 SPLG를 매수하면 된다.

| 세계 3대 운용사의 S&P500지수 상품 비교 |

* 2021년 1월 19일 종가 기준

티커	상품명	운용사	상장일	운용보수 (%)	1주당 가격 (달러)	자산 규모 (달러)	하루 평균 거래량(달러)
SPY	SPDR S&P 500 ETF	State Street Global Advisors	1993년 1월 22일	0.09	390.03	340.229B	20.39B
IVV	iShares Core S&P 500 ETF	Blackrock	2000년 5월 15일	0.03	391.51	254.58B	1.36B
VOO	Vanguard S&P 500 ETF	Vanguard	2010년 9월 7일	0.03	358.59	199.30B	1.02B
SPLG	SPDR Portfolio S&P 500 ETF	State Street Global Advisors	2005년 11월 8일	0.03	45.87	8.770B	87.98M

출처 : ETF.COM / YAHOO FINANCE

거래량은 SPY 유리, 저렴한 수수료는 IVV가 유리.
사회초년생은 가격이 싼 SPLG 추천!

36

미국IT 집중투자
| 나스닥100 ETF(QQQ, QQQM) |

미국 4차산업을 주도하는 기술주에 투자하고 싶다면?

초보자라면, 미국 초우량기업에 분산투자하는 S&P500 ETF로 먼저 달러자산을 구축하는 걸 추천한다. 여기서 만약, 성장산업 투자[*]를 위해 4차산업 시대를 주도하는 글로벌 IT기업에 더 높은 비중으로 투자하고 싶다면 나스닥100 ETF를 추가하면 좋다. S&P500의 경우 애플 비중이 6%인 데 반해, 나스닥100 ETF의 경우 11%로 더 높다.

◆ **성장산업 투자 :** 〈초우량주 투자원칙 3〉은 미국주식 ETF에 50% 이상 투자하는 것이고, 〈초우량주 투자원칙 4〉는 성장산업에 투자하는 것이다. 이 두 원칙의 교집합이 '나스닥100 ETF'이다.

나스닥100지수가 뭐지?

미국을 대표하는 증권거래소에는 빅보드(Big Board)라는 애칭으로 불리며 뉴욕 월스트리트 11번가에 위치한 세계 최대 규모의 뉴욕거래소(NYSE)와 IT기업이 주로 상장되어 있는 두 번째로 큰 나스닥(NASDAQ), 그 외 작은 규모의 기업이 상장되어 있는 아메리카증권거래소(AMEX)가 있다.

나스닥100지수는 나스닥 증권거래소에 상장되어 있는 시가총액 상위 100개 기업의 주가흐름을 보여주는 지표이다. 나스닥100에 포함되어 있는 기업들은, S&P500지수에도 높은 비중으로 포함되어 있지만 나스닥100지수를 추종하는 ETF 상품을 매수한다면 4차 산업 관련 IT, 플랫폼 기업에 더 높은 비중으로 투자할 수 있다.

나스닥100은 어떤 기업으로 구성되어 있을까?

나스닥100은 미국 나스닥 증권시장에 상장되어 있는 종목 중 시가총액이 크고 거래량이 많은 100개의 비금융권 대표기업으로 이루어진 지수를 말한다.

1985년 1월부터 산정되어 발표하고 있으며 금융섹터를 제외한 IT, 기술주, 소비재, 헬스케어 중심으로 구성되어 있다.

| 나스닥100 주요 기업 구성도 |

| 나스닥100지수 구성종목과 비중 |

#	Company	Symbol	Weight	Price	Chg	% Chg
			Components of the Nasdaq 100			
1	Apple Inc	AAPL	11.46	▲ 121.49	0.07	(0.06%)
2	Microsoft Corp	MSFT	9.501	▲ 232.48	0.88	(0.38%)
3	Amazon.com Inc	AMZN	8.326	▲ 3,005.00	4.54	(0.15%)
4	Tesla Inc	TSLA	4.231	▼ 596.40	-1.55	(-0.26%)
5	Alphabet Inc	GOOG	3.692	▲ 2,115.00	6.46	(0.31%)
6	Facebook Inc	FB	3.391	▲ 264.40	0.12	(0.05%)
7	Alphabet Inc	GOOGL	3.34	▲ 2,100.00	2.93	(0.14%)
8	NVIDIA Corp	NVDA	2.664	▲ 502.60	4.14	(0.83%)
9	PayPal Holdings Inc	PYPL	2.511	▲ 241.05	2.00	(0.84%)
10	Intel Corp	INTC	2.063	▲ 61.00	0.26	(0.43%)
11	Comcast Corp	CMCSA	2.062	▲ 55.30	0.21	(0.38%)
12	Netflix Inc	NFLX	1.933	▲ 517.13	0.74	(0.14%)
13	Adobe Inc	ADBE	1.808	▲ 442.00	1.17	(0.27%)
14	Cisco Systems Inc/Delaware	CSCO	1.603	▲ 46.50	0.25	(0.54%)
15	Broadcom Inc	AVGO	1.574	▲ 450.50	0.36	(0.08%)
16	PepsiCo Inc	PEP	1.5	▲ 133.05	0.02	(0.02%)
17	Texas Instruments Inc	TXN	1.316	▲ 168.45	0.51	(0.30%)
18	QUALCOMM Inc	QCOM	1.251	▲ 130.24	0.49	(0.38%)
19	T-Mobile US Inc	TMUS	1.24	▼ 124.10	-0.58	(-0.47%)
20	Costco Wholesale Corp	COST	1.201	▲ 318.25	0.93	(0.29%)

S&P500과 종목이 겹치는 나스닥 100. 금융 섹터를 제외한 IT, 기술주, 소비재, 헬스케어 종목이 주를 이루기에 4차산업 종목에 집중적으로 투자가 가능하다.

출처 : www.slickcharts.com/nasdaq100

나스닥100을 따르는 대표상품은 QQQ ETF

나스닥지수를 추종하는 대표적인 ETF로는 Invesco사의 QQQ ETF가 있다. 가장 오래된 나스닥 추종 상품으로 관련 정보는 ETF.

COM 사이트(www.etf.com)에서 쉽게 확인할 수 있다.

애플, 마이크로소프트, 엔비디아 같은 기술주 비중이 62%로 대부분을 차지하고 있으며 테슬라, 아마존 닷컴, 나이키, 스타벅스 같은 소비순환재(Consumer Cyclicals) 비중도 23% 가까이 된다. 그 외 어도비 시스템즈, 암젠 등의 기업도 6% 정도 포함되어 있다.

나스닥100 ETF는 시가총액 상위 10개 기업에 50%가량 집중투자되어 있다. 애플, 마이크로소프트, 아마존 닷컴, 테슬라, 구글의 모회사인 알파벳, 그래픽 카드로 유명한 엔비디아, 전자결제 업체 페이팔 홀딩스, 미디어 컨텐츠 기업 컴캐스트 순서로 구성되어 있다. 개별기업의 성장과 쇠락에 따라 종목구성도 매번 달라진다.

QQQ ETF보다 수수료가 저렴한 QQQM ETF 추천!

동일한 운용사에서 QQQ의 복제상품인 QQQM을 2020년 10월 출시했는데, QQQ보다 수수료가 조금 더 저렴한 QQQM ETF를 추가매수하고 있다.

ETF.COM 사이트에 접속해서 COMPARISON TOOL을 활용하면 QQQ와 QQQM을 비교할 수 있는데, QQQ의 경우 2021년 3월 현재 한 주당 308달러에 거래되고 있으며, 복제상품인 QQQM은 126달러이다. 운용사는 Inveco사로 동일하지만, 운용 수수료는 QQQM이 0.15%로 더 낮다.

운용규모로만 봤을 때 단기간에 유동성을 확보해야 하는 기관의 경우 QQQ를 매수하는 게 더 유리하겠지만, 단기적으로 매수 매도를 반복할 게 아니라면 초보자에게는 한 주당 가격이 저렴하고 수수료도 낮은 QQQM ETF를 추천한다.

QQQ vs QQQM ETF Facts		
Last Trade		**Last Trade**
$308.68 +4.58 (1.51%)		$126.98 +2.07 (1.66%)
Ticker		Ticker
QQQ Invesco QQQ Trust		QQQM Invesco NASDAQ-100 ETF
Issuer		Issuer
Invesco		Invesco
Expense Ratio		Expense Ratio
0.20%		0.15%
Assets Under Management		Assets Under Management
$145.62B		$585.59M
Average Daily $ Volume		Average Daily $ Volume
$11.11B		$15.98M
Underlying Index		Underlying Index
NASDAQ-100 Index		NASDAQ-100 Index
Number Of Holdings		Number Of Holdings
103		103

> 장기투자자는
> 수수료 저렴한 게 최고!

거품 논란의 미국 기술주, 적립식 투자가 대안!

나는 현재 '지금 당장 돈을 잘 벌고 앞으로도 잘 벌 가능성이 높은 기업에 투자한다'는 원칙에 따라 나스닥100 ETF에 가장 많은 비중으로 투자하고 있다.

코로나 이후 전 세계적인 언택트 문화 확산에 따라 가장 높은 주가 상승으로 거품 논란이 있지만, 나스닥에 속한 우량기업들이 4차 산업시대를 이끌어 가고 있는 건 부정할 수 없는 사실이다.

물론, 단기적으로 급격하게 오른 가격이 부담스러울 수 있다. 그럴 땐 주기적으로 분할 매수하면 된다. 세상을 바꾸는 기술에는 거품이 없다. 다만, 기술주 가격에는 인간의 욕망이 결합되어 거품이 발생하기도 하지만 거품이 있을 때도 매수하고, 거품이 없을 때도 매수하다 보면 결국 그 거품 아래 숨겨진 원액을 마실 수 있게 된다. 단기적으로 가격이 급상승했지만 주저 없이 매수 버튼을 누르자. 대신, 분할 매수하자.

210

어질 때마다 더 많이 매수한다는 생각으로 임하자.

대내외 경제 상황에 따라 주식가격은 하락할 수 있다. 하지만, 자본주의가 유지되는 한 좋은 제품을 만드는 우량한 회사에는 끊임없이 돈이 들어온다. 장기적으로 보면 자연스럽게 주가는 상승한다. 성장하는 산업에서, 우량한 회사를 고르기만 하면 된다. 주식가격에 너무 연연하지 말자. 한 주를 먼저 사야 한다. 그래야 시작할 수 있다.

너무 겁내지 말자. 삶은 위험의 연속이다. 주식투자로 돈을 잃을 확률도 살아가면서 겪어야 하는 수많은 위험 중 하나일 뿐이다. 너무 걱정하지 말고 일단 한 주만 매수해 보자. 그리고 시장에 관심을 갖고 종목에 대해 공부해 보자. 내가 투자하는 기업에 대해 알아 가는 만큼 두려움은 사라진다.

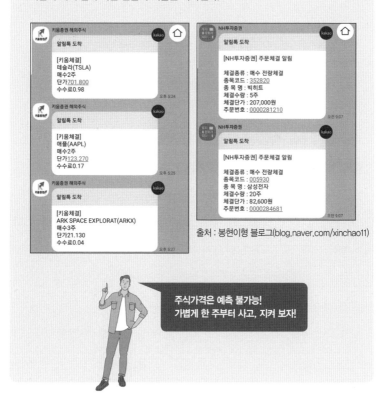

출처 : 봉현이형 블로그(blog.naver.com/xinchao11)

주식가격은 예측 불가능!
가볍게 한 주부터 사고, 지켜 보자!

211

37

미국 반도체 산업 투자
| 필라델피아 ETF(SOXX, SMH) |

AI? IOT? 5G, 빅데이터? 전기차? 자율주행? 스마트팩토리?
4차산업을 관통하는 것은 반도체!

2021년 우리는 인공지능(AI), 사물인터넷(IoT), 빅데이터, 모바일 등 첨단 정보통신기술이 기존산업과 서비스에 융화되어 경제나 사회전반에 걸쳐 혁신적인 변화가 나타나는 4차산업 혁명시대를 살아가고 있다. 그리고 반도체는 이 모든 산업이 성장하는 데 있어서 반드시 필요한 소재이다.

반도체(半導體, semiconductor)란 Semi(반)와 conductor(도체)라는 단어에서 유래한 것으로 쉽게 말해 전기가 잘 통하는 도체와 통하지 않는 절연체의 중간적인 성질을 나타내는 물질이다. 반도체는 열, 빛, 자장, 전압, 전류 등의 영향으로 성질이 바뀌는 이 특징에 의해 매우 다양한 용도의 전자기기에 활용되고 있으며, 앞으로 더 많은 분야로 확대될 수밖에 없다.

흔히 반도체라고 하면 노트북, 태블릿, 스마트폰 같은 IT기기를 떠올리는데, 실제로 이런 IT기기보다 자동차에 반도체가 더 많이 쓰인다. 속도제어장치는 물론 운전자보조시스템(ADAS)과 에어백 등 안전과 관련된 부분에도 반도체가 필수적으로 사용된다.

전기차 시대의 성장에 따라 내연기관이 줄어들고, 넓어진 공간에서 편의장치까지 확장되는 흐름을 보면 자동차는 기계보다 반도체 중심의 전자장치로 볼 수 있다. 향후 전기차뿐만 아니라 자율주행차까지 일상화되면 반도체의 쓰임은 지금보다 몇 배 더 확대될 것으로 관련업계는 전망한다.

상상해 보자. 반도체로 이루어진 자율주행차는 날씨, 주행정보, 도로정보 등 끊임없이 데이터를 생성한다. 이렇게 생성된 데이터는 5G 통신장비를 통해 데이터센터로 전송된다. 전송된 정보는 다시 메모리 반도체에 저장되고, 기업은 이 데이터를 가공하여 소비자에게 판매한다. 우리는 이런 정보를 클라우드 서비스를 통해 가정용 PC나 태블릿으로 소비하며 앞서 말한 모든 곳에는 반도체가 사용된다.

과거 산업혁명 시대에는 철(steel)이 산업의 쌀이었다면, 4차산업

시대에는 반도체가 쌀에 해당한다. 그래서 우리는 별다른 고민 없이 매일 밥 먹듯, 반도체 산업에 투자해야 한다.

전 세계 반도체 산업에 투자하는 SOXX ETF

나는 전 세계 반도체 산업을 독점하기 위해 필라델피아 반도체 지수*를 추종하는 SOXX ETF와 메모리 강자 삼성전자를 매월 매수하고 있다.

반도체 산업의 경우 크게 메모리와 비메모리 시장으로 분류할 수 있는데 삼성전자와 SK하이닉스는 단순하게 데이터를 저장하는

| 메모리, 비메모리 시장 차이 비교 그래프 |

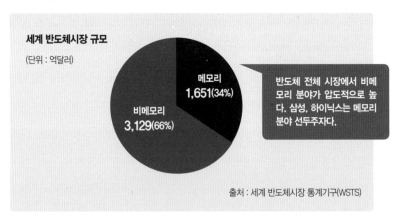

세계 반도체시장 규모

(단위 : 억달러)

메모리
1,651(34%)

비메모리
3,129(66%)

반도체 전체 시장에서 비메모리 분야가 압도적으로 높다. 삼성, 하이닉스는 메모리 분야 선두주자다.

출처 : 세계 반도체시장 통계기구(WSTS)

◆ 〈초우량주 투자원칙 3〉은 미국주식 ETF에 50% 이상 투자하는 것이고, 〈초우량주 투자원칙 4〉는 성장산업에 투자하는 것이다. 이 두 원칙의 교집합 중 하나는 앞서 언급한 '나스닥100 ETF'이고, 다른 하나는 '필라델피아 ETF'이다. 뒤에서 설명할 전기차&자율주행차 ETF도 마찬가지다.

메모리산업에서만 뚜렷한 성과를 내고 있다. 그러나 반도체 전체 시장 규모로 보면 CPU나 그래픽 카드와 같이 연산이 가능하고 부가가치가 높은 비메모리 비중이 압도적으로 높다. 그래서 반도체 시장을 독점하기 위해서는 삼성전자나 하이닉스뿐만 아니라 비메모리시장에도 함께 투자해야 한다.

SOXX ETF는 '필라델피아 반도체 지수*'를 추종하는 ETF로 세계 3대 운용사 중 하나인 '블랙락'에서 운용하고 있다. 2001년 상장해서 약 20년간 운용된 상품으로, 미국에 상장되어 있는 전 세계 반도체기업에 분산투자한다.

대만의 TSMC나 네덜란드의 ASML도 미국기업은 아니지만, 미국시장에 상장되어 있으면 편입 조건이 된다. SOXX ETF는 시가총액 최소 100만달러 이상 그리고 발행 주수가 150만 주 이상인 종목 중 시가총액 상위 30개 종목을 골라 지수화하는데, 분기마다 필요에 따라 리밸런싱을 진행하며 종목당 최대 8%를 초과하여 편입하지 않는 것을 원칙으로 한다.

SOXX ETF는 미국기업에 90%가량 투자되고 있으며 상위 10개 기업이 60% 비중을 차지한다.

설계부터 제조 판매까지 하는 종합 반도체회사 인텔, 미국 통신용 반도체 기업 브로드컴, 반도체 엔진 생산업체 텍사스 인스트루

◆　**필라델피아 반도체 지수** : 1993년 12월 필라델피아 증권거래소에 의해 탄생한 주가지표. 해당 지수의 편입 대상은 미국 주식시장에 상장된 반도체 제조, 판매, 디자인, 장비 등의 종목으로 한정된다.

먼트, 비주얼컴퓨팅 분야 선도기업 엔비디아, 애플리케이션프로
세서 1위 퀄컴, 반도체장비 기업 어플라이드 머티어리얼즈, 램 리
서치, KLA Corp가 포함되어 있으며 파운드리[*] 위탁생산 1위 업체
TSMC도 보인다.

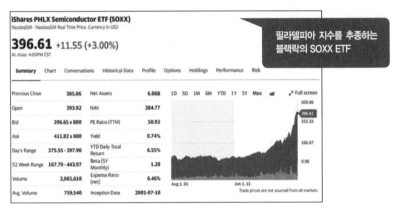

출처 : YAHOO FINANCE

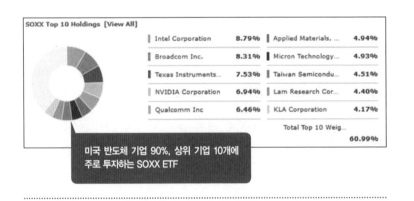

◆ **파운드리** : 외부 업체가 설계한 반도체 설계 디자인을 위탁받아 반도체 제조를 전담으로 생산하는 기업.

SOXX ETF vs SMH ETF 비교하기

대표적인 반도체 ETF로 SOXX 외에도 SMH가 있는데, 두 종목 모두 유사한 퍼포먼스를 낸다. 운용규모는 블랙락의 SOXX가 더 크고, 운용수수료도 0.46%로 조금 더 높다.

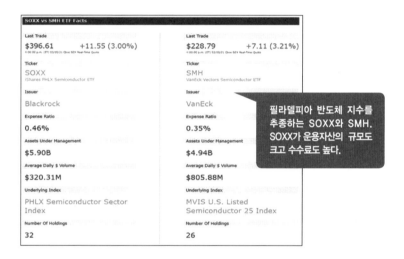

필라델피아 반도체 지수를 추종하므로 SOXX와 SMH의 주가 역시 함께 움직인다.

두 개 ETF 모두 종목은 상위 10개 기업도 비슷하고, 실제로 소수점 차이로 20위권 이내 기업도 동일하게 구성되어 있다. SOXX의 경우 32개 기업에 투자하며 종합 반도체회사 인텔의 비중이 상대적으로 높다. SMH의 경우 26개 기업을 보유하고 있으며, 대만 파운드리 1위 업체 TSMC의 비중이 높다.

두 기업의 선호도에 따라 SOXX나 SMH 중 하나를 선택해도 좋다. 다만 SOXX의 경우 분기배당을 주며 SMH는 1년에 1회 배당을 지급한다.

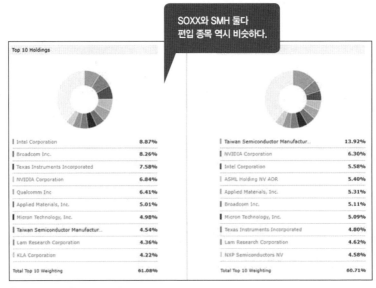

출처 : ETF.COM. 왼쪽 SOXX, 오른쪽 SMH

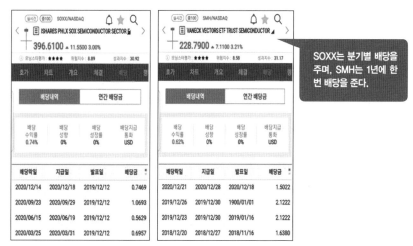

출처 : 키움증권 앱. 왼쪽 SOXX(분기별 배당), 오른쪽 SMH(1년 배당)

반도체산업은 조선, 철강, 디스플레이와 달리 더 많은 자본력과 기술개발을 위한 축적된 시간이 필요하다. 중국이 자본력을 앞세워 자국기업을 지원한다고 해도 앞서 있는 글로벌 반도체 기업들과 전 세계에서 경쟁하는 데는 한계가 있다. 그래서 이미 시장을 장악한 해자가 있는 반도체 기업에 꾸준하게 분산투자한다면 인류가 다시 석기시대로 돌아가지 않는 이상 손해 보기 어려운 구조다.

38

전 세계 배터리&리튬 채굴 '배터리' 투자
| LIT ETF |

친환경 전기차는 거스를 수 없는 흐름

90세 넘은 미국 주식장이 워런 버핏 할아버지가 말했다.

"분산투자는 자신이 무엇을 하고 있는지 잘 모르는 투자가에게만 알맞는 투자방법이다."

"Wide diversification is only required when investors do not understand what they are doing."

– 워런 버핏 –

봉천동 밀레니얼세대인 봉현이형이 대답했다.

"맞아요, 할아버지. 기사를 읽고 재무제표를 분석해도 잘 모르겠습니다. 그런데……

테슬라, 지금이라도 사야 합니까?"

워런 버핏 할아버지 말의 요점은 주식을 잘 모르는 개인은 ETF 사는 게 좋지만, 전문투자가들은 방향성 없는 분산투자하지 말고 개별기업을 면밀하게 분석해서 싸게 사라는 뜻이다.

우리는 네이버뉴스, 카페, 블로그, 구글검색, 유튜브, 카카오톡 주식단톡방, 찌라시 등 정보의 홍수 속에 살고 있다. 누군가 말했다. 과거엔 정보를 독점한 소수가 돈을 벌었지만 앞으로는 넘치는 정보의 홍수 속에서 정확한 정보를 선별할 수 있는 사람이 돈을 번다고.

2010년 상장한 테슬라가 첫 상용차를 출시했을 때부터 코로나가 대유행하기 직전까지 끊임없는 부도설이 흘러나왔다. 지금은 전 세계 시가총액 1위 700조짜리 자동차기업이 됐지만, 불과 1~2년 전까지만 해도 전문가들 사이에서 테슬라는 곧 망한다는 주장이 있었다. 물론 또 다른 전문가는 세상을 바꿀 기업이라며 테슬라에 무한한 지지를 보냈고 여기저기서 갑론을박을 벌였다.

전기차? 수소차? 뭘 사야 하는 거지?
대안은 테슬라 포함된 ETF 적립식 매수!

양쪽 이야기를 들어 보면 모두 근거가 있고 논리적이었다. 자동차의 품질, 조립공정 생산성 및 수익성 문제, 친환경으로의 패러다임 전환이 예상보다 더딘 점 등 부정적인 측면이 많았고, 배터리 제조부터 완성차 조립, 자율주행 시스템, 그리고 우주를 향한 비전까지 긍정론자의 이야기를 들어보면 테슬라 주가는 1만달러도 넘을 것 같았다.

그런데 나는 경쟁업체나 동종업계에 종사하는 사람도 아니고 미국 사람도 아니다. 인터넷에 떠도는 정보만 가지고 미국기업의 성공 유무를 판단하고 투자하는 건 어려웠다.

동시에 일본의 토요타자동차나 현대차는 '수소'가 기술적으로도 상업적으로도 우월하다는 입장이었다. 그럼 전기차가 아니라 수소차에 투자해야 하나? 수소차도 결국 배터리가 들어가잖아? 그래서 국내 2차전지 배터리 관련 기업을 검색해 보니 연구소에서 발생한 폭발사고가 실검에 올라 있었다. 배터리도 지금은 리튬이온전지가 대세지만, 전고체 배터리*가 궁극적으론 성장할 거라고 했다.

이런 상황에서 수많은 정보를 종합하고, 시장을 분석하고, 기업

◆ **전고체 배터리** : 배터리의 음극과 양극 사이 전해질이 액체가 아닌 고체인 배터리로, 에너지 밀도가 높으며 발화 가능성이 낮아 현존하는 리튬이온 배터리를 대체할 차세대 꿈의 배터리로 불린다.

을 비교하고 전체적인 상황을 판단해서 큰돈을 넣고 장기간 마음 편하게 투자하는 게 나처럼 평범한 사람에게 가능한 일일까? 게다가 우리는 연애도 해야 하고, 출근도 해야 하고, 육아도 해야 하고 적어도 주 1회는 친구들이랑 한 잔 해야 한다. 이것만 하기에도 1주일이 빠듯하다.

그래서 조금 단순하게 생각했다. 전기차나 자율주행차 산업은 압도적인 1위가 아직은 없다. 하지만 친환경 전기차는 거부할 수 없는 흐름이다. 코로나 이전부터 친환경 자동차의 필요성에 대해선 이견이 없었다. 내연기관차가 환경오염을 유발한다는 건 누구나 알고 있다. 다만 친환경차로의 전환이 상업적으로 실현 가능한지 아닌지, 가능하다면 전기차가 맞는지 수소전기차가 맞는지에 대해 논의가 있었을 뿐이다.

현재는 유럽과 미국을 중심으로 전기차의 보급이 빠르게 이루어지고 있고 장기적으로는 중국, 인도까지 내연기관차 생산 중단을 선언했다. 이 흐름은 개인이 바꿀 수 있는 게 아니다. 우린 그저 내일 태양이 뜬다는 걸 확신한다면, 내일 태양이 뜬다고 말하는 회사에 태양이 뜰 때까지 분산투자하면 된다. 이게 우리가 성장산업에 성공적으로 투자할 수 있는 유일한 방법이다.

그래서 테슬라가 포함되어 있는 관련 ETF 두 개를 꾸준하게 매수했다.

배터리 제조 및 리튬 채굴 기업에 투자하는 LIT ETF

먼저 LIT ETF를 알아보자. LIT는 배터리의 원료가 되는 리튬을 채굴하는 기업 그리고 배터리 제조 관련 시가총액 상위 20~40개 기업에 분산투자하는 상품이다.

코로나 전후, 20달러대에 머물렀던 주가는 전 세계적인 유동성 공급과 친환경 산업으로의 급속한 전화에 따라 주가는 현재 60달러대를 형성하고 있다. 처음 매수를 시작한 2019년 말부터 현재까지 매월 한 번도 빠지지 않고 꾸준하게 매수하고 있다.

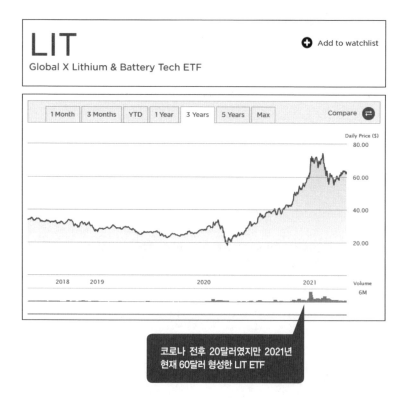

코로나 전후 20달러였지만 2021년 현재 60달러 형성한 LIT ETF

LIT ETF는 2021년 2월 25일 기준, 중국, 미국, 홍콩, 한국, 일본, 호주, 칠레, 독일 등 전 세계 리튬, 전기차 배터리 관련 기업에 골고루 분산투자된다.

전 세계 리튬, 전기차 배터리 기업에 분산투자 중인 LIT ETF

LIT Top 10 Countries

China	28.83%	Australia	6.35%
United States	22.87%	Chile	5.05%
Korea, Republic of	12.28%	Germany	2.22%
Hong Kong	11.92%	Taiwan, Province ...	1.92%
Japan	7.15%	Netherlands	0.89%

국내 개인들이 직접 투자하기 어려운 국가의 주식까지 분산해서 투자하기 때문에, 운용수수료(0.75%)가 다른 메이저 ETF에 비하면 높은 편이지만 대안이 없다. 그리고 여러 국가에 분산투자하는 데 들어가는 비용을 감안하면 합리적으로 느껴진다.

LIT Top 10 Holdings [View All]

Albemarle Corpor...	12.83%	Tesla Inc	4.98%
Ganfeng Lithium ...	6.44%	LG Chem Ltd.	4.79%
Contemporary A...	5.71%	Sociedad Quimic...	4.73%
EVE Energy Co. L...	5.42%	Panasonic Corpor...	4.66%
Samsung SDI Co.,...	5.15%	Wuxi Lead Intelli...	4.38%
		Total Top 10 Weig...	59.09%

운용수수료는 0.75%로 비싼 편이지만, 0.4%에 해당하는 배당금이 있기 때문에 수수료에 대한 부담은 덜 수 있다.

LIT ETF에 편입된 종목은 세계 최대 리튬 광산기업 앨버말을 중심으로 중국 최대 리튬광산 간펑, 중국 전기차 BYD, 배터리 업체인 EVE에너지 그리고 CATL, 일본의 파나소닉, 테슬라, 마지막으로 한국을 대표하는 배터리 제조사 LG화학과 삼성SDI 등 광산주부터 배터리, 전기차까지 생태계 전반에 골고루 분산투자되어 있으며 상위 10개 종목 비중이 60%로 높은 편이다. 주가가 비싼 테슬라도 5% 정도 포함되어 있어서 테슬라 개별주가 부담스러운 사람들에게 추천할 만하다.

리튬은 배터리의 재료가 되고, 배터리는 전기차와 수소전기차의 중요 부품이 된다. 배터리를 장착한 친환경차는 궁극적으로 자율주행 시스템이 탑재되어 도로로 나간다. 관련 산업이 성장하게 되면 앞서 언급한 회사 모두 수혜를 받게 된다. 그리고 LIT ETF 하나면 전기차 생태계 전반에 투자할 수 있다.

| LIT ETF 투자 기업 |

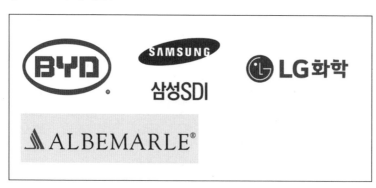

39

전 세계 전기차&자율주행차 '완성차' 투자
| DRIV ETF |

전기차, 수소차, 자율주행차 기업 집중투자

또 다른 전기차&자율주행차 ETF로는 DRIV를 들 수 있다. LIT ETF가 배터리소재와 배터리기업에 집중투자한다면 DRIV ETF는 자율주행 및 완성차 기업에 집중투자하는 상품이다.

코로나19 팬데믹 급락 이후 일시적으로 주가가 하락했지만 전 세계적인 유동성 공급과 친환경 시대로의 전환으로 코로나 전후 15달러 대비 주가가 두 배 가까이 오른 상태다. 이미 올랐어도 매달 한 주씩은 사야 한다.

미국 비중이 60%로 가장 높고 일본, 한국, 중국, 홍콩, 독일 등 전 세계 전기차&자율주행 기업에 분산투자한다.

상위 10개 기업 비중은 27%로 특정종목에 편중되지 않았고 골고루 분산투자한다. 상위 기업에는 알파벳, 인텔, 마이크로소프트, 엔비디아, 애플, 바이두 등 IT&플랫폼, 반도체 기업들이 포함되어 있으며 전통적인 자동차산업에 속하는 토요타자동차 그리고 테슬라가 10위권에 위치해 있다.

상위 기업 비중이 낮기 때문에 전체적인 포트폴리오를 살펴봐야 하는데 10위권 밖에도 전통적인 자동차기업인 현대차, 포드 모터, 폭스바겐, 제너럴 모터스 등 1%대 동일 비중으로 포함되어 있다.

DRIV Top 10 Holdings [View All]			
Alphabet Inc. Cla...	3.41%	Toyota Motor Corp.	2.70%
Intel Corporation	3.29%	Qualcomm Inc	2.61%
Microsoft Corpor...	3.15%	Tesla Inc	2.43%
NVIDIA Corporati...	3.07%	Baidu, Inc. Spons...	2.32%
Apple Inc.	2.82%	Micron Technolog...	2.11%
		Total Top 10 Weig...	27.93%

현대차를 비롯하여 전통 자동차기업도 투자 종목에 적은 비율이나마 포함되어 있다.

한 달에 10만원씩 적립식 투자로 LIT, DRIV 꾸준히 매수

2021년 3월 12일 종가 기준 DRIV 27달러, LIT 61달러로 88달러 (약 10만원)면 한 주씩 매수 가능하다. 한 달 10만원으로 LIT와 DRIV ETF를 통해 내일의 태양에 꾸준하게 분산투자하면 어떨까?

40

미국 부동산 투자

| 리츠(SRVR ETF, INDS ETF, 리얼티 인컴) |

부동산은 사고 싶은데 돈이 없네? 그럼 리츠!

"봉현씨, 이번에 과천 벨라르테 청약했어요? 이젠 청약만이 답이야. 무조건 신청해요."

회사에서는 샤이 무주택자 컨셉으로 부동산에 관심 없는 척하지만 세대주가 아닌데도 불구하고 매월 10만원씩 청약통장에 납입하고 누구보다 열심히 입지분석 하고 있다. 부동산은 주식과 더불어 자산의 한 축이라고 생각한다. 그래서 능력이 된다면 무리하지 않는 범위 내에서 투자하는 게 좋다.

다만, 내가 살고 싶은 서울의 대단지 아파트는 사회초년생인 내가 사기엔 너무 비싸고 대출도 막혀 있다. 그렇다고 재개발을 노리고 낡은 빌라를 사서 몸테크 하기에는 바퀴벌레도 무섭고 불확실성이 크다. 하지만 부동산을 포기할 순 없다. 나만의 방법으로 입지 좋은 부동산에 투자하고 싶었다. 그래서 찾은 방법이 바로 리츠!

리츠(Real Estate Investment Trusts)란 다수의 투자자로부터 자금을 모아 부동산이나 부동산 관련 자산에 투자하고 운영 수익의 90%를 주주에게 돌려주는 간접투자 상품이다. 리츠 상품 역시 주식시장에 상장되어 개별종목처럼 거래가 가능하다.

| 리츠의 기본 구조 |

출처 : 국토교통부 리츠 정보 시스템

4차산업 수요가 지속될 부동산 찾기

코로나로 인해 사회적 거리두기가 생활화되면서 대로변 상권에는 임대 문의 현수막이 붙기 시작했다. 이전부터 자영업 경기는 안 좋았던 것 같은데, 코로나로 인해 더 큰 타격을 받았다. 코로나 백신을 맞게 되면 부서 전 직원 항체 형성 기념으로 강남역 삼겹살 골목에서 단체 회식을 하게 될까? 테헤란로의 대형평수 사무실이 이전처럼 공실 없이 꽉꽉 채워지고 '조물주 위에 건물주'라는 농담이 다시 유행하게 될까?

전염병 유행이 길어지자 비대면 문화가 평범한 일상이 되어 버렸다. 다시 예전으로 돌아갈 수 없을 것 같다는 생각이 확신으로 변해가고 있다.

비대면 문화로 인해 온라인쇼핑 매출액이 사상 최대치를 갱신하고 있다. 국내 이커머스 시장에서 무서운 성장세를 보이고 있는 쿠팡은 2021년 NYSE(뉴욕증권거래소)에 상장했고, 우린 로켓배송에 익숙해졌다. 그로 인해 물류창고에 대한 수요는 늘어났다.

| 글로벌 온라인 전자 상거래 규모와 증가율 |

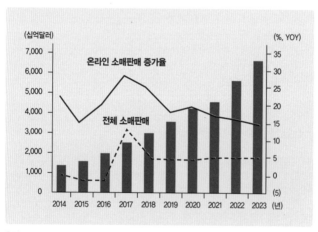

출처 : Statista

232

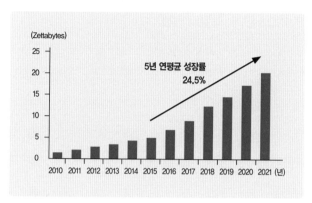

| 글로벌 데이터센터 트래픽 규모 |

(Zettabytes)

5년 연평균 성장률
24.5%

출처 : CISCO

명절에는 집합금지명령에 의해 가족모임을 영상통화로 대신했다. 친구들과는 인스타그램이나 카카오톡, 유튜브를 통해 일상을 공유하는 일이 많아졌다. 매일같이 발생하는 수많은 데이터는 어디에 저장되는 걸까? 일상적인 데이터뿐만 아니라 빅데이터를 필요로 하는 클라우드 컴퓨팅, 자율주행, 인공지능, 스마트팩토리까지 연관되기 때문에 데이터센터의 향후 가치는 더 높아질 수밖에 없다. 가치가 높아지면 가격도 따라 올라간다. 그래서 수요가 늘어나는 부동산에 투자해야 한다.

물류창고와 데이터센터 집중투자!

SRVR ETF, INDS ETF, 리얼티 인컴

코로나로 인해 조금 앞당겨졌지만, 트렌드는 분명했다. 그래서 물류창고와 데이터센터에 투자하기로 결정하고 해당 산업 시가총액 상위 기업을 검색했다.

데이터센터 관련 시가총액 상위 기업 이퀴닉스, 크라운 캐슬 인터내셔널, 아메리칸 타워, 물류창고업 시가총액 상위 기업인 프로로지스와 듀크 리얼티.

모두 매수하고 싶었지만 생활비를 제외한 여윳돈으로 투자하는 내 입장에서 앞서 소개한 우량주를 사기에도 부족했다. 하지만 포트폴리오 다변화 차원에서 부동산에는 꼭 투자하고 싶었다. 그래서 다음과 같이 세 가지 종목을 매월 매수하고 있다.

1. **SRVR ETF** : 전 세계 시가총액 상위 데이터센터에 분산투자 (분기배당)◆

SRVR Top 10 Holdings [View All]			
Crown Castle Inte...	14.31%	GDS Holdings Ltd...	4.79%
Equinix, Inc.	13.97%	Digital Realty Trus...	4.68%
American Tower C...	13.81%	CyrusOne Inc.	4.47%
Iron Mountain, Inc.	6.12%	SBA Communicati...	4.03%
Lamar Advertising...	5.35%	Cellnex Telecom S...	3.64%
		Total Top 10 Weig...	75.16%

◆ **분기배당, 월배당** : SRVR, INDS ETF는 분기배당 지급. 미국 최대 상업용 리츠인 리얼티 인컴은 매월 배당금 지급.

2. INDS ETF : 전 세계 물류창고 상위 기업에 분산투자(분기배당)

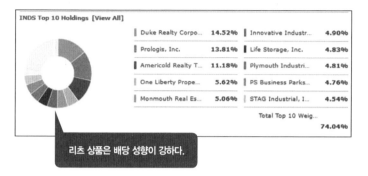

리츠 상품은 배당 성향이 강하다.

3. 리얼티 인컴 : 미국주식 투자자들에게 가장 유명한 상업용 부동산 리츠(월배당 강점)

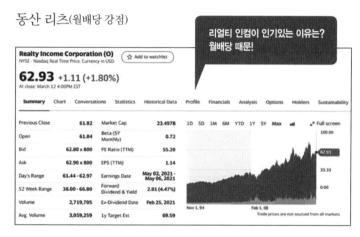

리얼티 인컴이 인기있는 이유는? 월배당 때문!

월 25만원으로 4차산업 부동산 수혜주 투자하기

2021년 3월 13일 종가 기준으로 SRVR ETF는 35달러, INDS ETF는 38달러, 리얼티 인컴은 63달러로 각각 한 종목씩 매수하려면 총 136달러(약 15만원)가 필요하다. 여기에 군입대전 어머니께서 만들어 주신 청약통장 10만원까지 포함하면 매월 전 세계 부동산에 25만원씩 적립식으로 투자하고 있는 셈이다.

리츠 관련해서는 오피스 임대, 카지노 임대, 의료시설 임대, 고급주택 임대 등 다양한 종류가 있다. 하지만 성장하는 산업에 더 높은 비중으로 투자한다는 원칙에 따라, 4차산업혁명의 수혜를 받게 될 데이터센터와 물류창고 두 개 ETF를 선택했다. 지금 당장 높은 배당을 주는 고배당주는 아니지만, 장기적으로 관련 산업이 성장하는 만큼 안정적인 배당 성장 및 주가 상승이 기대된다.

리얼티 인컴은 미국 배당귀족주*에 선정된 대표 우량 배당주로, 미국 대도시 주요지역의 상업용 건물을 소유, 임대업을 하는 부동산 신탁회사다. 코로나19 팬데믹으로 주가가 하락한 시점부터 매월 달러흐름을 일으키기 위해 매수하고 있다. 월급은 꼬박꼬박 원화로 들어오지만, 달러는 배당금 아니면 나올 구멍이 없기 때문에 통화에 대한 분산차원에서 꾸준히 매수하는 걸 추천한다.

1994년 0.9달러 지급을 시작으로 2020년 주당 2.814달러까지 한 해도 거르지 않고 배당금을 인상하고 있다.(2021년 4월 6일 종가 기준 시가배당률은 세전 4.3% 수준)

◆　**배당귀족주** : 25년 이상 배당금을 증액해온 기업 중, 재무가 우수한 기업만 선정된다.

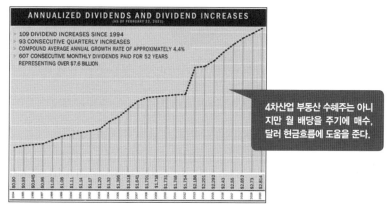

출처 : 리얼티 인컴 홈페이지(www.realtyincome.com)

벼락거지라는 신조어가 생길 정도로 부동산 폭등으로 인해 사람들이 분노하고 절망하고 있다. 열심히 살고 있는데 거지가 된 것 같은 마음에 엄마 집에 얹혀살고 있는 무주택자인 나도 속상하다. 다만 조금 냉정해질 필요가 있다. 20~30대 나이에 집을 가지고 있는 게 일반적인 상황도 아니고 내가 통제할 수 없는 상황에 절망하고 분노하기보다는, 우선은 우리가 할 수 있는 범위 내에서 부동산 투자를 시작해 보면 어떨까?

부동산 가격이 떨어질지 더 오를지 나도 알 수 없지만, 살 수 없는 부동산을 바라보며 가격이 떨어질 때까지 기다리기보다는, 기회가 올 때까지 리츠에 투자하면서 부동산시장을 공부하는 게 현실적인 대응책 아닐까?

41

미국 행복산업 투자

| 반려동물, 게임, 컨텐츠, 바이오, 헬스케어 ETF |

4차산업혁명의 끝엔? 인간에게 행복을 주는 산업에 투자하기

성장하는 산업에만 투자한다는 원칙에 따라, 4차산업 관련 기업 이외에도 반려동물, 게임, 컨텐츠, 바이오, 헬스케어를 행복산업이라고 정의하고 꾸준히 월 적립식으로 투자하고 있다. 해당 산업은 삼성전자나 애플처럼 특정기업이 독점하는 형태가 아니기 때문에 개별기업 투자의 리스크는 줄이면서 산업 성장의 수혜를 받고자 ETF만 매수하고 있다.

거래량과 구성종목을 꼼꼼하게 고려하여 미국 ETF 세 개, 한국 ETF 한 개(255쪽 참고)를 선정했다.

1. PAWZ ETF : 반려동물 관련 기업 전반에 분산투자

PAWZ Top 10 Holdings [View All]

IDEXX Laboratori...	10.20%	Merck & Co., Inc.	5.05%
Zoetis, Inc. Class A	10.18%	Nestle S.A.	4.77%
Freshpet Inc	10.00%	Pets At Home Gr...	4.59%
Dechra Pharmace...	7.65%	Trupanion, Inc.	4.11%
Chewy, Inc. Class A	7.59%	Colgate-Palmoliv...	4.02%
		Total Top 10 Weig...	68.16%

2. HERO ETF : 전 세계 게임 관련 기업에 분산투자

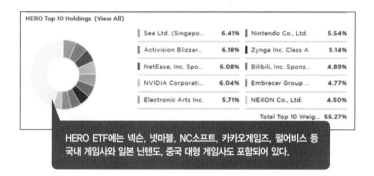

HERO Top 10 Holdings [View All]

Sea Ltd. (Singapo...	6.41%	Nintendo Co., Ltd.	5.54%
Activision Blizzar...	6.18%	Zynga Inc. Class A	5.14%
NetEase, Inc. Spo...	6.08%	Bilibili, Inc. Spons...	4.89%
NVIDIA Corporati...	6.04%	Embracer Group ...	4.77%
Electronic Arts Inc.	5.71%	NEXON Co., Ltd.	4.50%
		Total Top 10 Weig...	55.27%

HERO ETF에는 넥슨, 넷마블, NC소프트, 카카오게임즈, 펄어비스 등 국내 게임사와 일본 닌텐도, 중국 대형 게임사도 포함되어 있다.

3. XLV ETF : S&P500에 포함된 초우량 글로벌 제약·바이오·헬스케어 기업에 분산투자

XLV Top 10 Holdings [View All]

Johnson & Johnson	9.83%	AbbVie, Inc.	4.26%
UnitedHealth Gro...	7.99%	Thermo Fisher Sc...	4.11%
Abbott Laborator...	4.87%	Medtronic Plc	3.72%
Pfizer Inc.	4.63%	Eli Lilly and Com...	3.40%
Merck & Co., Inc.	4.55%	Amgen Inc.	3.31%
		Total Top 10 Weig...	50.66%

셋째마당

실천! 주식계좌 쪼개기 ❸
한국주식

42

한국 시가총액 1위 기업 투자
| 삼성전자 |

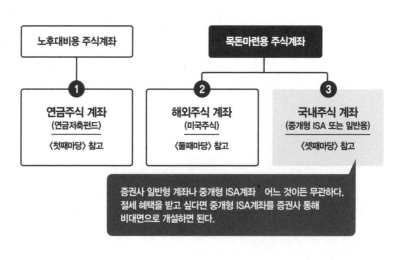

노후대비용 주식계좌		목돈마련용 주식계좌

1
연금주식 계좌
(연금저축펀드)
〈첫째마당〉 참고

2
해외주식 계좌
(미국주식)
〈둘째마당〉 참고

3
국내주식 계좌
(중개형 ISA 또는 일반용)
〈셋째마당〉 참고

증권사 일반형 계좌나 중개형 ISA계좌 어느 것이든 무관하다.
절세 혜택을 받고 싶다면 중개형 ISA계좌를 증권사 통해
비대면으로 개설하면 된다.

◆ **중개형 ISA계좌** : 중개형 ISA계좌에 대한 자세한 내용은 181쪽 참고.

이번에는 주식계좌 세 개 중 목돈마련용 주식계좌 중 하나인 ❸ 국내주식 계좌를 설명하려고 한다. 이 계좌에서 내가 중점적으로 투자하는 종목과 투자 아이디어를 참고해서 자신만의 포트폴리오를 구성하기를 바란다.

네이버에서 국내 시가총액 1위 기업 확인하기

앞서 말한 '초우량주 투자원칙'에 따라, 월급날이 오면 국내 시가총액 1위 기업 주식을 매수해 보자. 국내주식은 네이버에서 '시가총액'으로 검색하면 확인할 수 있다.

순위	종목코드	종목명	증가	시가총액	상장주식수
1	005930	삼성전자	85,400	509,819,429,770,000	5,969,782,550
2	000660	SK하이닉스	143,000	104,104,338,195,000	728,002,365
3	005935	삼성전자우	75,500	62,127,945,850,000	822,886,700
4	035420	NAVER	377,000	61,927,299,915,000	164,263,395
5	051910	LG화학	817,000	57,673,944,231,000	70,592,343
6	005380	현대차	234,000	49,998,355,758,000	213,668,187
7	207940	삼성바이오로직스	750,000	49,623,750,000,000	66,165,000
8	006400	삼성SDI	655,000	45,040,767,150,000	68,764,530
9	035720	카카오	502,000	44,550,849,424,000	88,746,712
10	068270	셀트리온	308,000	41,588,541,148,000	135,027,731
11	000270	기아	85,500	34,658,566,168,500	405,363,347
12	005490	POSCO	334,500	29,163,996,307,500	87,186,835
13	012330	현대모비스	304,000	28,817,100,576,000	94,793,094
14	066570	LG전자	154,500	25,283,587,263,000	163,647,814
15	051900	LG생활건강	1,551,000	24,223,823,547,000	15,618,197

삼성전자 같은 우량회사에 압도적으로 높은 비중으로 투자하고 있다.(50% 정도)

국내주식 중 삼성전자 본주의 시가총액은 2021년 4월 5일 종가 기준 509조로 해당 한 종목이 코스피 전체 시가총액 2,175조의 23%를 차지한다. 만약, 62조인 삼성전자 우선주까지 포함하면 삼성전자가 차지하는 비중은 26%에 이른다.

2위인 하이닉스는 104조로 삼성전자의 1/5 수준이며 상위 2위부터 10위 기업의 시가총액을 합해야 겨우 삼성전자와 맞먹는 수준이다.

나는 우량회사에 더 높은 비중으로 투자한다는 원칙에 따라 국내주식은 삼성전자에 50% 정도 투자하고 있다.

미국 반도체 주가에 비해 저평가된 삼성전자 매수

엔비디아의 ARM◆ 인수합병, 삼성전자 오스틴 공장 증설, 삼성전자의 NXP인수합병설◆◆ 등 기존기업간의 합종연횡으로 동종업계에 종사하는 사람이 아니라면 개별기업을 공부하고 투자하는 게 쉽지 않다. 파운드리 1위 기업인 TSMC의 사업보고서와 관련 기사만 찾아보는 데도 꽤 많은 시간이 소요된다.

주식 공부하는 데 들이는 시간 또한 비용이다. 개별 반도체기업은 잘 모르겠지만, 산업의 성장을 확신한다면 앞에서 살펴본 대로

◆ **엔비디아** : 엔비디아는 그래픽카드(GPU) 제조사인 반면, ARM은 중앙처리장치(CPU) 설계회사이다. 양사의 시너지를 극대화하기 위해 2020년 인수합병을 발표했고, 진행중에 있다.

◆◆ **NXP** : 차량용 반도체 1위 기업.

미국 필라델피아 반도체 ETF와 삼성전자를 함께 매수하여 전 세계 반도체 산업에 투자하는 건 어떨까? 반도체시장의 생태계를 공부하느라 시간을 많이 쏟을 필요도 없다. 낸드프래쉬와 DRAM의 차이를 잘 몰라도 투자할 수 있고 돈을 벌 수 있다. 매수 버튼을 누르기만 하면 된다.

| 바쁜 월급쟁이가 전 세계 반도체 산업에 투자하려면? |

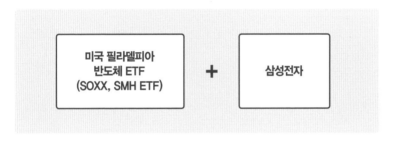

43

한국 시가총액 상위 기업 투자
| TIGER TOP10 ETF |

미국과 한국은 6:4로 투자한다는 원칙!

2011년 부산 벡스코에서 열린 세계개발원조총회에 통역요원으로 참가하여 당시 반기문 UN사무총장의 연설을 직접 들을 기회가 있었다.

원조총회란 후진국을 효과적으로 지원하기 위해 선진국과 국제기구의 대표가 모여 논의하는 자리인데, 대학생 시절 취업 스펙을 쌓기 위해 참석했지만 10년이 지난 지금까지도 기억나는 문장이 있다.

'대한민국은 50년 전 전 세계로부터 원조를 받은 국가 중
다른 나라로 원조를 하게 된 유일무이한 나라다'

주식으로 치자면 상장폐지 관리 대상이었던 대한민국이라는 회
사가 50년 만에 세계 10위권 이내로 괄목할 만한 성장을 이뤄 낸 것
이다. 대한민국의 성장 히스토리는 종교적인 믿음이 아니라 실재하
는 역사이다. 지난 50년간 대한민국만큼 성장률이 높은 나라가 없
다. 단기적으로 급성장하는 과정에서 많은 아픔과 희생이 있었지만
전 세계로부터 원조를 받던 나라에서 다른 나라에 도움을 주고 있
는 멋진 나라다. 그래서 내 주식 포트폴리오에 40%를 할애하고 있
는 것이다.

시가총액 상위 대기업에만 투자한다는 원칙

다만, 앞서 말한 〈초우량주 투자원칙 2〉*에 따라 국내기업은 매
출을 전 세계로 일으키며 산업적 해자가 있는 대기업에만 투자한
다. 삼성, LG, SK, 롯데, 포스코, 현대 등 국내 대기업은 내수시장에
서의 독점적 지위로 현금흐름이 우수하다. 예기치 못한 경제 위기
가 발생하더라도 중소, 중견기업에 비해 버틸 수 있는 기초체력이
좋다. 또한, 대한민국에서 공부 좀 한다는 인재들이 끊임없이 몰려

◆ 〈초우량주 투자원칙 2〉에 대한 자세한 내용은 101쪽 참고.

드는 데다 풍부한 자금력으로 전기차, 친환경, 수소산업 등 신사업 진출 및 업종 전환도 수월하다.

불편한 진실이지만 산업화가 이루어지는 과정에서 선택과 집중이 필요했다. 정치인, 기업인 그리고 노동자의 헌신이 합쳐져 지금 같은 재벌 대기업 중심의 기형적이면서도 세계에서 경쟁력 있는 산업구조가 정착됐다.

정치, 경제, 외교 상황에 따라 외부의 영향을 많이 받는 국내기업의 경우 어떤 위기에서도 버티려면 내수에서의 독점적 지위를 유지하면서, 해외 매출도 충분하고 성장성이 있는 기업을 찾을 수밖에 없었고 그렇게 매수하다 보니 대부분 시가총액 상위 대기업이었다.

20위권 밖에 있는 기업도 살펴봤지만 미국, 중국, 일본, 대만 등 글로벌 기업과 전 세계를 무대로 경쟁하기엔 부족하게 느껴졌다.

국내주식 투자를 비관적으로 보는 이들에게

"대리님, 10년 전 코스피 시가총액 상위 기업 좀 보세요. 삼성전자 빼고 다 바뀌었어요. 국내주식은 대기업도 장기투자하면 안 돼요."

반은 맞고 반은 틀린 말이다. 국내 주식시장을 부정적으로 평가하는 사람들은 '코스피는 10여 년간 박스피'였다는 점을 근거로 든다. 맞다. 코스피지수는 지난 10여 년간 2,000포인트 안에서 '가두리양식'을 당했다. 시가총액 상위 기업 역시 삼성전자 제외 많은 변동이 있었다.

| 2010년 vs 2021년 코스피 시가총액 상위 기업 비교 |

순위	2010년 1월			2021년 1월		
	종목명	증가	시가총액(단위:조)	종목명	증가	시가총액(단위:조)
1	삼성전자	809,000	119	삼성전자	83,000	495
2	POSCO	612,000	53	SK하이닉스	126,000	92
3	현대차	119,000	26	LG화학	889,000	63
4	KB금융	59,400	23	삼성전자우	74,400	61
5	한국전력	34,250	22	삼성바이오로직스	829,000	55
6	신한지주	43,600	21	NAVER	293,000	48
7	LG전자	126,000	18	셀트리온	347,500	47
8	현대모비스	169,500	16	삼성SDI	671,000	46
9	LG디스플레이	41,500	15	현대차	207,500	44
10	LG화학	224,000	15	카카오	396,000	35
	1~10위 합계	시가총액총계	329 →시가총액 총계 3배 상승		시가총액총계	987
11	하이닉스	24,100	14	현대모비스	287,000	27
12	SK텔레콤	170,000	14	삼성물산	144,000	27
13	현대중공업	172,000	13	기아차	64,000	26
14	LG	74,000	13	LG생활건강	1,612,000	25
15	삼성전자우	522,000	12	POSCO	273,000	24
16	우리금융	14,450	12	LG전자	142,000	23
17	SK에너지	117,000	11	셀트리온헬스케어	151,300	23
18	KT	39,150	10	엔씨소프트	978,000	21
19	롯데쇼핑	351,500	10	SK이노베이션	231,000	21
20	신세계	537,000	10	SK텔레콤	237,000	19
	1~20위 합계	시가총액총계	447 →시가총액 총계 2.7배 상승		시가총액총계	1,224

출처 : KRX 한국거래소

10년간 시가총액 상위 20개 기업만 투자했다면?
이론적으로 2배 이상 수익 가능!

만약, 대한민국의 대기업 중심 산업구조를 이해하고, 시가총액 상위 20개 기업에만 분산투자했다면 어땠을까? 시가총액 1위였던 삼성전자는 지난 10년간 주가가 다섯 배 상승했다. 같은 기간 상위 1~10위 기업의 시가총액 합은 세 배 가까이 늘었다. 시가총액 순서가 바뀌더라도, 바뀐 상위 기업에만 투자했다면 이론적으로 두 배 이상의 수익이 가능했다.

어떻게 일반인이 매번 리밸런싱할 수 있겠어?

상위 20개 기업을 주가가 변동할 때마다 선별하고 리밸런싱하는 건 쉽지 않다. 그래서 초보자에게 국내 시가총액 상위 10개 기업에만 분산투자하는 ETF 상품인 미래에셋자산운용의 TIGER TOP10을 추천한다. TIGER TOP10 ETF란 'FnGuide TOP10지수'를 기초지수로 하며, 국내 거래소 주식에 60% 이상을 투자하는 상품이다. 쉽게 말해서 국내 상장된 시가총액 상위 10개 기업에 분산투자하는 상품이다.

한 주당 1만원대! 부담 없는 투자 TIGER TOP10 ETF

현재 8만원 정도 되는 삼성전자는 한 주씩 월 적립식 투자하기에 부담이 없지만, 그 외 대기업인 LG화학, NAVER, 현대차, 삼성바이오로직스, 삼성SDI, 카카오, 셀트리온 같은 상위 기업은 한 주당 수십만원이다. 이들 개별종목을 모두 매수하기에는 주가가 너무 비싸

국내 시가총액 상위 10개 기업을 리밸런싱해 주는 TIGER TOP10 ETF

다. 하지만 TIGER TOP10 ETF는 한 주당 현재 1만원대다. 부담없는 가격으로 상위 10개 기업을 소유할 수 있다.

그럼 좀 더 자세히 알아보자. 미래에셋자산운용의 TIGER ETF 홈페이지(tigeretf.com)에 접속하면, 종목에 대한 정보를 쉽게 볼 수 있다.

2021년 3월 5일 종가 기준으로 한 주당 가격은 1만 4,905원으로 대학생이나 중고등학생도 매수하기에 부담 없는 가격이다. 2018년 3월 29일에 최초 상장되었으며, 운용수수료는 연 0.15%로 상위 기업 10개를 매번 리밸런싱하는 거에 비하면 저렴하게 느껴진다.

2021년 3월 한 주당 14,905원, 수수료는 연 0.15%.

TIGER TOP10 ETF 구성종목 살펴보기

국내 시가총액 1위 기업 삼성전자의 비중이 약 24%이며, 비메모리 강자 SK하이닉스가 2위로 16% 비중을 차지한다. 인터넷 플랫폼이자 엔터, 금융으로까지 확장하고 있는 NAVER가 11%, 전기차 배터리 전 세계 점유율 1위 LG화학 그리고 4위인 삼성SDI, 전기차와 수소차, 플라잉카 그리고 로봇산업으로 까지 진출하려는 현대차, 그 외 바이오 기업으로는 셀트리온이 상위에 있다. 코로나 이후 언택트 문화 수혜로 주식이 급등한 카카오와 엔씨소프트도 보인다.

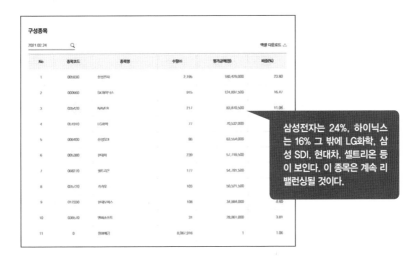

'택시 타고 싶은 욕망을 참고, 내일 아침 한 주 매수해 보면 어떨까?

대한민국 대표기업의 성장 과실을 함께 누려 보자.'

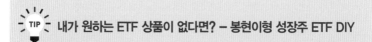

💡 TIP 내가 원하는 ETF 상품이 없다면? – 봉현이형 성장주 ETF DIY

〈초우량주 투자원칙 4〉 성장산업 중심으로 투자한다는 모토로 삼성전자와 대한민국 성장주가 섞인 ETF를 찾아봤는데 없어서 다음과 같이 투자했다.

대한민국의 성장산업인 배터리(B), 바이오(B), 인터넷(I), 게임(G) 산업에 속한 대표 대기업에 집중투자하는 상품인 'TIGER KRX BBIG K뉴딜 ETF'가 있다. 해당 상품에는 삼성전자가 제외되어 있기 때문에 삼성전자 개별주와 함께 매수하면 대한민국 대표하는 성장산업에 골고루 투자하는 효과를 얻게 된다.

'TIGER KRX BBIG K뉴딜 ETF 구성종목 (2021. 3. 23. 기준)

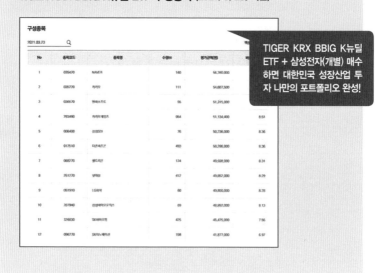

> TIGER KRX BBIG K뉴딜 ETF + 삼성전자(개별) 매수하면 대한민국 성장산업 투자 나만의 포트폴리오 완성!

44

한국 행복산업 투자
| TIGER미디어컨텐츠 ETF |

국내 시가총액 상위 미디어·엔터테인먼트 기업에 분산투자

미국의 행복산업 중에서 반려동물, 게임, 헬스케어 ETF에 투자했다.[*] 4차산업 이후 인간에게 행복을 주는 산업 중 컨텐츠 산업도 빠지면 안 된다. 대한민국은 저렴한 비용으로 짧은 시간에 양질의 컨텐츠를 만들어 내는 산업 생태계가 잘 구축된 나라다. 지속적인 성장이 기대된다.

◆ 미국 행복산업 ETF 투자에 대한 자세한 내용은 238쪽 참고.

구성종목

2021.05.04 Q　　　　　　　　　　　　　　　　　　　　　　엑셀 다운로드 ⬇

No	종목코드	종목명	수량(주)	평가금액(원)	비중(%)
1	035760	CJ ENM	154	22,299,200	11.02
2	253450	스튜디오드래곤	200	20,260,000	10.01
3	035900	JYP Ent.	619	19,498,500	9.63
4	352820	하이브	82	19,393,000	9.58
5	079160	CJ CGV	743	18,649,300	9.21
6	041510	에스엠	606	18,058,800	8.92
7	122870	와이지엔터테인먼트	390	15,990,000	7.90
8	036420	제이콘텐트리	336	15,506,400	7.66
9	047820	초록뱀미디어	4,161	9,861,570	4.87
10	299900	위지윅스튜디오	689	8,095,750	4.00

> 4차산업 외에 성장이 기대되는 컨텐츠산업,
> TIGER미디어컨텐츠 ETF 투자 추천

| TIGER미디어컨텐츠 ETF 투자 종목 |

45

봉현이형의
3개 계좌별 주식투자 총정리

　지금까지 ❶ 연금저축펀드 ❷ 미국주식 ❸ 국내주식, 3개의 계좌
를 쪼개고 각 계좌에 적합한 ETF를 정리해 보았다. 언급한 ETF 외
에도 동일한 섹터에 투자하는 유사한 ETF가 정말 많이 있고 계속해
서 새로운 상품이 생겨나고 있다. 하지만 그중에서도 초보자가 월
적립식으로 투자할 만하면서도 거래량이 충분하며 믿을 만한 운용
사의 상품을 고르고 골랐다. 언급한 종목을 먼저 하나씩 복기하면
서 여러분의 포토폴리오를 구성하는 데 도움이 되길 바란다.

| 봉현이형 3개 주식계좌별 투자 종목 |

통화	비중	계좌 구분	종목	구분	종목별 비중
달러	60%	❶ 연금저축펀드	KBSTAR 미국나스닥100	나스닥100	14%
		❷ 미국주식	IVV, VOO, SPLG	S&P500	10%
			SOXX	반도체	10%
			LIT + DRIV	전기차, 자율주행	10%
			XLV, PAWZ, HERO	행복산업	8%
			배당왕2+리츠3종	현금흐름	8%
국내	40%	❸ 국내주식	삼성전자	반도체	20%
			TOP10 또는 BBIG	성장산업	15%
			미디어컨텐츠	행복산업	5%
					100%

위와 같이 종목을 정한 원칙은 앞에서도 언급했다. 먼저 시장에 대한 분산 비중부터 정하자. 나는 미국에 60%, 한국에는 40% 투자하고 있다. 그다음에는 어느 계좌에서 어떤 종목을 매수할지 결정해 보자.

❶ 연금저축펀드 계좌 – 미국 대표 ETF 100%

절세 혜택을 최대한 누리고 세액공제를 받기 위해 연금저축펀드 계좌로는 미국 대표 지수를 추종하는 ETF를 매수한다. 수수료가 저렴하고 믿을 만한 운용사의 상품을 골라 보자. KBSTAR미국나스닥100과 TIGER미국S&P500 중 하나만 사도 좋고, 둘 다 사도 좋다. 해당 ETF는 국내에 상장되어 원화로 매수하지만 투자 대상은 미국 주식이기 때문에 해외자산으로 분류한다.

❷ 미국주식 계좌 – 성장산업 ETF나 우량주

연금저축펀드 계좌에서 미국 대표 ETF를 매수했다면, 그다음 ❷ 미국주식 계좌에서는 연금계좌에서 매수하지 않은 종목을 매수한다. 지수를 추종하는 ETF도 좋지만, 특정 산업에 집중투자하는 ETF나 우량주 매수하는 걸 추천한다.

여기서도 매수할 종목을 정하고 산업별로 목표 비중을 설정하자. 반도체, 배터리, 전기차, 자율주행 그리고 행복산업 중에서 마음에 드는 섹터를 골라 보자. 그리고 얼마만큼의 금액을 투자할지 비중을 정하자.

S&P500 ETF에 10% 정도로 투자하여 미국 우량 500개 기업에 분산투자를 하고, 그다음에는 반도체와 전기차 섹터에 10%씩 집중투자를 했다. 행복산업의 성장을 확신한다면 8% 정도 비중을 두는 것도 좋아 보인다.

행복산업에 속한 ETF 중 확신이 드는 산업을 골라 보자. 1인 가구가 늘어나고 아이 없는 가정이 많아지면서 반려동물 산업은 지속적으로 성장하고 있다. 이 시장의 장기 성장성을 믿는다면 PAWZ

ETF를 매수종목에 추가하자.

인간의 수명이 늘어나면서 건강에 관심이 늘어나고, 관련 시장은 지속적으로 성장한다. 그래서 XLV ETF를 매수하면 미국에 상장되어 있는 초우량 헬스케어 관련 기업에 투자할 수 있다.

HERO ETF는 게임 관련주다. 여가 시간이 늘어나게 되면 가장 쉽게 즐길 수 있는 게 게임이다. 소비재이고 압도적인 1위가 없기 때문에, 개별주보다는 ETF를 통해 산업 전반에 투자하는 걸 추천한다.

만약 미국주식 중에서 개별종목을 매수하고 싶다면, 해당 산업에 속한 기업 중 시가총액 상위 기업을 골라 보자. SOXX ETF와 함께 반도체 시가총액 상위 기업인 TSMC와 엔비디아를 매수하는 것도 좋은 아이디어다. LIT ETF와 함께 테슬라를 한 주 매수하는 것도 생각해 보자.

● **미국주식 개별종목 포함 매수 예시**

전기차 섹터(10%) = 테슬라 1주 + LIT ETF 1주 + DRIV ETF 1주

반도체 섹터(10%) = TSMC 1주 + 엔비디아 1주 + SOXX 1주

그다음으로는 배당왕기업과 리츠로 달러 현금흐름을 만들자. 꾸준한 달러 현금흐름은 환율이 높을 때나 낮을 때나 월급의 든든한

지원군이 된다. 성장성이 기대되는 데이터센터리츠(SRVR), 물류창고리츠(INDS), 상업용부동산리츠(리얼티 인컴)에 투자하고 배당왕 30여 개 기업 중 몇 종목을 골라서 포트폴리오를 구성해 보자. ETF나 우량주에서도 달러로 배당금이 나오기 때문에 배당주 포트폴리오는 10% 이하면 충분할 것 같다.

이렇게 주식 평가액 기준으로 60%를 미국자산으로 구축했다면, 다음은 국내자산을 매수해야 한다.

❸ 국내주식 계좌 – 삼성전자, 시가총액 20위 기업, 행복산업

국내주식 중 삼성전자를 가장 먼저 매수하자. 본주, 우선주 어떤 것이든 좋다. 삼성전자는 대한민국에서 가장 돈을 많이 버는 회사이며 국내에 이보다 안전하면서 성장성이 확실한 종목은 없다.

그다음에는 성장산업에 속한 시가총액 20위 이내 상위 대기업을 고르면 된다. SK하이닉스, 현대차, 삼성SDI, LG화학, 셀트리온, 삼성바이오로직스, NAVER, 카카오, 포스코케미칼이 등이 있지만 개별주 가격이 너무 비싸다. 그래서 초보자에게는 ETF 투자로 시작하는 걸 추천한다. TIGER TOP10이나 BBIG ETF 어떤 것도 좋다. 모두 성장산업에 속한 우량한 대기업에 투자한다.

마지막으로 행복산업에 속한 TIGER미디어컨텐츠 ETF도 5% 정도 할애해 보자. 국내 컨텐츠 산업은 세계적으로 경쟁력이 있다. 저렴한 비용으로 양질의 컨텐츠를 빠르게 만들어 내는 생태계가 잘 구축되어 있어서 4차산업혁명에 의해 여가시간이 늘어나게 된다면 지속적으로 성장할 수 있다.

☼TIP☼ 청약예금 저금리 90% 대출 가능?

자산을 모으면 모을수록 더 많이 소유하고 싶은 욕심이 생겼다. 그리고 나에게 남은 유일한 현금은 '청약통장'에 들어 있던 600만원뿐이었다. 코로나 이후 주가가 가파르게 회복해서 코스피가 2,400포인트를 넘긴 시점, 청약통장을 해지하기 위해 주거래 은행으로 갔다. 내가 살고 있는 서울에서 아파트 청약에 당첨되려면 못해도 청약 가점 65점을 만들어야 하는데, 아이를 둘 정도 낳고 나서도 무주택기간으로 10년이 넘어야 한다. 너무 막막해 보였다. 그때까지 이 돈을 놀게 하는 것보다는 그냥 지금 해지하고 주식을 매수해서 10년 이상 굴리는 게 더 나은 것 같았다.

"청약 통장을 좀 해지하려고 하는데요."

**"고객님, 이거 10년 넘게 납입하셨네요?
나중 일은 모르잖아요. 이거 해지하지 마시고 돈이 급하게 필요하시면
청약통장 담보대출 받아 보시면 어떨까요?"**

은행창구직원이 나보다 더 내 미래를 걱정해 줬다. 이 돈으로 차마 주식을 살 거라는 말은 못했다. 알아보니 청약통장 담보대출이란 제도가 있었다. 납입되어 있는 예금을 담보로 90% 정도까지 대출이 가능하며, 예금을 담보로 하는 대출이기 때문에 금리도 낮게 책정된다. 다른 대출에도, 신용도에도 큰 영향이 없다고 했다.

물론, 1년 단위로 연장해야 하지만 매월 청약통장에 납입을 하기 때문에 담보금액이 늘어나서 무리 없이 갱신도 가능하다는 이야기를 들었다. 2020년 12월 2.1% 금리로 청약통장 담보대출을 받았다. 그리고 당시 5만원 정도 하던 삼성전자 우선주와 28만원 정도였던 삼성SDI 우선주를 매수했다. 삼성전자 우선주의 경우 특별배당에 대한 기대감도 있었고, 1,500원 정도 되는 정기배당금 기준으로도 시가배당률은 3%였다. 3%의 배당으로 2%의 이자를 감당하면 1%가 남는 장사라고 생각했다. 작은 돈이지만 이렇게라도 자산을 늘리고 싶었다. 주가 등락은 무시했다.

해당 대출은 매년 갱신하면 되고, 삼성전자가 망하면 어차피 대한민국이 망하니까 원화는 가치 없는 자산이 된다. 내 눈에는 리스크가 0인 투자로 보였다. 지체 없이 실행했다.

좋은 빚과 나쁜 빚

사람들은 빚에 대해 막연한 두려움이 있다. 나도 그랬다. 내 인생을 누군가에게 저당 잡힌 노예가 되는 기분이 들었다. 하지만, 빚에는 분명 좋은 빚이 있다. 놀고 있는 예적금 통장을 담보로 대한민국 최고 우량자산 중 하나인 삼성전자 우선주를 매수했고, 1년 이자 2%를 내지만 배당으로 3%에 해당하는 금액을 받는다. 특별배당까지 포함하면 5% 수준으로 늘어난다. 주가차익은 덤이다.

물론 대출받아서 단기매매하는 건 정말 위험하다. 하지만 본인이 직장인이고 신용도가 높은 그룹에 속해 있다면, 감당 가능한 대출을 받아서 우량자산에 투자하는 걸 겁내지 않았으면 좋겠다. 제로금리를 살아가는 우리는 주어진 자산을 최대한 활용해야 한다. 처음에는 현금으로만 투자하는 게 맞지만, 장기적으로는 가용할 수 있는 레버리지도 사용할 줄 알아야 한다. 그래야 인플레이션을 이겨 낼 수 있다.

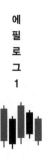

에
필
로
그
1

공부는 1등을 따라 하면서,
투자는 부자를 따라 하지 않을까?

확률 게임으로 부를 이룬 사람은 없다!

막바지 원고 작업을 하고 있는 4월, 벌써 한 해의 4분의 1이 지났
다. 벚꽃도 하나둘 지고 있다. 시간 참 빠르다. 그러고 보면 급등주
나 테마주에 올라타는 사람들이 이해가 된다. 하루는 고작 24시간
인데 잠자는 시간을 제외하고, 출퇴근하는 시간을 제외하고, 회식
에 참석하고, 육아하고, 연애하는 시간을 제외하면 '온전한 나만의

시간'은 하루 한두 시간 남짓이다.

"시간이 없다. 나만의 시간이 부족하다. 빨리 부자가 되어야 한다."

그래서 급등주나 테마주에 올라탄다. 매수, 매도를 반복하면서 단기간에 종잣돈을 불리기 위해 위험을 무릅쓴다. 모로 가도 서울만 가면 된다면서 어떤 방법으로든 원하는 수익을 얻으면 성공한 투자다, 돈을 벌었다는 사람들이 하나둘 나타난다. 그런데, 이상하다? 그 사람들은 여전히 회사를 다니고 있다. 무슨 사정일까?

1,000만원으로 1억원을 벌었다면, 같은 방법을 몇 차례 반복하면 10억원을 벌 수 있다. 그리고 계속 되풀이하면 100억원이 되고 금세 경제적인 자유를 누릴 수 있다. 회사를 다닐 필요가 없다. 하지만 그들은 여전히 회사에 남아 있다.

'51:49의 확률 게임을 반복하면 49에 속한 사람이 진다.'

카지노를 다니면 돈을 잃는 이유다. 51에 속한다면 다행이지만, 대부분은 49에 속한다. 확률 게임으로 부를 이룬 사람을 찾아보기 힘든 이유다.

참 재미있다. 사람들이 공부할 때는 의대나 법대에 입학한 전국 1등의 방법을 따라 한다. 하지만 투자는 좀 다른 것 같다. 국내 1등,

세계 1등 부자를 따라 하지 않는다. 오히려 부자들이 시도해 본 적도 없는 방법으로 부를 축적하려고 한다.

2019년 '포브스'에서 조사한 국내 50위 부자 목록을 보면 고인이 된 이건희 회장이 17조로 1위, 셀트리온 서정진 회장이 2위, 넥슨 김정진 회장이 3위, 삼성전자 이재용 부회장이 4위, 카카오 김범수 의장이 5위에 있다. 공통점은 창업주거나 혈연으로서, 보유한 주식이 많고 주식 가격이 올라서 부자가 됐다는 것이다.

주식이든, 부동산이든 '우량자산' 확보가 핵심!

유명한 부자가 되려면 결국 창업을 해야 한다. 물론, 동네 부자 정도 되려면 부동산 투자도 하나의 방법이다. 창업을 해서 성공하거나 부동산으로 부를 이루려면 능력과 용기 그리고 어느 정도의 자산과 시간이 필요하다. 하지만 나에게는 창업을 할 만한 능력도, 부모님께 물려받을 재산도 없었다. 내가 가진 거라고는 매일매일 출근해서 받는 월급뿐이었고, 오히려 부모님께 매달 생활비를 드려야 했다.

5~6년 전에도 부동산은 비쌌다. 미혼인 20대 사회초년생이 감당할 수 없는 수준이었다. 그래서 대한민국, 그리고 전 세계 유명한 부자의 흐름에 편승하기 위해 우량주식을 샀다. 앞서 내가 세운 '봉현이형의 초우량주 투자원칙'에 따라 월급이 들어올 때마다 매수했

다. 팔지 않고 모았다.

삼성전자 한 주, 애플 한 주, LG화학우선주 한 주, 삼성SDI우선주 한 주, NAVER 한 주, SK텔레콤 한 주, 마이크로소프트 한 주, 스타벅스 한 주, Global X Lithium & Battery Tech ETF 1주, iShares PHLX Semiconductor ETF 한 주, TIGER미국나스닥100 한 주, KINDEX미국S&P500 한 주 등.

지루할 때도 많았다. 조급해질 때도 있었다. 30대 초반, 난 여전히 남들이 말하는 부자는 아니다. 경제적 자유를 이룬 것도 아니고, 계속해서 회사를 다녀야 한다.

또한, 얼마를 가져야 부자인지도 잘 모르겠고 남들보다 더 부자가 되는 게 인생의 목표도 아니다. 다만 이렇게 열심히 일하고 아껴서 모은 돈으로 꾸준히 우량자산에 투자하면 언젠가는 나도 부자가 될 수 있을 것 같았다. 그래서 우량주를 매수했고, 매수하고 있고, 앞으로도 매수할 계획이다. 그리고 지금 이 방향성에 대해서는 확신한다.

많은 사람들이 원하는 자산을 고르자!
그리고 수요가 제한된 자산을 사들이자!

주식 단기매매를 하는 선배에게 우량주 투자를 권유한 적이 있다. 그랬더니 선배가 다음과 같이 반문했다.

봉현씨 그렇게 우량주 장기투자하면 돈 버는 거 누가 몰라요? 근데 나는 시간이 없어. 당장 2주 뒤에 부자 되고 싶어요!

선배님은 그렇게 돈 벌어서 어디에 쓰려고 그래요?

나? 일단 우리 딸 서울에 아파트 하나 사주고, 현대에서 아이오닉5인가? 전기차 새로 나왔다던데 그거 하나 사고, 스타벅스 프라프치노 매일 2잔씩 마시고, 아이폰 새로 나온 거로 바꾸고, TV는 삼성 거로 바꾸고, 건조기랑 세탁기는 엘지 걸로 사야겠지?

이 대화에 답이 있다. 우리는 행복해지기 위해 소비한다. 그리고 소비하기 위해 직장에서 일을 한다. 여윳돈이 있으면 투자도 한다. 그리고 그렇게 번 돈으로 원하는 제품을 산다. 많은 사람들이 갖고 싶어 하는 좋은 제품이나 서비스를 생산하는 기업은 매출이 늘고 영업이익도 커진다. 자연스럽게 배당은 늘어나고 주가는 상승한다.

결국 우리가 피땀 흘려 번 돈은 우량기업으로 간다. 그 우량기업의 지분을 많이 가진 사람을 우린 부자 또는 자본가라고 부른다. 노동자의 피땀이 결국 자본가에게로 흘러가는 것이다.

투기성 단기매매로 돈을 번 사람도 실현이익으로 우량자산 중하나인 좋은 집, 좋은 차, 좋은 휴대폰, 좋은 컴퓨터를 산다. 우리가 우량자산을 확보해야 하는 이유다. 모두가 원하기 때문이다. 그곳으로 돈이 몰린다.

블로그에 주식매매 일지만 올려서 사람들이 오해하는데 엄밀히 말하면 나는 '우량자산'에 관심이 많다. 서울 부동산도 꾸준히 공부하고 입지분석하고 있다. 비트코인과 이더리움도 꾸준히 매수하고 있다. 지금은 부모님 집에 얹혀살지만 주식으로 자산이 모이고 아파트 가격이 감당할 범위에 들어온다면 실거주 목적으로 하나 마련할 계획이다. 다만, 지금 서울 부동산 가격을 보니 시간이 좀 걸릴 것 같다.

'수요가 지속되고
공급이 제한적인 자산의 가치는 상승한다.'

자본주의 체제 아래에서는 이 한 문장만 기억하면 된다. 그래서 주식은 우량주를 사야 하는 것이다.

여윳돈으로 투자해서 부자가 될 수 있을까?
월급 전부를 주식에 투자하는 안전한 남자 봉현이형

초보자에게 주식투자를 권할 때, 전문가들이 공통으로 말하는 게 있다. 주식은 여윳돈으로 시작해라. 이 말에 전적으로 동의한다. 주식에 대한 경험도 전무하고 투자에 대한 철학이나 원칙이 없는 상태라면 절대로 대출을 받거나, 신용미수로 주식을 매수하면 안 된다. 힘들게 모아 놓은 예적금을 깨는 것 또한 위험하다. 이건 마치 총알이 장전된 권총을 걸음마를 막 뗀 아이에게 쥐어준 거나 마찬가지다. 본인을 다치게 할 수도 있고, 가족과 친구들에게 해를 끼칠 수도 있는 위험한 행동이다.

그럼 정말 여윳돈으로만 투자해서 부자가 될 수 있을까? 주변에서 돈 좀 벌었다는 사람들을 보면, 대부분 서울에 아파트를 한 채 가진 사람들이다. 사실 아파트 한 채는 인플레이션을 헤지(또는 방어)하기 위한 중립 포지션에 해당하기 때문에 큰 부자가 되는 것은 아니다.(무주택은 하락, 한 주택 이상은 중립/상승 배팅) 하지만 집을 가지지 못한 사람들이 봤을 때는 그것마저도 마냥 부럽기만 하다. 그 사람들은 여윳돈으로 부동산을 사서 부를 이룬 걸까?

이자 계산기

적금 예금 **대출** 중도상환수수료

대출금액   300,000,000 원
                3억원

대출기간 년 개월 **30** 년   연이자율   **2.5** %

상환방법 **원리금균등** 원금균등 만기일시

대출원금   300,000,000 원
총대출이자   126,730,571 원
총상환금액   426,730,571 원

1회차 상환금액   1,185,363 원
                   월별 더보기 >

↻ 초기화

⚠ 대부업체 법정 최고금리는 연 34% 입니다.
일단위로 계산된 이자이기 때문에 월단위로 계산되는 금융기관의 대출이자와는 차이가 있습니다.

출처 : 네이버 원리금 계산기

5년 전 5억원짜리 구축 아파트를 사기 위해 옆 부서 차장님은 평생 모은 돈 2억원에, 주택 담보대출 원리금 균등상환 조건으로 3억원의 대출을 일으켰다. 그 아파트가 지금은 10억원이 됐지만 차장님은 여전히 열심히 원리금을 갚고 있다.

2억원을 모으기 위해선 1년에 2,000만원씩 모으면 10년이 걸린다. 그리고 나머지 3억원에 대한 원리금을 갚는 데는 30년간 매월 118만원을 갚아야 한다. 합치면 40년, 평생에 걸쳐 갚아야 한다. 부동산으로 미실현 평가차익을 낸 사람들도 매월 저렇게 많은 돈을 투자하는데, 매월 20만~30만원으로 우량주 투자해서 정말 부를 이룰 수 있을까?

물론, 이미 부동산을 보유하고 있으면서 소액으로 주식투자하는 사람은 다르겠지만, 만약 부동산도 없고, 앞으로도 어려울 것 같은 사람이 소액으로 주식투자를 하고 남은 돈은 예적금에 두는 게 맞는 걸까? 큰 부를 이루기 위해선 인생의 대부분을 투자해야 한다. 서울 부동산도, 우량주식도 마찬가지다.

나는 예적금과 보험 등 원금보장 상품의 위험성을 눈치 챈 순간부터 아파트 원리금 갚아 나가듯이 매월 200만원 이상 주식을 매수하고 있으며, 현재도 현금 없이 주식 비중 100%를 유지하고 있다. 잘 모르는 사람이 보면 위험해 보이겠지만, 위험하지 않다. 국내외 초우량회사 주식만 샀기 때문이다.

급하게 돈이 필요한 일이 생기면 신용을 활용해서 할부를 사용하면 되고, 그걸로도 해결이 안 된다면 그동안 매수해서 수익이 많이 난 주식을 일부 팔아서 해결하면 된다. 장기간 꾸준히 매수했기 때문에 가능한 방법이다.

기회가 왔다면 레버리지를 써야 한다!
월급쟁이의 최강점, 현금흐름과 신용도

마이너스통장에, 청약통장 담보대출까지 끌어서 초우량회사의 주식에 투자하고 있다고 말하면 꼭 듣는 말이 있다.

봉현씨, 대출까지 받아서 주식투자 하는 거
위험하지 않아요?

그럼요. 급등주나 대선테마주에 단기 투자하는 건
정말 위험하죠.
그런데 전세 끼고 주담대 받고 신용대출 받아서
아파트 갭투자하는 것도 똑같이 위험하지 않나요?

내가 어떻게 투자하고 있는지, 앞으로의 계획은 어떠한지 중요하지 않다. 아파트를 사는 데는 부모님 노후자금까지 끌어다 써도 잘했다고 칭찬 듣는 대한민국에서, 빚을 내서 국내외 우량한 주식을 모은다는 말은 어디서도 꺼낼 수가 없다. 그래서 답답한 마음에 블로그를 열었다.

빚, 대출, 듣기만 해도 드라마 속 마동석 형님 같은 사채업자가 생각난다. 물론 대출은 위험하다. 정확히 말해서 본인이 감당할 수 없는 대출은 위험하다. 불에 한번 데었다고 해서, 불을 평생 안 쓸 수 있을까? 자본주의 속 저금리 시대를 살아가는 우리는 대출을 무서워하기보다는 잘 다루는 방법을 배워야 한다.

나 역시 단기적으로 매도차익을 내기 위해 레버리지를 활용하는 건 절대 반대한다. 시장의 타이밍을 예측해서 투자하는 건 맞을 수도 틀릴 수도 있으며, 운 좋게 한두 번 맞힌다고 하더라도 자신감이 붙어서 반복하면 언젠간 돈을 잃게 된다.

다만 서울 아파트라는 우량자산을 살 때도 대부분 대출을 더해서 사듯이, 우량회사의 주식이 적당한 가격이 왔을 때는 감당할 수 있는 범위 내에서 대출을 일으킬 필요가 있다고 생각한다. 나는 청약통장 담보대출 2.1% 금리로 600만원, 마이너스 통장 2% 중반 금리로 5,000만원 총 5,500만원의 부채를 가지고 있다. 그리고 이 부채는 코로나로 인해 주식가격이 많이 떨어진 2020년 2월부터~5월까지 국내외 우량자산을 매입하는 데 사용했다.

코로나로 인해 사회적 거리두기가 시행되고, 전 세계 공장이 셧다운됐다. 삼성전자 우선주는 장중 3만 4,000원까지 떨어졌고, SK 텔레콤은 16만원까지 내려간 걸로 기억한다. 그러나 코로나로 인해 사람들이 TV나 세탁기 사용을 멈춘 것도 아니었고, 이동이나 여행의 제한으로 인터넷과 전화 사용량은 오히려 늘어날 수밖에 없었다.

그런데 왜 주가는 빠지지? 해당 기업의 매출액이나 영업이익에도 큰 변동이 없을 것 같았다. 그런데 주가는 미친 듯이 하락하고 있었다. 지구 최상위 포식자인 인간의 두려움이 빚어낸 결과였다.

당시 대출이자는 2~3%대였고, 코로나와 무관한 SK텔레콤과 삼성전자우선주를 매수하면 시가배당률이 5~6%에 육박했다. 국내기업에만 몰빵 투자하는 게 두려워서 미국 1위 통신회사인 버라이즌 커뮤니케이션스도 함께 매수했다. 분산한 만큼 리스크는 줄어들었다. 바닥이 어딘지 몰랐기 때문에 모든 구간에서 꾸준하게 매수했다.

이 방법은 신용이 낮은 사람에게는 절대로 추천하지 않는다. 직장을 열심히 다니고 있고, 괜찮은 신용등급을 갖춘 사람이라면 특정 시점에는 대출을 써야 한다. 그러지 않고서는 평범한 직장인이 부를 늘리는 건 쉽지 않다.

그리고 이번 장에서 대출받아 부동산을 사는 것도, 주식을 사는 것도 동일하게 좋은 투자고, 똑같이 위험하다는 점을 꼭 말하고 싶었다.

국내외 우량회사의 주식을 쌀 때도 비쌀 때도 꾸준히 매수하고,
폭락하는 시점에서는 더 많이 매수하자.

단순해 보이는 투자원칙에는 결국 레버리지도 포함되어 있다. 폭락하는 시점에 가진 레버리지를 활용해서 최대한 매수해야 된다. 그리고 이 모든 원칙을 실천하기 위해서는 본업에서 나오는 현금흐름과 신용이 필요하다. 우리가 현재에 충실해야 하는 이유다.

노동의 가치를 지켜 내기 위해!
오늘도 우량주 장기투자를 한다!

우량주 장기투자를 선택한 건 자본주의 피라미드 속에서 존엄성을 가진 인간으로서 살아남기 위해서다. 자본주의에서는 시간이 지날수록 통화량이 늘어나고 화폐가치는 떨어진다. 동시에 산업 전반에 걸친 기계화, 자동화로 노동의 가치는 더 빠른 속도로 떨어진다. 물가와 세금은 해마다 오른다.

이렇게 내 노동의 가치도 떨어지고, 노동을 통해 번 현금성 자산의 가치도 떨어진다면, 이걸 지켜 내기 위해서 가치가 늘어나는 자산을 소유해야만 했다. 내가 피땀 흘려 번 노동의 가치를 온전히 지켜 내고 싶었다.

'봉현이형의 초우량주 투자원칙'은 밀레니얼 세대인 내가 험난한 이 시대를 행복하게 살아가기 위해 치열하게 고민한 결과물이다. 생존을 위한 선택이었다. 돈을 버는 건 그다음 문제였다.

누구나 파이어족이
될 수 있는 건 아니다!

주식 많이 모으면, 회사 때려치울 거야?
세미 파이어족이 되고 싶은 봉현이형

파이어족이 유행이다. 젊을 때 우량자산을 모아 경제적인 자유를 이루고 조기에 은퇴하는 걸 말한다. IMF, 리먼 사태 등 금융 위기를 겪어온 부모님을 보며 성장한 고소득층 밀레니얼 세대 중심으로 이 운동이 활발하다. 어찌 보면 소처럼 평생 일하는 것보다 나은 선택인 것 같다. 파이어족이 되어 원하는 일에 시간과 열정을 쏟는 사람들이 부럽다.

하지만, 누구나 경제적인 자유를 이루고 파이어족이 될 수 있는 건 아니다. 운도 좋아야 하고, 건강해야 한다. 소득이 많거나, 투자를 잘해서 자산도 늘려야 한다. 또한 주변의 희생도 필요하다. 가족의 생계를 책임지고 있는 사람은 자신만을 위한 선택을 할 수도 없다. 그리고 모든 사람이 다 경제적인 자유를 이뤄 버리면, 소는 누가 키우지?

물론, 돈이 많아도 개인적인 사정 때문에 회사를 계속 다녀야 하는 사람들이 많다. 나도 회사를 오래 다녀야 한다. 회사를 다니는 것도 나름대로 성취감과 누릴 수 있는 소소한 기쁨이 있다. 소중한 동기들도 있고 인정 많은 선배들과 착실한 후배들도 많다.

그래서 나는 '세미 파이어족' 정도를 희망하고 있다. 회사도 잘 다니면서, 경제적으로 안정감을 누리고 싶다. 매일 만나는 사람들과 소중한 관계를 맺고, 돈 쓰는 데 인색하고 싶지 않다. 매월 배당금이 나오면 부담 없이 점심값을 계산하고 싶다. 그 정도면 이번 생을 살아가는 데 충분하다.

너의 투자 목표는 뭐야? 얼마나 큰 부자가 되고 싶어?

'봉현이형 월적립식 초우량주 투자'는 남들보다 더 큰 부자가 되는 방법은 아닐 수 있다. 왜냐하면 자산에 대한 공부를 하고 투자를 해오면서, 애초에 남들보다 더 큰 부자가 되는 걸 목표로 하지 않았기 때문이다.

주식투자를 통해 돈을 많이 버는 것도 중요했지만 무엇보다 영혼의 자유를 얻고 싶었다. 마음 편하게 살고 싶었다. 나는 김밥 한 줄에 떡볶이만 먹어도 배부른 인간이다. 더 많은 돈을 벌어서 더 좋은 차를 타고, 비싼 음식을 먹는 것보다는 매일 힘들게 출근하는 상황 속에서도 열심히 일하고 우량자산을 모으면, 내 미래는 안락할 거라는 확신이 필요했다. 그러면 충분했다.

월적립식 초우량주 투자를 하면서 언젠가는 나도 부자가 될 수 있다는 확신이 들었다. 그리고 현재 하는 모든 행위가 모여 안락한 노후를 만든다는 생각이 들자 일상의 모든 게 소중하게 느껴졌다. 어두웠던 표정도 밝아졌다.

부동산 투자로 10억원, 20억원 넘는 시세차익을 냈다고 해서 인간은 필리핀 외딴섬에서 혼자 살아갈 수 있는 존재는 아니다. 돈이 많은 연예인들도 끊임없이 일을 하고 사회활동에 참여하는걸 보면 돈 말고도 중요한 게 있는 것 같다.

돈에 대한 공부를 시작하고 주식을 모으다 보니 확신이 들었다. 같이 부자가 되고 싶었다. 나 혼자 잘사는 건 의미가 없다고 생각했다. 그래서 내가 공부하고 실천하고 있는 내용을 주변에 공유하기 위해 블로그를 열었다.

블로그나 유튜브를 보면 다들 10억원, 20억원이라는 구체적인 금액을 정해 놓고 목표 지점을 향해 부지런히 뛰어가고 있다. 이런 열정과 몰입할 수 있는 집단적인 문화가 대한민국을 짧은 기간 동안 고속성장시켰다. 하지만, 모두가 열심히 살고 있고 우리나라는 점점 더 부자가 되는 것 같아 보이는데 2020년 합계출산율은 0.8명을 기록했다. 앞서 나가고 있는 것처럼 보이지만 어쩌면 다같이 침몰하는 걸 수도 있다. 시간이 조금 걸리더라도 같이 걸어갔으면 좋겠다. 진심이다.

벼락거지를 위로하는 원조거지 봉현이형의 내집마련 계획

벼락거지는 자신의 소득에 별다른 변화가 없었음에도 부동산과 주식 등의 자산 가격이 급격히 올라 상대적으로 빈곤해진 사람을 자조적으로 가리키는 신조어다. 월급만 모으고 재테크를 하지 않았던 사람들이 하루아침에 거지로 전락하고, 나만 뒤처진 것 같다는 상대적 박탈감을 느끼게 된 것이다.

얼마 전 같은 층에서 근무했던 1년 차 선배랑 치킨에 맥주 한잔

했다. 부장님이나 팀장님이 부르면 내 자신과의 약속이니, 금요 성가대니 뭐 말도 안 되는 핑계로 거절하는데 같이 운동도 하고 사이 좋게 지냈던 선배의 제안이라 기쁜 마음으로 참석했다.

편한 자리에서는 부동산이나 주식 이야기는 가급적 자제하려고 하는데, 선배가 돈 때문에 너무 우울해서 어쩔 수 없이 내 이야기를 좀 들려주었다.

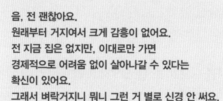

봉현씨는 벼락거지에 대해 어떻게 생각해요?
동기들은 부모님 도움 받아서 집도 일찍 사서 부자 됐는데
나만 거지가 된 것 같아서 너무 속상하네요.
봉현씨는 괜찮아요?

음, 전 괜찮아요.
원래부터 거지여서 크게 감흥이 없어요.
전 지금 집은 없지만, 이대로만 가면
경제적으로 어려움 없이 살아나갈 수 있다는
확신이 있어요.
그래서 벼락거지니 뭐니 그런 거 별로 신경 안 써요.

전 재산을 주식으로 보유하고 있으며, 국내외 우량회사의 주식을 분산분할로 매월 월급과 배당으로 추가 매수하고, 리밸런싱을 제외하곤 일체 매도하지 않는다고 했다.

근데 봉현씨 너무 위험하지 않아요?
-30% 넘어가면 어떻게 버티는 거예요?

지금 당장 돈을 잘 벌고 다음 세대에도 돈을
잘 벌 우량회사에 분산분할 투자하면 주가는
떨어질 수 있지만 망하진 않아요.
삼성이랑 애플, 구글, 테슬라 망하면 어차피
부동산도 망하고 전 세계가 다 같이 망하는
거니까 괜찮아요.
다 같이 망하면 덜 외롭잖아요.

우리가 직면하는 모든 것은 리스크가 있으며, 은행에 넣어 봤자
내 구매력을 확실하게 매년 잃게 되니 이것도 리스크다. 그렇다고
내가 살고 싶은 서울 집을 사기엔 대출도 안 나오고, 가지고 있는
주식을 전량 매도하고 세입자 구해서 갭투자해봤자 임대차법 때문
에 계약 갱신 때마다 5%밖에 못 올린다. 또한 보유세가 지속적으로
올라 실거주 아니면 아파트 한 채는 투자로는 매력도가 떨어지고
있다.(아파트 가격이 떨어진다는 이야기는 아니다. 무리가 되지 않는 선에서라면
주요 지역 특히 서울 실거주 1주택은 여전히 훌륭한 투자라고 생각한다.)

사람들이 다 우울하다. 강남에 25억원짜리 집을 가진 거래처 사
장님은 늘어나는 세금 때문에 우울하고, 집 없는 SKY 출신 1년차
선배는 벼락거지가 된 것 같아 우울하다. 세상에 돈은 늘어났는데
우울한 사람은 왜 더 늘어난 걸까? 그래서 나도 속상하다. 1980년대

에도 부동산 때문에 속상한 청년들이 많았다고 한다.

> 그럼 봉현씨는 어떻게 내집마련할 생각인데요?
> 결혼하려면 집 있어야 하잖아요.

> 저는 저평가 우량주인데 집 없다고 결혼 못 하겠다는
> 여자랑 굳이 살고 싶은 생각 없습니다.

결혼을 하게 된다면 전세대출을 최대한 받아서 2% 초반의 낮은 이자를 월세라고 생각하고 신혼집을 마련할 생각이다. 서울 시내 역세권에 있는 신축 빌라부터 시작해서, 함께 벌어서 대출이자를 갚고 국내외 우량주식을 꾸준히 매수해서 늘어나는 배당금으로 또 주식을 사면 된다.

내가 보유하고 있는 국내외 초우량회사는 5개년 평균 10~20%씩 배당금을 인상했다. 매년 맞벌이 월급으로 이자를 내고 남은 돈으로는 적금 넣듯 우량주식 매수를 반복하다 보면 아이가 초등학교 입학할 때쯤 배당금만으로 서울 시내 구축아파트 반전세를 감당하기에 충분할 것 같다. 보유한 종목에서 배당은 매년 10~15%씩 복리로 오르고 그렇게 자산이 증식해 가는 과정에서 특정 시점에, 주택가격이 합리적인(?) 수준까지 도달하게 되면 그때는 주식을 일부 매도하고 오래 살 집 하나를 마련하고 싶다.

그게 아니라면 특이점이 올 때까지 지금 방법을 반복하면 된다. 물론 이것도 결혼했을 때의 이야기고, 지금처럼 여자친구도 없고 결혼도 못 하면 집 안 사고 평생 엄마랑 살 생각이다.

실체 없는 위기에 대한 걱정으로 현재를 낭비할 바에 내가 할 수 있는 일에 최선을 다하면 된다. 그럼에도 불구하고 세상 사람들이 나에게 실패했다고 위로하거나 손가락질한다면 그것마저 내 인생이라 생각하고 사랑하면 된다. 그렇게 살아가면 된다.

'선배님 너무 속상해하지 마세요. 그리고 포기하지 마세요. 분명히 길은 있을 거예요. 전 저만의 길을 찾았는데 고민해 보시고 궁금한 거 있으면 연락 주세요. 제가 도와드릴게요.'

서울아파트와 우량주가 상승할 수밖에 없는 이유
유동성 잔치 속에도 모두가 불행한 이유

회식으로 양꼬치와 맥주를 식도까지 밀어 넣은 작년 9월, 소화도 시키고 바람도 쐴 겸 강남역까지 걸으며 베를린에서 일하고 있는 친구에게 전화를 걸었다.

석아, 베를린 생활은 좀 어때? 잘 지내? 거기도
우리처럼 부동산 때문에 난리니?

여긴 뭐 월세를 5~10년 고정으로 계약해서
돈 있는 사람이나 부동산 사지, 일반인들은 별로 관심 없어.
은퇴 준비할 때쯤 고향 근처 집 알아보는 거 같아
그런데도 매년 집값이 오르긴 오르더라.
그건 그렇고, 봉현아 넌 잘 지내나? 행복하게 살고 있고?
다음에 우리 강아지 보러 베를린 한번 놀러 와라!

배는 부르고 등은 따듯한데 행복한지는 잘 모르겠어.

베를린 부동산 가격을 묻는 나에게 행복한지를 먼저 묻는 친구
의 질문. 잠시 머뭇거렸다.

음, 뭐 괜찮아. 행복한 거 같아.(5년 전 서울 아파트 갭투자했으면 더 행복
했을 텐데……. 근데, 5년 전 서울 아파트에 갭투자했다면 정말 행복했을까?)

독일도 한국도 비슷한 상황,
현금이 녹아내리고, 양극화는 심해지고

다른 나라도 다 비슷하게 상승했다. 화폐가치가 그만큼 하락했
다는 뜻이고, 양극화가 심화됐다는 이야기다. 테헤란로를 따라 걷
다 보면 이제는 익숙한 현수막이 보인다.

임대문의 010-XXXX-YYYY

신축건물 1층 상가에도 임대 문의가 붙어 있다. 르네상스호텔 사거리 한복판 노란색 현수막이 눈에 띈다. '사무실 임대'라는 말은 곧 '우리 건물 놀고 있어요. 돈 안 되니까 사지 마세요.'라는 말과 같다.

한때 조물주 위에 건물주란 말이 유행했는데……. 강남대로 한복판 1등급 상권에도 임대 문의가 이렇게 많은데 왜 아파트값은 계속 오르는 걸까?

과거엔 대로변의 상권이 수요가 높았지만 지금은 아니다. 배달문화 확대로 골목 뒤쪽 2~3급 상가의 임대율이 높아졌다고 한다. 변화하는 외부환경에 따라 우량자산의 순위는 바뀐다.

지방엔 일자리가 없어 사람들이 밀려온다. 서울 신규주택 공급은 제자리걸음, 내수경기 침체와 자영업의 몰락으로 사람들은 건물주가 되기보다 편히 쉴 공간을 꿈꾼다.

내 가게는 없어도 내 집은 필요하다. 그래서 서울아파트에 수요가 몰렸을 뿐이다. 과거에는 없던 투기꾼이 4~5년 사이에 갑자기 생겨난 걸까? 아니다. 불경기와 유동성이 '아파트 투기꾼'을 만들었을 뿐이다.

주식도 마찬가지다. 우량한 회사의 주식으로만 돈이 몰려간다.

현금을 가지고 있기엔 불안하니까. 유동성이 공급되는 만큼 가치가 떨어진다는 걸 본능적으로 알고 있으니까.

모든 걸 전산화해서 관리하는 정부는 최근 2~3년 서울 시내 주택 구매가 실거주 목적이란 걸 알고 있다. 그래서 주택담보대출 금리를 올릴 수 없다. 그렇게 되면 집을 가진 사람도 가지지 못한 사람도 모두 죽는다는 걸 알고 있으니. 집에 가는 길 마지막 현수막이 눈에 밟힌다.

> 서울시 자영업자 생존자금
> 2019년 연매출 2억원 미만(유흥업소 제외)
> 70만원씩 2개월간 현금으로 집중 지원

앞으로도 계속해서 유동성을 공급하겠다는 이야기다. 우량한 자산을 확보해야 하는 이유다. 수요가 많은 자산에 더 많은 거품이 발생할 거 같다. 서울 신축아파트, 우량회사 주식, 비트코인……. 각자 가진 재주를 잘 활용해서 경기가 회복되고 금리가 올라갈 때까지 우량자산을 확보해야 한다.

금리가 쉽게 올라가지 않을 것 같다.

배고파서 죽는 게 아니라 배 아파서 죽는 시대라고 한다. 더 많은 유동성이 공급되고 계좌에 '0'이 몇 개 늘어나도 근본적으로 생각을 바꾸지 않는 이상 행복할 수 없을 것 같다.

남과 너무 비교하지 말자. 개천에서 행복하자는 말은 아니고, 할 수 있는 범위에서 최선을 다해 살자. 그리고 아프지 말자.

이 글이 당신에게 조금이나마 위로가 됐으면 좋겠다. 서울에 아파트를 가지지 못한 나도 마찬가지다.

봉현이형

90년생 재테크!

월재연 슈퍼루키 10인 지음 | 14,000원

네이버 NO.1 재테크 카페 월재연
슈퍼루키 10인의 재테크 이야기

- 재미있게! 꾸준하게!
  2030세대의 유쾌발랄 뉴트로 재테크
- 90년생의 현명하고 야무진 재테크 비결

★ 궁상맞지도, 힘들지도 않아요!
  하고 싶은 것 다 하면서도 아낄 수 있어요!
1. 대학생도, 최준생도 할 수 있다!
2. 2030세대 월급으로도 할 수 있다!
3. 무작정 아끼지 않아도 할 수 있다!

1억을 모았습니다

월재연 슈퍼루키 지음 | 14,000원

월재연 70만 회원 열광!
1억이 2억 되고 2억이 4억 된다

- 월재연 슈퍼루키 10인의 1억 재테크 성장기
- 10인 10색의 생활밀착형 재테크 노하우 대공개!

★ 왕초보도 따라할 수 있는 '진짜' 노하우 대공개!
1. 절약·저축으로 1억 모으기!
2. 주식·펀드로 1억 모으기!
3. 부동산 투자로 1억 모으기!

왕초보 월백만원 부업왕

월재연부업왕 지음 | 15,000원

월재연 70만 회원 열광!
스마트폰＋자투리시간 부업왕 비법 대공개!

- 부업으로 월 100만원! 고수 13인의 노하우 수록!
- 스마트폰으로 제2의 월급 만드는 하루 10분 실천법

★ 왕초보도 월 100만원 버는 부업왕 3단계!
1. 짬짬부업 : 앱테크, 은행이자보다 높은 포인트 적립
2. 절약부업 : 스마트폰 활용, 공과금 절약
3. 현금부업 : 상품권, 기프티콘, 물건 현금 전환

왕초보 유튜브 부업왕

문준희(수다쟁이쭌) 지음 | 19,800원

소소한 용돈부터 월세수익까지
현직 유튜버의 영업비밀 대공개!

- 대본 쓰기부터 스마트폰 촬영,
  프리미어 프로까지 1권이면 OK!
- 조회 수 UP! 구독자수 UP!
- 3분 동영상 홍보비법 완벽 공개!

왕초보 부동산 경매왕

김지혜 지음 | 22,000원

쉽다! 안전하다!
아파트, 빌라, 오피스텔, 원룸,
단독주택 공략법

- 국내 최초! 평생 무료!
  '경매공매가이드' 공식 투자서!
- 내집장만은 물론 월세부자로 가는 핫코스!

부록 | VIP유료동영상 1주 이용권

부자의 계산법

민성식 지음, 시네케라 감수 | 24,000원

나는 오르는 부동산에만
투자한다!

- 아파트, 빌라, 오피스텔, 단독주택, 꼬마빌딩까지
  돈 되는 부동산 감별법!
- 저작권 FREE, 엑셀 계산식으로 수익률 예측 OK!
- 복잡한 세금, 각종 비용 산출까지 완벽 분석!
- 왕초보를 부동산 고수로 만드는 최고의 책!

부록 | '엑셀 수익계산기' 무료사용 쿠폰

돈이 된다! 스마트스토어

엑스브레인 지음 | 19,800원

**네이버 No.1 쇼핑몰 카페 주인장
엑스브레인의 스마트스토어 비밀과외!**

- 취업준비생, 자영업자,
  제2의 월급을 꿈꾸는 직장인 강추!
- 포토샵 몰라도, 사진이 어설퍼도,
  광고비 없어도 OK!

★ 스마트스토어로 부자 되기, 단 5일이면 충분!
1일차 | 스마트스토어 세팅하기 2일차 | 상세페이지 만들기
3일차 | 상위 노출하기 4일차 | 돈 안 내고 광고하기
5일차 | 매출 분석하기

돈이 된다! 주식투자

김지훈 지음 | 24,000원

**삼성전자만큼 매력적인
똘똘한 성장주 39 대공개!**

- 돈 버는 산업도 내일의 금맥도 한눈에 보인다!
- 차트도 재무제표 분석도 어려운 왕초보도 OK!
- 〈포스트 코로나 투자 리포트〉 무료 쿠폰 제공!

★ 네이버 최고 기업분석 블로거의 족집게 과외 3단계!
1. 좋아하는 기업을 찾는다.
2. 뒷조사를 한다.
3. 가장 쌀 때를 노린다.

서울 연립주택 투자지도

이형수 지음 | 22,000원

서울 내집마련의 마지막 기회가 왔다!
5천만원으로 시작하는
신축아파트 투자법!

- 서울 연립주택 BEST 100 대공개!
- 대지지분, 용적률 등 돈 되는 알짜정보가 가득!
- 연립주택 4단계 투자법으로 왕초보도 간단하게!

부록 | 실시간 발품정보 '연립주택 AS 쿠폰' 제공

미국 배당주 투자지도

서승용 지음 | 22,000원

나는 적금 대신
미국 배당주에 투자한다!

- 미국 배당주 BEST 24 추천!
- 수익률 10%, 고배당주, 1년에 4번 현금배당!
- 초보자도 쉽게 배우는 종목 분석 체크리스트 제공!

★ 월급쟁이부터 퇴직자까지 투자자 유형별 종목 추천!
1. 퇴직자라면? 고정배당 우선주(배당률 5~8%)
2. 월급쟁이라면? 배당성장주(배당률 2~4%)
3. 공격적 투자자라면? 고배당주(배당률 10%)